여름은 고작 계절

여름은 오직 계절

김서해 장편소설

위즈덤하우스

차례

여름은 고작 계절 ____ 007
작가의 말 ____ 340

1

 이 이야기는 회고록이자 반성문이다. 나는 타지에서의 삶과 고향에서의 삶, 내 친구 한나에 대해 쓰려 한다.

 지금으로부터 15년 전, 나는 호숫가에 속수무책으로 쓰러져 있는 한나를 죽도록 팼다. 손바닥으로 한나의 뺨을 수차례 때리고, 어깨와 가슴을 두 주먹으로 쾅쾅 내려쳤다. 어른들이 말려도 멈추지 않았다. 지쳐 쓰러지기 전까지 누구도 나를 막을 수 없었다. 그런데 경찰들은 내게 죄가 없다며 나를 집으로 돌려보냈다. 끝내 벌을 주기도 귀찮다는 듯이 돌아섰다. 무엇을 잘못했는지, 왜 그런 끔찍한 일이 벌어졌는지 들여다보고 나를 꾸짖는 건 나의 몫이 되었다.

 만약 시간을 돌릴 수 있다고 해도 내가 저지른 짓을 취소하거나 바꾸지는 못할 것이다. 나는 그날 주먹질 말고는 아무것도 할 수 없었다. 변명하려는 게 아니다. 다른 상황이, 다른 결과가 가능했을지도 모른다고 상상하는 것조차 사치스러워서 그날의 일을 마음속 작은 벽에 붙박아두고 뉘우치기로 했을 뿐이다.

과거는 시간을 통과하면서 매번 다른 모습이 된다. 기억들은 계속 변화한다. 하지만 내 이야기에는 바뀌지 않는 단 하나의 사건이 있고, 나는 그것을 빈틈없이 헤아리고 싶다.

2

우리는 가지지 못한 것을 함부로 선망하고 가진 것을 폄하하는 데 일생의 많은 시간을 할애한다. 천국은 언제나 밖에 있고, 집은 지옥이다.

그런데 천국이라는 이 아름답고 행복한 이미지는 플라톤의 동굴 비유처럼 그림자 같은 것이다. 팔다리가 묶인 죄수들이 자신의 그림자가 세상의 전부이자 진실이라고 착각하는 것처럼, 사정이 나쁠 때, 가로막힐 때, 무언가를 응당 얻지 못할 때, 우리 마음엔 희미한 빛이 새어 든다. 그 빛은 우리가 쥐고 있는 것들을 넘어 모호한 형상으로 어딘가에 영사되고, 까맣고 커다랗게 보정된 우리의 모습은 평화로워 보인다. '저기가 천국인가 보다!' 하고 다가가면 남의 집 뒷마당. 천국에는 천국에서 태어난 사람들이 살고 있고, 거긴 조금 다른 모습의 지옥이다.

나는 1995년 여름 서울시 송파구에서 태어났다. 내가 만 열 살이 되던 해, 우리 가족은 천국이라고 온 세상에 선전되었던 미국으로 이민을 갔다. 많은 사람들이 미국에서는 뭐든 시작할 수 있고 기회와 일자리가 넘쳐나고 열심히만 하면 어떻게든 잘 풀린다고 믿었다. 이건 내가 태어나기 전에도 그랬고, 내가 훌쩍 자란 후에도 정도의 차이만 있을 뿐 비슷했다. 돈과 꿈을 좇는 '아메리칸드림'은 수많은 영화, 드라마, 책에서 희망으로, 시대정신으로, 또는 비판과 비웃음의 대상으로 등장했다. 헤아릴 수 없이 많은 사람들이 그 천국 이미지 한 줌을 손에 넣으려고 했고, 우리 가족도 마찬가지였다.

자동차 회사에 다니던 아빠는 내가 두 살 때 광명에 있는 공장으로 발령을 받았다. 그 회사는 IMF 외환 위기 이후에도 한두 해 버텼지만 끝내 공장의 부도를 막지는 못했다고 한다. 동료들이 전부 해직되는 와중에도 아빠는 운이 좋은 편이라 적어도 잘리지는 않았다. 그는 다른 공장으로 재배치되었고, 연봉이 3분의 1토막 났다. 넉넉한 가정도 월급의 3분의 2가 날아가면 허덕이다 못해 신음을 쏟기 마련인데, 그 공장은 임금 지급을 몇 달 연속으로 미룰 때도 있었다. 엄마는 아빠가 잃어버린 수입을 메우느라 임신 중에도 무리해서 일을 구하러 다녔다. 그러다 새벽 2시에 어느 고깃집에서 설거지를 하다가 쓰러져 7개월 된 내 동생을 유산했다.

엄마는 집안 어른들에게 이런 말을 들었다. 여자가 기껏 벌어봐야 얼마나 번다고 새벽까지 돌아다니냐, 왜 시키지도 않은 짓을 하냐. 할아버지는 '네가 행동이 사납고 말투가 딱딱해서 아들이 네

몸에서 달아난 거야' 하며 엄마를 다그쳤다고 한다. 그 자리에 있던 숙모가 엄마를 달래기 위해 다가갔는데, 엄마는 고개를 푹 숙인 채 아주 작은 목소리로 죄송하다고 중얼거렸다고 한다. 내가 훗날 만난 친구들에게 이 이야기를 들려주었을 때, 어떤 백인 여자애는 얼굴을 잔뜩 찡그리며 우리 집안이 매우 못되고 야만적이라고 했다. 반면 한국에서 만난 여자애는 그건 아무것도 아니라는 듯이 웃었다. 그 애는 자기 가족이 더 무심하고 모질다고 자랑하듯 말하다가 이렇게 덧붙였다.

"그게 위로하는 거야, 그 사람들한테는."

과연 그럴까? 엄마는 그 잔인한 말들 속에 위로 같은 게 숨어 있다고 의심이나 해봤을까?

나는 엄마가 무슨 생각을 했는지 모른다. 분명한 건 엄마가 일을 핑계로 가족 모임에 나가지 않게 되었다는 것이다. 엄마는 아빠의 가족들을 만나는 자리를 족족 피했고, 명절에도 할아버지 집에 가면 일을 거들지 않고 두어 시간 머물다가 떠났다.

할아버지 앞에서는 죄송하다고 몇 번이고 사과했겠지만 엄마도 어느 순간부턴 자책하는 데 신물이 났을 것이다. 밖에서 날아들어 순식간에 자기 것이 되는 비난을 더는 흡수할 수 없었을 것이다. 무엇이든 밀도가 너무 높으면 다른 것이 끼어들 수 없게 된다. 엄마는 어느새 온몸이 슬픔으로 이루어진 금속이 되었고, 감정이 없는 사람처럼 쉬지 않았다. 자신을 바쁘게 만드는 데 전념했다. 아빠는 엄마에게 휴일이 없던 그 시절을 떠올릴 때마다 이렇게 말했다.

"너희 엄마는 그때, 자기 자신에게 벌을 내리는 것 같았어. 정말 지독했어."

그러면 엄마는 잔뜩 비웃으며 반박했다.

"일을 하면 생각을 안 해도 돼. 생각을 쫓아낸 것뿐이야."

엄마가 밤낮없이 아르바이트를 하고 가끔 물건을 떼다 팔고 밥을 굶으며 지출을 아낀 덕분에 2001년쯤 내 부모님은 IMF 이전만큼 벌 수 있게 되었다. 그것보다 조금 더 벌었을 수도 있다. 그러나 한번 잃은 집은 다시는 살 수 없을 것처럼 비싸져 있었고, 잔뜩 오른 물가 역시 다시는 내려가지 않았다. 애초에 두 사람이 얼마나 노력했든 빚이 불어나는 속도로는 벌지 못했다. 우리 집은 더 작은 집으로, 더욱 구석진 곳으로 거듭 이사했다.

사람들은 어떤 사건의 타임라인을 구성하거나 기억할 때, 시작과 끝이 있다고 착각하곤 한다. 가령 외환 위기 사태가 1997년에 발생했고 2001년에 정부가 부채를 전부 상환했다고 하면, '아, 그 재난이 2001년쯤 마무리되었구나'라고 생각하는 것이다. 경제지표는 확실히 상승세를 보였겠지만 모든 계단 밑에는 사람들이 잔해처럼 모여 있다. 그 어떤 사건도 일어난 이상 끝나지 않는다. 정부가 국채를 다 갚았다고 해서 손해가 전부 복구되고 이미 망가진 가족이 다시 서로를 믿게 되는 것이 아니다. 어떤 가족은, 그러니까 나의 부모님은 아무리 열심히 뛰어도 계속 내리막길을 달렸다. 그 사이에서 피어난 불편한 공기 안엔 언제나 그걸 전부 감지하는 내가 있었다.

초등학교 2학년 때, 아빠는 처음으로 이민 이야기를 꺼냈다. 재산도 빚도 포기하고, 관계들을 청산하고, 추억들을 버리고 떠나자고 했다. 미국에서 새로운 삶을 시작하자고 제안했다. 엄마는 '당신 꿈꿔?' 하고 물으며 시큰둥하게 반응했다. 잠꼬대는 들어줄 가치가 없다는 듯이. 그럼에도 불구하고 나는 아빠가 몇 번 더 그런 헛소리를 해주길 바랐다. 두 사람은 할아버지가 엄마를 꾸짖은 후로 거의 대화하지 않았고, 서로 무시하기 일쑤였기에 나는 우리 집에 농담이 필요하다고 굳게 믿고 있었다.

그러나 그건 농담이 아니었다. 처음에는 들은 척도 하지 않던 엄마는 아빠의 계획이 나날이 구체적이고 그럴듯해지는 것을 발견한 후로 관심을 보이기 시작했다. '미국 어디? 거기는 너무 시골 아니야?' 하면서. 두 사람이 이민 계획을 세울 때마다 짓던 독특한 미소가 기억난다. 평소에는 가족이 아닌 것처럼, 처음 보는 사람처럼 데면데면하게 굴면서 미국 얘기만 나오면 머리를 맞대고 대책을 세웠다. 아빠는 엄마가 더 적극적으로 동참하길 원했고, 그래서 미국에 가면 학교에 보내주겠다고 약속했다.

"당신 철학 배우고 싶어 했잖아."

"내가 영어로 철학을 어떻게 배워?"

"영어부터 공부하면 되겠네!"

아빠는 천진난만하게 말했다. 초등학생이었던 내 눈에도 어딘가 철이 없어 보였다. 그러나 그는 나름대로 수월하게 협상을 이뤄냈다. 내가 바닥을 기어다닐 때까지만 해도 엄마는 야간대학에서 인문학 수업을 듣고 있었고, 학비를 낼 수 없게 되자마자 학업을 포기한 상황이었기에 아빠가 내건 거래 조건은 솔깃하게 들렸을 것이다. 그게 설득인지 사기인지 알 수 없었지만 아무래도 좋았다. 두 사람이 미래를 그릴 때 내 주변도 놀이공원처럼 환해졌고, 샐쭉 웃는 두 얼굴은 부풀어 오른 풍선처럼 보였다.

내가 초등학교 3학년이 되고 얼마 지나지 않았을 때, 아주 이른 봄에 아빠는 온 친척들을 중식당에 불러놓고 이민을 가겠다고 발표했다. 그날도 엄마는 일을 해야 한다고, 돈을 벌어야 한다고 참석하지 않았다. 할머니와 할아버지는 우리 엄마가 얼마나 예의 없는지를 논하느라 아빠의 발표를 제대로 듣지 못하고 자기들끼리 계속 떠들었다. 뒤늦게 아빠의 말을 이해한 할아버지는 노발대발 화를 냈는데, 아빠가 '빨리 정착해서 조카들 유학도 도와줄 거예요'라고 하니 태도를 바꾸어 아빠의 결정을 지지했다. 나는 아빠의 철없음, 또는 순진함이 어쩌면 할아버지로부터 물려받은 것은 아닐까 하고 의심했다.

할아버지는 내 얼굴을 빤히 보며 경고하듯 말했다.
"거기 가서 함부로 물들면 안 된다."
그는 물들지 말라는 말을 대여섯 번 반복했는데, 무엇에 물들면 안 되는지 정확하게 설명해주지 않았지만 짐작할 수는 있었다. 할아버지는 사촌들에게 '유학 준비 잘해놔라', '지금부터 영어 공부만 열심히 해'라고만 하고 물들지 말라는 잔소리는 한 번도 하지 않았다. 내 사촌은 전부 남자다. 걔들은 물들어도 되고, 나는 안 되는 것이 있다면 그건 설명하지 않아도 뻔했다.

떠나겠다는 아빠를 말리는 사람은 더 있었다. 아빠의 공장 동료들이 모두 비밀리에 의논이라도 한 것처럼 입을 모아 '가만히 있는 게 그나마 돈을 버는' 거라고 했다. 엄마의 친한 친구들도 한국에서 참고 버틸 것을 권했다. 하지만 남들이 가로막는 믿음은 종종 고집으로 진화하는 법이다. 더 잃을 것도 없다고 판단한 아빠는 고집을 꺾지 않고 남은 재산을 모두 끌어모아 이민을 신청했다.

그렇게 몇 달 뒤 미국에 도착한 우리는 2004년 초여름 공항의 이민 부서 복도에서 열한 시간 동안 쭈그려 앉아 심사를 기다렸다. 나는 칭얼거리지도, 잠들지도 않고 손톱으로 바닥을 문지르는 데만 집중했다. 타일 위에 얇게 깔린 먼지 층을 긁으며 미국과 한국의 지형을 그려보고 있었다.

아침과 밤이 반대인 두 땅 사이의 거리를 가늠해보면서 고개를 숙이고 있다가 뻐근해진 근육을 풀기 위해 목을 돌릴 때면 매번 직원들의 매몰찬 눈빛이 보였다. 모든 아시안에게 아주 공평하게 싸늘한 각기 다른 색의 눈알들이 자꾸만 신경 쓰였다. 기생충. 범죄자. 나는 우리를 보는 그들의 눈을 그런 단어로 번역했다.

복도 끝에 서 있던 무표정한 직원이 우리 차례가 되자 무심하게 턱짓했다. 심사실 안에는 네 개의 유리 부스가 있었고, 부스마다 이민 심사관이 한 명씩 앉아 있었다. 우리는 유일하게 창구가 비어 있는 맨 끝 부스로 빠르게 걸어갔다. 그런데 안에 있던 심사관은 갑자기 아무런 설명도 없이 일어나더니 우리를 쳐다보지도 않고 심사실을 나가버렸다. 유니폼을 챙겨 입으며 교대로 들어온 다른 심사관은 젊은 백인 남자였다.

그는 아빠에게 일자리를 구했는지 물었다. 긴장한 아빠는 대사관에서 발급받은 이민 비자와 고용 증명 서류를 급하게 꺼내 내밀었다. 그러자 그 사람은 마치 아이를 혼내듯 엄중한 말투로 말했다.

"증명서를 보여달라는 게 아니라 대답을 하라고요."

"아, 네. 구했습니다."

"어디서 일하는데요?"

아빠는 한 자동차 부품 공장의 기술직이라고, 지금은 계약직이지만 향후에 정규직으로 전환될 예정이라고 말했다. 심사관은 그제야 서류를 달라고 손을 내밀었다. 첫 페이지는 유심히 보는 듯했으나 나머지는 제대로 읽지도 않고 돌려주었다.

그는 거의 한 시간 동안 우리를 세워놓고 수많은 질문을 던졌다. 매번 아빠가 제대로 답하기도 전에 다음 질문으로 넘어갔다. '당신 나라를 떠나야 할 이유가 뭐예요?', '왜 다른 나라가 아니라 미국에 왔어요?', '범죄 저질렀어요?', '통장 잔고 증명할 수 있어요? 이게 당신이 남한테 잠깐 빌린 돈인지 아닌지 어떻게 알죠?', '만약 정규직이 안 되면 어떻게 할 거예요? 계획 있어요?' 같은 걸 묻다가 '영어를 못하는데 왜 미국을 택했어요?' 하더니 고개를 숙이고 잠깐 낄낄거렸다. 나는 그가 심사 마지막에 '무례하거나 공격적으로 들렸을 수도 있겠지만 입국자가 거짓말을 할까 봐 일부러 긴장감을 주려고 그런 것'이라고 해명이라도 할 줄 알았다. 그러나 심사가 끝나자마자 그는 손으로 이마를 몇 번 긁더니 서너 개쯤 되는 허가 도장을 빠르게 찍고 우리를 놓아주었다. 우리가 항의하지 못할 거라고 생각하는 것 같았다.

엄마와 캐리어를 밀며 터미널을 빠져나가는 동안 미국에서의 미래를 상상했다. 하나의 이미지가 머릿속을 휘감았다. 종잇장이 된 내가 심사관의 팔꿈치 아래 깔려 있는 장면. 도장이 찍히지 않으면 아무 의미도 없는, 그렇다고 자세히 봐주지도 않는, 몸을 뒤척이면 구겨지기만 하는, 그렇게 끼여 있다가 끝내 서랍 속에 갇혀버리고 마는 종이. 나는 상상의 손을 뻗어 종이를 비행기 모양으로 접은 다음 공항 통창 너머로 날렸다. 유리를 뚫은 노란 종이가 활주로 불빛을 따라 깜박였다.

3

 아메리칸드림. 누구든지 열심히 일하면 부자가 되는 천국. 어떻게 세계에 그런 미신이 생겨났을까. 나는 책과 웹의 페이지들을 들추며 이 이야기의 시작을 찾아본 적이 있다. 도입부는 제국주의 시대를 배경으로 자국에서 지배층이 될 수 없었던 유럽인들이 식민지를 찾아 떠나는 모습을 담고 있었고, 몇 장 넘기면 토머스 제퍼슨이 미국 독립을 선언하는 모습이 등장한다. 자유와 평등, 기회와 번영……. 그런 말들이 19세기, 20세기를 지나며 계속해서 숱한 에피소드를 통해 서술된다. 이 이야기는 너무 환상적이어서 누구라도 열광할 만했다.

 물론 많은 비판을 받기도 했다. 누군가 성공하려면 다른 누군가는 실패해야 하니까. 누군가 더 크게 성공하려면 다른 누군가는 거의 죽어야 한다. 아메리칸드림이라는 거대한 책에 딸린 부록에 그 맹점 같은 사람들이 실려 있다. 부록의 내용은 다음과 같다. 미국은 해방된 노예들의 빈자리를 채워줄 사람들이 필요했는데, 해방만 되고 착취에 대한 보상을 받지 못한 사람들이 이미 집이 된 미국을 떠날 수 없어 어쩔 수 없이 그 자리를 다시 채웠다. 그러나 아무리 채우고 채워도 충분하지 않아서 미국 지도부는 열심히 일 하고 시키는 거 다 하면 성공할 수 있다는 광고를 끊임없이 발행했 다. 이민자들은, 각자의 밤에, 빛을 찾으러 미국으로 몰려들었다. 수많은 사람들이 불안과 동경의 이중 파형을 통과해 미국으로 향 했고, 밑 빠진 바닥에 자리를 배정받았다.

우리 가족의 이야기도 이 부록 어딘가에 나올 것이다. 나는 부 록이 본편보다 두꺼워질 때까지 사람들이 입을 멈추지 말아야 한 다고 생각한다. 그래서 한나와의 사건으로 넘어가기 앞서 우리 집 의 정착 과정을 말하려고 한다.

처음 미국에 도착했을 때, 아빠는 로스앤젤레스 근처에 있는 한 카운티로 우리를 데려갔다. 그는 한국인 부부가 사는 주택의 반 지하에 나를 밀어 넣으며 서너 달 동안 살다가 우리만의 집을 찾자 고 말했다. 나는 한국인들이 아주 많이 다니는 초등학교에 다니게 되었고, 우리의 다음 집도, 그다음 집도 내가 다니던 초등학교와 그리 멀지 않은 곳으로 정해졌다. 내 생활 환경은 이민 전과 거의 비슷했다.

부모님의 상황은 달랐다. 두 사람은 예상 밖의 사건이나 불편 을 자주 겪어야 했다. 아빠는 자기가 '기술 이민'을 왔다고 했고, 실 제로도 기술직을 얻었는데 늦게 입사한 백인 노동자들보다 더 편 한 자리에 가지도, 더 높은 임금을 받지도 못했다. 주로 가장 어렵 고 험한 작업만 맡았는데도 상사들은 아빠를 외면하거나 배신했다. 그런 일은 해가 지날수록 빈번해졌고, 아빠는 점점 예민해졌다. 한국에서는 단 한 번도 누군가를 패고 싶다고 말하지 않았던 그가 이제 허구한 날 집에 돌아와 인도인 동료들을 욕하며 '잡아 패고 싶다'고 말했다.

살기를 느끼는 투명 인간, 그의 그늘에는 엄마가 서 있었다. 엄마는 더 투명했다. 틈만 나면 아픈 몸을 결코 병원에 데려가지 못했다. 미국에선 의료보험이 없으면 환자를 받아주지 않고, 병원마다 수리 가능한 보험사도 달랐다. 비용이 얼마가 나올지도 예상할 수 없었다. 하루는 옆집 여자가 집 앞을 느릿느릿하게 걸으며 골골대는 엄마를 지켜보다가 '위로'하듯 말했다.

"병원 가게? 자기는 여기가 어떤 곳인지 모르는구나. 대기실에 앉아 있는 것부터 값을 매긴다고."

나는 엄마 옆에서 보폭을 맞추고 있었고, 고개를 들어 여자를 바라봤다.

"아줌마는 보험 있어요?"

내 입에서 호기심 가득한 목소리가 튀어나왔다. 있다고 답하면, 빌릴 수도 있는지 물어보려고 했다.

"있긴 하지. 그런데 내 보험사는 웬만하면 다 거절하더라고."

여자는 웃으며 답했다.

"뭐를요?"

"청구를 거절하는 거야. 보험비를 내고 있는데도, 돈을 다 내야 한다는 거지."

그뿐만이 아니다. 엄마가 버는 돈도 엄마만큼이나 투명했다.

엄마는 주로 식당이나 세탁소에서 비정기적으로 일할 수 있었는데 그 가게들은 벽마다 '현금 결제만 가능' 문구를 붙여두었다. 엄마는 그날그날 들어온 현금을 나눠 받았다. 은행 계좌도 없었고, 있다고 해도 이체 내역이 찍혀서는 안 된다고 했다. 어딘가에 기록될 수 없는 돈은 너무나 투명해서 지급일이 늦어져도, 이웃에게 빌려주고 돌려받지 못할 때에도 대처할 방법이 없었다. 엄마는 경찰에 신고하거나 법의 도움을 받지 못했다.

아프면 병원에 간다는 상식이 통하지 않는 곳에서, 안전을 보장받지 못하는 곳에서 일을 하고, 끝없이 일을 하는 것. 아무도 그런 삶을 좋아해서 살지는 않는다.

아메리칸드림과 아메리카 사이의 괴리 속에서 아빠는 나날이 괴팍해졌다. 엄마는 바쁜 생활과 아픔에 익숙했는데도 좀처럼 적응하지 못했다. 두 사람은 그 어느 때보다도 자주 싸우기 시작했고, 내게도 이따금 폭발하는 감정들이 엎질러졌다. 가끔은 하수구 입구에 얼굴을 대고 누워 있는 기분이 들었다.

아빠보단 엄마와 보내는 시간이 많았으므로 나는 엄마가 겪은 일들을 조금 더 잘 알고 있다. 대로변을 걸을 때마다 떠올리는 일화가 있는데, 엄마를 만나기 위해 엄마가 일하는 식당으로 걸어가고 있을 때였다. 딱 봐도 마약에 취한 남자 손님이 음식을 서빙하는 엄마를 손가락 스냅으로 불러 세웠다. 그는 엄마의 가슴골에 팁을 꺼넣었고, 엄마는 놀라서 주춤거렸지만 이내 정색하며 그 돈을 주머니에 넣었다. 손님을 쫓아내지도 않았고, 추잡스럽게 행동하지 말라고 소리치지도 않았다. 나는 그로부터 10분 정도 서성거리며 엄마가 일을 마치기를 기다리다가 집으로 함께 돌아갈 때 입을 열었다. 그 돈을 어디에 쓸 건지, 왜 다시 돌려주지 않았는지 조심스레 물었다. 엄마는 성을 내며 길 한복판에서 내게 소리를 질렀다.

"왜 그따위로 물어? 내가 도둑질이라도 한 것처럼?"

우리가 큰 소리로 한국어로 대화하자 우리 곁을 스쳐 가던 행인들이 '빌어먹을 아시안들! 시끄러워 뒈지겠네' 하며 조롱했다. 엄마는 새빨개진 눈으로 그들을 바라봤다.

정착 초기에 나는 엄마의 빨간 얼굴을 자주 포착했다. 누군가 내 기억에 빨간 잉크를 쏟은 것처럼, 표정은 흐릿하고 얼굴을 뒤덮은 빨간 피부만이 선명하다. 함께 정류장에서 버스를 기다리거나 아웃렛에서 신발을 고를 때, 모르는 사람들로부터 중국 소식을 들은 날에도 엄마는 새빨개져 있었다.

"중국이 타이완에 미사일을 배치했대. 맞지?"

"중국 때문에 사스(SARS)가 돈 거라며. 더러운 중국인들."

중국이 이렇게 했대, 저렇게 했대. 너네는 왜 말이 없어? 우리는 우리를 취조하는 모욕적인 질문들 앞에서 조용했다. 엄마는 그들이 멀리 사라진 뒤에야 '감히 한국인을 중국인이라고 해?' 하며 역정을 냈다. 반면 나는 우리가 중국인만큼 눈에 보인다면, 사람들 머릿속에 한국인이라는 선택지가 있기라도 하면 좋겠다고 염원했다. 은밀하게.

투명한 한국인들은 길을 걸어도 중국인 뒤에 가려졌고, 병원에도 경찰서에도 갈 수 없었고, 많은 걸 할 수 없었다. 만약 매일 작은 돌멩이에 걸려 넘어진다면, 그 돌이 대체 어디서 왔는지 궁금해해야 한다. 나는 당시 우리가 왜 이렇게 많은 제한을 받아야 하는지 구체적으로 생각해본 적은 없지만 어렴풋하게 범인을 지목했다. 누군가에게 가려지지 않는, 병원에도 갈 수 있고 경찰서에도 갈 수 있는, 자기들도 선주민의 땅을 빼앗아놓고 너무나 자연스럽게 지도에 나오는 곳이라면 어디든 갈 수 있다고 생각하는 사람들에게 책임이 있다고 추측했다. 내가 아주 왜곡된 마음을 품었던 것일까?

우리 가족은 한국에서처럼, 미국에서도 계속해서 이사를 다녔다. 오래된 건물과 수거되지 않는 쓰레기, 망가진 포장도로의 풍경 속으로 고요하게 이동했다.

가끔 대도시에 가거나 차를 타고 돌아오면서 부촌의 끝자락을 지날 때, 나는 화려하고 커다란 건물들과 무언가 중요한 하루를 보내는 것처럼 보이는 빛나는 사람들을 보며 '시간이 돈이다'라는 말을 자연스레 떠올렸다. 미래는 돈이 많은 곳에 가장 먼저 들르는 산타클로스였고, 그 새빨간 덩어리는 내가 머물렀던 곳들에 잘 와주지 않았다. 오직 무궁무진한 실망과 불만만이 빠른 속도로 다가와서 온 동네 어른들을, 투명한 어른들을 우울하게 만들었다.

가난한 사람들이 전부 불행하다고 말하려는 게 아니다. 이민자들이 불려 와서 착취만 당하고 버려졌다고 쓰려는 게 아니다. 내 기억 속 엄마는 어째서 그렇게나 자주 분노하거나 부끄러워하거나 슬퍼했는지, 왜 우리 주변에 그렇게나 많은 무기력한 실루엣이 뭉쳐 있었는지 이해하고 싶어서 시간을 더듬는 것뿐이다.

우리가 그나마 시간이 흐르는 곳에, 덜 투명한 동네에 발을 붙인 건 내가 초등학교를 졸업한 후였다. 졸업을 앞두고 있을 때 나는 교장 선생님의 추천서를 받게 되어서 면학 분위기가 꽤 잘 조성된 중학교에 진학할 수도 있었는데, 아빠는 그 학교는 돈이 너무 많이 든다며 다른 부모들 같았으면 기뻐했을 기회를 반려했다. 심지어 다른 공장에 취직을 하게 되었다고 통보하고, 우리를 캘리포니아에서 아주 멀리 떨어진 지역으로 데리고 갔다.

친하게 지내던 사람들과 작별 인사도 제대로 나누지 못했다. 나는 졸업식 날 친구들과 그들의 부모에게 얼굴만 비친 뒤 저녁에 떠났다. 야반도주였다.

아빠가 구해 온 중고 트럭에 짐을 전부 싣는 데는 반나절도 걸리지 않았는데 트럭에서는 거의 일주일을 보냈다. 서너 시간에 한 번 자판기와 화장실만 있는 휴게소에 들르고, 밤에는 야자수 모양 간판이 빛나는 모텔에서 잠을 자긴 했지만 그 여정은 여행이 아니라 이송에 가까웠다. 한국인 대학생이 어느 도시에서 사람들에게 총을 난사하는 테러를 벌인 뒤 한두 달쯤 지난 시점으로, 난폭한 백인들이 걸핏하면 시비를 걸어와서 어디에도 길게 머물 수 없었다. 우리만 그런 것이 아니라 많은 한국인들이 그즈음에 자신의 잘못이 아닌 죄로 고개 숙이기를 강요당했다.

대륙을 횡단하는 동안 아빠는 내 표정이 썩든 말든 돈을 더 많이 벌게 되었다고, 경사라고 몇 번이나 반복하여 말했다. 누군가 트럭 옆면에 붙은 닳아빠진 '코리아' 운전 학원 광고를 보고 뒤창에 돌을 던진 날에도, 아빠는 억지로 웃었다.

"내가 거기서 일 열심히 해서 더 좋은 학교 보내줄게! 그러면 되잖아. 너는 공부만 하면 돼. 동부로 가는 거야, 동부. 동부가 서부보다 훨씬 발달한 거 알지?"

들뜬 아빠는 그날도 변함없이 철이 없어 보였다. 조수석에 있던 엄마는 몸을 웅크리며 창가에 머리를 기대고 있었는데, 라디오에서 흘러나오는 시끄러운 음악 소리에 묻히긴 했지만 나는 엄마가 중얼거리는 것을 들었다. 엄마는 '지긋지긋하다'고 했다. 아빠의 명랑한 목소리가? 아니면 학교에 보내주겠다는 회유가? 캐묻지 않았다. 대신 엄마의 뒤에서 그와 똑같은 각도로 머리를 기울이고 창밖을 보았다.

동부라는 말만 듣고 나는 멋대로 우리가 뉴욕에 간다고 상상했다. 막상 도착한 곳에는 어마어마한 마천루나 미어터질 듯한 거리가 보이지 않았다. 자유의 여신상도 없었다.

거긴 그저 그런 소도시였다. 어떤 영화나 드라마도 그곳을 배경으로는 아무런 사건도 전개할 수 없을 것 같았다. 캘리포니아에서 전전했던 동네들보다는 좀 더 발전한 느낌이었지만 따분하고 못생긴 건 마찬가지였다. 아빠는 그곳이 '교육도시'라고 했다. 대학가를 중심으로 개편한 신도시라고 했다.

무대가 바뀌어도 우리 가족의 생활은 나아지지 않았다. 아빠는 한 달에 두어 번 집에 올 수 있을까 말까 할 정도로 바빠졌고, 나와 엄마는 거의 방치되었다. 부모님은 이사를 하면서 삶의 어느 부분이 변화하거나 변화하지 않을지 예상할 수 있었을까? 낡고 냄새

나는 트럭 안에서의 기나긴 여정 동안 두 사람은 대체 무슨 생각을 하고 있었을까? 우리가 도착한 곳에는 평화가 있을 거라고, 이번에야말로 천국이 펼쳐질 거라고 믿었을까?

중학교에 진학하고, 나는 입안이 다 찢어져서 밥을 못 씹을 정도로 스트레스를 받았다. 기댈 곳이 없었으니까. 우리가 원래 살던 곳과 풍경은 비슷했지만 날씨도, 지형도, 사람들의 말투도, 발음도, 분위기도 전부 다른 사우스캐롤라이나는 날이 갈수록 기이하게 보였다. 모든 것을 미워하기가 너무 쉬웠다. 내 의도와 상관없이 변하는 모든 게 원망스러웠다.

입학한 첫해 동안 일기를 쓸 때마다 서럽다는 말을 영어로 뭐라고 하는지 수없이 고민했다. 서럽다는 'sad'와 달라서 더 길고 구체적으로 묘사해야 했다. 서러움은 억울함이 잔뜩 섞인 답답한 슬픔이었다. 형용할 수 없는 분노가 밑바닥에 자글자글 깔린, 그런 슬픔이었다.

"여긴 이상해. 우리가 한국에 남았으면 어땠을까?"

드물게 가족이 다 같이 식사를 할 때, 엄마는 후회스럽게 말했다.

우리 중에 가장 서러웠을 것이다. 나를 다그치거나 혼낼 때마다 '네가 뭐가 그렇게 힘든데? 너는 엄마랑 아빠가 먹여주고 재워주고 차도 태워주고 학교도 보내주고 네 힘으로 돈 한 푼 안 버는데 뭐가 그렇게 힘들어?'라고 말했으니 나는 일찍이 엄마의 재앙 같은 서러움을 알아볼 수 있었다. 내 면전에 쏟아지는 그 짙은 감정은 한 번만 핥아도 너무 짜서 쇼크사를 할 수도 있을 것 같았다.

나도 아는 그 서러움을 아빠는 간단하게 외면했다. 이해해주지 않고 보듬어주지 않았다. 아빠는 엄마의 정서를 돌보는 것보다 자기 논리를 세우고 지키는 데 더 급급해 보였다.

"뭐가 이상해. 사람 사는 곳 다 똑같지. 한국에 있었어도 별반 다르지 않았을 거야. 쓸데없는 소리 마."

그는 거의 주문을 외듯이 말했다. 한국에 비하면 여기가 낫지, 캘리에 비하면 여기가 훨씬 편안하지, 더 멋지지, 당연히 한국이 그리울 때도 있지, 한국 쌀이 여기서 얼마나 비싼지 알잖아, 그래도 일이나 생활은 여기가 나아, 여기가 나아, 여기가 나아.

내가 엄마를 거들며 아빠를 반박해도, 아빠는 우리가 지나온 곳들에 미련을 둘 필요가 없다고 했다. 의료보험이 있고 총기 난사는 없는 한국을 떠올리지 않아도 된다고 했다. 삶은 꿈을 좇는 여정이고, 우리 꿈은 특이하거나 드물지 않은, 아메리칸드림이라는 이름까지 붙을 정도로 흔한 꿈이자 거대한 서사니까 걱정하지 말라고 했다. 아빠는 이제, 허세로 몸이 부푼 풍선처럼 보였다.

그날들을 떠올리면, 어릴 때 보았던 동화의 한 장면이 함께 떠오른다. 《이상한 나라의 앨리스》에는 이런 장면이 나온다. 시계 토끼를 쫓아 지하로 굴러떨어진 앨리스가 쿠키 하나를 잘못 주워 먹어서 거인이 된다. 팔다리가 창문에 낀 채로 오도 가도 못 한다. 한 이민자가 꿈을 좇아 미국에 왔다가 바닥도 아니고 지하로 굴러떨어져서는 망상이 산처럼 부풀어 빠져나갈 수 없게 된 것이, 그와 조금 비슷하지 않나? 달콤한 꿈이 염증을 일으키는 바람에 아빠의 과장이 자꾸만 불어나서, 나와 엄마는 집안에서도 자리를 잃곤 했다.

4

　사우스캐롤라이나로 옮기기 전, 우리 가족은 대부분의 다른 이민자 가정처럼 한인 교회에 나갔다. 우리는 동네 사람들과 교회 사람들에게 얼굴을 알리며 이웃을 만들었다.

　엄마는 교회에 다녀본 적이 없는데도 교인 흉내를 잘 냈다. 성경 공부 모임도 나가고 배식 봉사에도 참여하면서 하나님께 구원받은 것 같다고 매일 해사하게 웃었다. 그러면 다른 아줌마들이 엄마를 귀엽게 또는 측은하게 보며 김장하는 데 부르고, 떡 만드는 데 부르고, 김치 공장이나 한인 마트 단시간 근무에도 불러주었다. 엄마는 아줌마들을 선배님, 권사님, 언니라고 부르면서 노동을 해주고 소소한 보수를 받아왔다. 그런 다음 예배 모임에 나가서 꼭 '나를 챙겨주는 분들 덕분에 영혼이 충만하다', '하나님 뜻이 여기 있다', '정말로 구원받았다'고 말했다. 그 순간만큼은 엄마가 정말로 구원받았을지도 모르겠지만 내 눈에는 기쁨이라는 확신이 어쩐지 위험해 보였다. 아무것도 채워지지 않아서 일부러 벅차다, 충만하다고 떠들고 다니는 것 같았다.

나는 교회를 좋아했다. 항상 북적거리고, 종종 볼만한 싸움도 있고, 사람들도 만날 수 있어 지루하지 않았다. 그래서 일요일엔 꼭 일찍 일어나 가장 깨끗하고 단정한 옷을 챙겨 입었다. 엄마 옆에 서서 배식하는 아줌마들과 대화하고, 평소엔 잘 만지지도 않는 아빠 등에 꼭 붙어 알짱거리며 아저씨들의 말을 경청하기도 했다. 그사이 사람들의 말을 한마디씩 얻어들을 수 있었다.

나는 우리와 같은 생각으로 우리보다 훨씬 일찍 한국을 떠나온 한국인이 무지 많다는 걸 알게 되었다. 그중에 우리가 상상하고 원했던 아메리칸드림을 이룬 사람은 드물었다. 정착한 지 10년, 20년 된 사람이 차고 넘치는데 다들 비슷비슷하게 생계를 유지하는 정도지 아빠가 말한 '성공'과는 거리가 먼 모습이었다. 아빠는 10년 동안 기술직으로 돈을 모은 후 개인 사업을 시작하고 15년쯤 뒤에 번듯한 사업가가 되겠다고 했는데, 그것과 비슷한 계획을 가졌던 선구자들은 농장 아니면 공장 노동자, 장년의 택시 기사 아니면 목사가 되어 있었다. 몇 평 안 되는 중식당이나 코인 세탁소를 운영하는 자영업자들은 그나마 어느 정도 목표를 달성한 축에 속했다. 그리고 그들 대부분이 자녀를 의사나 변호사로 키운다는 새로운 계획을 짜고 있었다.

"우리 애는 작년부터 대학 다녀. 아니 글쎄, 미술사를 공부한대. 학교에 그 큰돈 내고 미술인지 역사인지 하등 쓸모없는 거를. 대체 뭐에 도움 된다고. 법 공부를 시켰어야 했는데. 둘째는 무조건 변호사 시킬 거야. 걔는 이제 얄짤없어."

엄마와 친한 아줌마가 긴 예배당 의자에 앉아 주절거렸다. 엄마와 그 여자 사이에 앉아 있던 나는 '미술이랑 역사가 왜 쓸모가 없어요?' 하고 되물었다. 그 여자는 아주 묘하게 찡그리며 나를 내려다봤고, 나는 '쓸모가 없으면 배우면 안 되나요?' 하고 덧붙였다. 그러고는 곧바로 엄마의 차가운 손에 입막음을 당했다. 엄마는 몇 분 뒤 그 사람이 자리를 떠났을 때 화가 난 목소리로 말했다.

"저건 자랑하는 거야. 그냥 잘됐다고 하면 돼. 왜 이렇게 촐랑거려?"

당시에는 어째서 혼나야 하는지 알 수 없었으나 반항하지 않았다. 둘째 딸을 변호사로 만들겠다던 여자가 자리로 돌아와서 '제니는 뭐 시킬 거야?' 하고 물었을 때도 조용히 있었다. 그때 다른 어른들이 삼삼오오 모여들었고, '그래, 제니는 뭐 할 거니?' 하고 거들었다.

어른들은 어린아이를 있는 그대로 보지 않는다. 꼭 머리통 너머의 미래를 보려고 한다. 어린 시절에도 이미 그 기분 나쁜 투시력을 느낄 수 있었지만, 나는 엄마의 눈치를 보며 침묵했다.

"제니는 뭐, 자기 하고 싶은 거 하겠죠."

"의사 시켜야지, 의사."

엄마는 손을 내저으며 웃었다. '얘가 수학 머리가 없어서 의사는 못 돼요' 하고 작게 중얼거렸다.

"돌 때도 연필 잡았어요."

교회에만 가면, 어른들만 만나면 나대지 말라는 말을 너무 많이 들어서, 나는 정말로 나대지 않게 되었다. 대신 사람들의 사연을 엿듣는 뛰어난 도청자가 되었다.

어떤 사람은 도피성 이민을 왔고, 어떤 사람은 우리처럼 IMF로 연봉을 삭감당하거나 실직해서 기술 이민을 왔다고 한다. 부도를 수습할 수 없어서 무작정 미국에 왔다가 불법적으로 남은 사람들도 있었다. 다양한 사람들의 이야기가 나를 스치거나 통과하거나 내게 스며들었다. 승진 누락과 대출 거절에 절망하는 사람, 체류 연장 허가가 나지 않아 절망하는 사람, 세금을 열심히 냈는데도 법인을 박탈당한 사람, 양육 자격이 없다고 기관에 자녀를 빼앗긴 사람. 나와 나이 차이가 많이 나지 않는 아이들의 이야기도 들려왔다. 아시안이라는 이유로 학교 사물함에 갇혀서 밤을 지새운 사람과 그럼에도 불구하고 그 사람이 사립학교를 다닌다고 부러워하는 사람, 아시안이라는 이유로 바닥에 얼굴이 찍힐 때까지 맞은 사람, 길을 걸었을 뿐인데 하룻밤에 얼마냐는 말을 질릴 만큼 들은 사람. 그 이야기들이 빚는 세상은 가끔 햇빛 한 점 없는 동굴처럼 보이기도 했다.

너무 어두워서 어디에 발을 디뎌야 하는지도 모르는데 그 안을 계속 걸어야 한다면? 실은 동굴이 아니라 커다란 원이라서 뛰어도 뛰어도 쳇바퀴 속이라면?

성실하고 신실하고 착실한 나의 미등록 이민자 이웃들이 기도하는 동안 몰래 이런 생각을 하기도 했다.

'뭐가 어떻게 되었든 불법은 저지르지 말아야지. 불법체류는 안 되는 거지. 누구는 뭐 태어날 때부터 합법 체류했어? 우리 아빠

도 전 재산 끌어모아서 이민 비자 받은 거야.'

나는 아빠가 '기술 이민'으로 영주권을 받았다고 굳게 믿고 있었고, 사우스캐롤라이나에 끌려갈 때까지도 그 믿음은 계속되었다. 말 그대로 야반도주를 했는데도 우리 가정에는 체류와 관련된 법적인 문제가 없다고 생각했다.

그런데 설령 진짜로 영주권이 있었다고 해도, 내가 품었던 의심과 비난은 어딘가 이상하다. 권리를 가지려고 아무리 노력해도 가질 수 없는 사람에게 그건 당신 탓이라고 누가 함부로 판단할 수 있을까? 상황도, 맥락도 살피지 않으면서, 판사도 아니면서 어떻게 그리 쉽게 판결을 내리려고 했을까.

한인 교회에 다니던 시절, 아빠가 집까지 모시고 온 아저씨가 아빠와 종일 토론을 펼친 적이 있다. 그는 미국이란 나라가 참 각박하다, 공정하지 않다, 전 세계가 오해하고 있다고 말했다. 그는 주로 억울하게 형량을 많이 받은 한국인 피의자들을 변호하는 인권 변호사였는데, 그와의 대화는 아빠의 지적 허영이나 자격지심을 어루만져주는 것처럼 보였다. 나는 그 아저씨가 아빠나 우리 가족을 잘 이해해줄 거라고 생각했다. 하지만 그는 그만의 방식으로 아빠를 무시했다.

"IMF 때문에 2004년에 이민을 왔다고? 그건 너무 비약이지. 그렇지 않아? 1998년도 아니고, 2004년에도 탓을 해?"

그는 다른 손님들이 온 날에도 똑같은 말을 반복하며 사람들 앞에서 면박을 주었다. 아빠는 어설프게 웃으면서 '어떻게 생존해야 하나 계속 고민하다 보니까 그렇게 되었네요!'라고 답했다. 그러면 다른 사람들이 '그래도 2004년에 그런 소리는 좀 아니지. 제니 아빠는 자격증이 있으니까 급하지 않았던 거지' 하고 거들었다. 아빠가 말도 안 되는 소리를 한 것처럼, 복에 겨운 소리를 한 것처럼 만들었다.

아빠의 대답을 그 변호사의 논리로 고쳐 말하면, 우리는 IMF 때문에 미국을 택한 것은 아니지만 IMF의 여진이 우리를 벼랑으로 몰았고 그 끝에서 미국으로 떨어진 것이다. 경제 붕괴는 모두를 고달프게 하지만 경제성장은 모두에게 혜택을 보장하지 않았다. 숙련 노동자들이 전부 잃은 일자리를 되찾았다면, 아빠처럼 더 높은 직급으로 이직하거나 재취업하기에 애매한 나이가 되어버린 사람들이 땅으로 떨어진 수입을 허리춤까지라도 주울 수 있었을 것이다. 시간이 1997년에 멈춘 것처럼 빠듯하게 살지 않아도 되었을 것이다. 그러나 우리 사연은 어찌 됐든 번지르르한 '기술 이민'이었고, 다른 이주민들의 사연에 비해 흥미롭지 않았다. 우리는 겉보기에 그들만큼 힘들거나 슬프지 않았다. 나는 그 콤플렉스 속에서 자라야 했다. 내 마음의 살결에 자격지심이라는 커다란 멍이 새파랗게 들어서 빠지지 않았다.

콤플렉스란 이런 것이다. 내가 너만큼 안 되는구나. 넌 미움받아야 해. 상처 받아도 돼.

콤플렉스란 또 이런 것이기도 하다. 넌 나만큼 안 되는구나. 적어도 나 정돈 되어야지. 넌 노력해야 해.

콤플렉스는 자기 자신이 너무 싫은 나머지 모두에게 죄를 뒤집어찌우려고 하는 욕심이다.

나는 우리 가족이 미국에 온 이유의 정당성을 지키기 위해 마음껏 싫어할 사람들을 물색했다. 나보다 잘나거나 나보다 못난 사람들. 아무도 내가 내미는 기준에서 자유로워질 수 없었다. 증오는 날이 갈수록 커졌고, 내가 가장 싫어하는 사람 중에는 엄마가 가장 좋아하는 '왕언니' 윤희-제시카가 있었다. 윤희-제시카는 집이 로스앤젤레스 한복판에 있는데도 자꾸만 우리 동네에 와서 한국에서부터 가져온 자신의 부를 자랑했다. 경매에서 현금 거래로 사들인 집, 곧 가치가 폭등할 미술품 얘기가 나오면 교회의 모든 여자들은 원하든 원하지 않든 그에게 관심을 바치게 되었다. 결국 윤희-제시카는 온갖 사기꾼이 꼬여 재산을 크게 잃고 자취를 감추지만, 그렇게 되기 전까지 그는 교회에서든, 한인 행사에서든 꼭 가장 먼저 마이크를 잡았다.

"여기 와서 일하고, 공부하고, 일상을 사는 건 매일이 전투죠. 그래도 싸워야죠. 우리 꿈을 위해 포기한 것들, 놓고 온 것들이 우리를 강하게 만들어요."

사람들은 우리 아빠는 쉽게 무시하면서 윤희-제시카는 절대 무시하지 않았다. 윤희-제시카의 따뜻하고 텅 빈 말들을 떠받들어주고, 좋아해주었다. 아무도 윤희-제시카에게 '너는 돈이 많으니까 살 만하겠지, 여유가 있겠지' 하고 헐뜯듯 말하지 않았다. 한번은 분에 못 이긴 내가 사람들이 어째서 윤희-제시카를 좋아하는지 모르겠다고 투덜댔는데, 엄마는 이렇게 말했다.

"돈이 많으니까. 사람들은 돈 많은 사람을 좋아하고 존경해. 그래야 자기도 그렇게 될 수 있을 것 같거든. 돈 많은 사람을 미워하면 평생 돈 없는 처지로 살아야 할 것 같잖아."

엄마의 말에서 일종의 해방감을 얻었다. 돈이 많은 사람들을 전부 욕해도 된다고 허락받은 것만 같았다.

윤희-제시카에게는 나보다 열두 살 많은 아들이 있었다. 네이선은 아홉 살 때 한국에서 미국으로 왔기 때문에 영어를 아주 잘했다. 그는 UCLA(캘리포니아대학교 로스앤젤레스)에 진학해서 교인들, 이웃들의 끝없는 칭찬 세례를 받았으며 교회에서도 자주 대표로 기도문을 외우거나 청년부 발표를 맡았다.

윤희-제시카가 '우리 모두 힘내자'는 요지의 말을 자주 했다면, 네이선은 '나 정말 노력 많이 했어'라는 말을 수십 가지 형태로 늘어놨다. 자기가 어떤 각고의 노력 끝에 명문대에 합격했는지, 얼마나 힘들게 영어를 공부했는지, 고향에 대한 그리움을 이겨냈는지, 인종차별을 경험하고도 살아남았는지 시도 때도 없이 말했다. 네이선의 청자는 대체로 그 모든 걸 겪은 사람들밖에 없었는데, 그는 마치 자신의 노력이 유일하고 독특한 것처럼 떠들었다.

살면서 네이선 같은 나르시시스트들을 자주 보았다. 온통 '나'뿐인 사람, 자기 자신에게 취해 있는 사람은 그 애 말고도 발에 차일 정도로 많았다. 그들을 욕하려는 게 아니다. 나 역시 회고를 하겠다느니 반성을 하겠다느니 운을 떼놓고 한참 이런 얘기만 하고 있는데 네이선의 나르시시즘을 찌를 수는 없다.

내가 그를 싫어했던 건 동족 혐오에서 기인한다. 네이선은 실은 나와 아주 비슷했다. 그는 '자격'을 획득하려고 분투했다. 자기보다 더 힘든 사람들 앞에서, 나도 너처럼 힘들다고, 나도 너희 중 하나라고 호소했다. 아주 제멋대로 비장했다. 그의 콤플렉스는 슬픔이었을 것이다.

나는 네이선의 웅변을 들을 때마다 불쾌했다. 사람들은 왜 그의 말에 귀 기울였을까? 왜 그가 계속 나서서 말하도록 기회를 주었을까? 앞에서는 삶이 너무 힘들다고 장황하게 말해놓고 여름휴가로 뉴욕 여행을 다녀온 다음 '다양한 이민자가 모여 있는 곳에 가서 정서를 환기해주어야 한다'고 하거나 너무나 확신하는 말투로 '졸업하면 창업을 할 것이다. 열심히 하면 성공할 수 있다'고 하거나 누군가를 위로하며 '타지에서의 삶이 힘든 건 맞지만 새로운 경험도 많이 쌓을 수 있지 않냐, 경험은 전부 자산이다'라고 하는데 왜 사람들은 그 기만적인 네이선을 좋아했을까.

왜냐하면 네이선은, 지겨운 '우리'가 아니었기 때문이다. 아메리칸드림을 믿고 이주하고 처참히 깨진 우리가 아니라서. 돈이 많아서. 명문대를 다녀서. 창창한 미래와 희망을 겸비해서. 좋아하고 예뻐해주면 언젠가 네이선처럼, 윤희-제시카처럼 될 수 있을 것 같아서. 그런 그 애가 '우리'를 전부 이해하는 것처럼 굴어서.

5

 사람은 어떻게 빚어지는 걸까. 인상 깊은 사람과의 충돌 속에서, 콤플렉스와 트라우마의 교집합 속에서 삶이 매일같이 둔탁하게 움직인다.

6

 내가 한나와 한나의 가족을 만난 건 로스앤젤레스에서가 아니라 하트빌에서다. 앞서 말했듯이 아빠가 사우스캐롤라이나에 있는 공장으로 이직하면서 우리 가족은 캘리포니아에서 지낸 지 3년 만에 대륙을 횡단하여 이사했다.
 아빠는 공장이 노동자에게 제공하는 작은 기숙사 방에서 지냈다. 나와 엄마는 내가 입학한 중학교 가까이에 있는 신축 아파트의 반지하 호실을 얻었다. 엄마가 그 아파트의 청소 노동자로 고용되었을 때, 건물주가 우리의 사정을 듣고 딱하게 여겨 싼값에 지낼 수 있게 해주었다. 원래는 상주하는 경비원이나 배관 기술자가 지내는 방인데, 마침 일하던 경비원이 고향인 멕시코로 돌아가게 되었다고 했다. 우리는 그 이민자가 두고 간 물건들을 물려받았다.
 하트빌은 조용한 소도시였지만, 아파트가 있다는 건 아주 작은 도시는 아니라는 의미였다. 차가 없어도 다닐 수 있을 만한 조밀한 거리가 형성되어 있고, 몇 개의 작은 대학들을 중심으로 갖출 건

다 갖춰져 있었다. 상업이나 관광이 발달하지 않아서 별로 특색이 없었을 뿐이다.

도시 중심에 도서관이 있고, 그 북쪽으로 대학, 주택가가 있었다. 도서관 남쪽으로 중고등학교와 작은 미술관, 아주 작은 향토박물관이 모여 있었다. 가게, 은행, 병원, 회사 들은 도서관 주변 서쪽부터 동쪽까지 이어졌고, 노숙자들이 지내는 큰 공원이 있었다.

공원 앞에도 버스 터미널이 있었지만 아빠는 도시 남쪽 끝에 있는 더 작은 터미널을 통해 도시로 돌아오곤 했다. 우리 집 형편도 그다지 좋지 않으면서 그는 집에 올 때마다 노숙자들을 욕했다. 그들이 게을러서, 자기만큼 열심히 일하지 않아서, 마약을 하거나 몰려다니면서 놀고 비행을 저질러서 밖에서 자는 거라고 중얼거리곤 했다. 아빠보다 피부색이 더 짙고 아빠보다 더 가난한 사람들 앞에서 아빠는 일종의 상상 백인이 되는 것 같았다.

진급 순서에서 밀리지 않기 위해 아빠가 상사에게 좋은 말을 늘어놓았더니, 동료들은 '중국인처럼 굽실거린다'며 아빠를 말렸다고 한다. 젊은 남자 직원들이 가만히 있는 아빠를 몇 번 칭챙총이라 부르기도 했다. 그런 이야기를 들려줄 때, 아빠는 한 번도 상처 받았다거나 화가 난다고 하지 않았다. 마음에 들지 않는다거나 성가시다고만 했다.

"좀 째려보니까 안 한다고 하더라고. 결론적으로는 화해했어."

일방적으로 당했으면서 '화해'라는 말을 썼다. 아빠는 자기가 째려본 것이 효과적인 반격이었다고 믿으며 내리 잠만 자다가 다시 출근길에 오르곤 했다.

하트빌에 머무는 동안 나는 그 도시를 벗어난 적이 거의 없다. 근처에 있는 크고 작은 도시들도 거의 다 작은 캠퍼스 몇 개를 중심으로 돌아가는 대학 도시라 궁금하지 않았고, 조금 더 멀리 나가면 오래된 휴양도시들이 있는데 물가가 달랐다. 내가 가장 멀리 나가본 것은 도시들 사이에 있는 큰 호수와 그 호수를 둘러싼 공원까지였다.

하트빌은 로스앤젤레스와 비교하면 한국인이 거의 없다고 해도 무방한 도시라서 적응하는 데 오랜 시간이 걸렸다. 물론 미국에서 태어난 한국인이나 한국계 혼혈이 있긴 했지만 그마저도 내가 입학한 중학교에는 여섯 명밖에 없었고, 서로 전혀 친하지 않았다. 나는 전학 온 첫 주 동안 쉬는 시간마다 복도와 카페테리아, 운동장을 돌아다니며 그 애들이 어떻게 지내는지 지켜봤다. 중국계, 일본계 이민자들은 수가 좀 되어서 그런지 자기들끼리 잘 모여 다녔는데, 한국계 아이들은 유독 뭉치지도 않고 서로 아는 체도 하지 않고 다른 인종의 아이들과 어울려 다녔다. 마치 각자 자기가 속한 그룹의 유일한 한국인이 된다는 중요한 목표를 수행하고 있는 것처럼, 무슨 파견이라도 나간 것처럼 말이다.

한국어를 할 줄 아는 한국인은 나뿐이었다. 나는 중학교를 유령의 집만큼이나 두려워하게 되었다. 수업에 들어가기 전에 입술과 손톱을 잘근잘근 씹는 버릇이 생길 정도였다.

내가 다른 한국계 아이들처럼 일종의 희귀 상품이 되기 전까지, 나는 친구를 찾아 헤맸다. 외로운 얼굴을 감추지 않았다. 한국어를 조금이라도 이해하거나 말할 줄 아는 애들에게 다가가려 했다. 사실 접점이 없는 백인들이나 흑인들, 이미 서클을 형성한 다른 아시안 이민자들에게 다가가는 건 더 어려웠다. 그 애들은 교묘하게 불친절했다. 먼저 인사를 건네거나 간식 같은 것을 나눠주긴 해도 매번 이민 심사관처럼 내 말을 끝까지 듣지 않았고, 학교 밖에서 마주치면 눈인사조차 하지 않았다.

그런데 내가 다가간 한국계 아이들도 그 애들만의 방식으로 불친절했다. 그 애들은 전부 나를 밀어냈다. 반겨주길 바란 것도 아니고, 얼굴 익히고 서로 인사하는 사이가 되고 싶었을 뿐인데 허락해주지 않았다. 중학생이 되면 단체로 모질어지는 전염병에 걸리는 것 같았다.

나와 엄마가 사는 건물의 주인에겐 로렌이라는 딸이 있었다. 로렌은 미국에서 태어난 재미 교포였다. 나보다 한 학년 위지만 같은 아파트에 살고, 학교에서도 일부 화장실을 공용으로 쓰느라 몇 번 마주치곤 했다. 그 애는 백인 애들과 무리 지어 다니면서 아무 데서나 시끄럽게 떠들다가 화장실 문턱에서 나를 만나자마자 내 어깨를 세게 치고 지나갔다.

5분짜리 손톱만 한 쉬는 시간에 굳이 싸움을 걸기는 싫었지만 한마디라도 쏘아붙이고 싶었다. 사과를 하라고 말할 생각이었다. 나는 몸을 돌려 따라 나갔다. 그때, 로렌 친구들의 걸걸한 웃음소리가 들려왔다.

로렌은 복도에 있는 모든 사람과 유창한 영어로 이야기하며 즐거워하고 있었다. 특히 팔다리가 앙상하고 흐느적거리는 멀대 같은 남자애들이 로렌을 귀여워하면서 그 애가 한 짓을 칭찬했다. 그 애들의 웃음소리, 말소리, 숨소리는 너무 두껍고 무거워서 나는 꼼짝도 하지 못했다. 그러자 어딘가에서 환청이 공기를 파고들어 귓가를 간지럽혔다. 상상 속의 엄마가 등 뒤에 나타나 '저건 자랑하는 거야. 그냥 잘됐다고 하면 돼. 왜 이렇게 출랑거려?' 하고 몇 번이고 속삭였다. 차라리 내가 맞았다면, 그 애들이 나를 어딘가에 묶어놓고 조롱했다면 선생님이나 어른 들에게 고발이라도 했겠지만 나를 그 자리에 붙박아둔 건 그저 분위기였다. 대처할 수 없었다.

내 영어는 유쾌한 분위기를 깨가면서 뭔가를 따질 수 있는 수준이 아니었다. 시비 건 사람을 당당하게 돌려세우려면 완벽한 영어가 필요한 것처럼 보였다. 그런 이상한 깨달음이 당시 내 위축된 마음에 밧줄을 두르고 수십 개의 매듭을 묶었다.

영어를 잘 못해도 자신을 지키기 위해 발언하는 건 어쩌면 당연한데, 도저히 용기가 나지 않았다. 어디선가 엄마가 나타나 내 입을 막아버릴 것 같았다. 가만히 있으면 눈에 띄지 않는데, 사이좋게 지낼 수 있는데 뭐 하러 말을 뱉냐고 혼낼 것 같기도 했다. 로렌이 친구들과 낄낄 웃으며 복도의 소실점으로 사라지는 모습을 가만히 바라보다가 돌아섰다. 아빠처럼 그 애들을 째려보기만 하다가 혼자 '화해'를 한 것이다. 얼굴에 불티가 튄 것처럼 화끈거렸다.

로렌은 내가 할 말을 잃고 어색하게 웃으면 내 표정을 따라 했고, 다른 아이들과 함께 손가락으로 자기 눈가를 밀어 올리며 내 눈 모양을 비하했다. 내가 자길 피해도 웃고, 피하지 않아도 웃었다. 나는 점점 새빨간 얼굴을 가진 엄마의 새빨간 딸이 되어갔다.

"하지 마. 기분 나빠."

한번은 로렌을 말린 적이 있다. 그러자 그 애는 웃음을 거두고 답했다.

"그러라고 하는 거야. 기분 나쁨, 그게 목적이야."

로렌 덕분에 나와 비슷한 사람을 찾아 말을 걸고 싶은 욕구가 휘발되면서 내 생존 방식은 변화했다. 나를 지키려고, 언제든 따질 일이 생겼을 때 어떤 분위기에서든 주저하지 않고 나서려고 영어를 공부하기로 했다. 내 편을 들어줄 수많은 친구를 사귀기 위해 독기를 품었다.

캘리포니아에서 지내는 동안엔 엄마와 아빠를 돕기 위해 번역하거나 통역할 일이 그다지 없었다. 그런 일이 있어도 나는 두 사람보단 영어를 잘했기 때문에, 더 빠르게 의사소통할 수 있었기 때문에 더 영어를 잘하고 싶다고, 잘해야겠다고 생각하진 않았다. 조금도 조급하지 않았다. 그러나 윤희-제시카가 말한 것처럼 '일상이 전투'가 되면서부터, 나는 영어로만 말하고, 교과서를 통째로 외우게 되었다. 남들의 말을 전부 앵무새처럼 따라 했다. 아무도 내 문법을 고칠 수 없도록, 내 말투를 교정할 수 없도록 미디어에서 사람들이 하는 말을 전부 외워서 나불거렸다. 말을 못 알아들어도 무안하지 않은 척하기 위해 거울을 보면서 연기하기도 했다.

외국어를 구사하는 일은 몸에 맞지 않는 옷을 입고 춤을 추는 것과 비슷하다. 한시도 가만히 있지 못하니까. 계속해서 주춤거리거나 나아가거나 돌아서야 한다. 머릿속의 생각, 자극, 불편함을 여실히 느끼면서, 내가 가진 단어들을 재배치하고 또 재배치하면서 움직여야 한다. 사람들을 만날 때마다 무대 위에 홀로 남겨지는 듯한 묘한 긴장 속에 놓인다. 이 춤에는 웅크리는 안무도 없다.

영어를 열심히 공부한 건 순전히 내 선택이었지만, 노력을 하면 칭찬을 듣고 싶기 마련이다. 나는 친해지고 싶은 애가 생길 때마다 집에서도 종일 전화하며 영어로 말하곤 했는데, 실은 엄마에게 들려주고 싶은 마음도 있었다. 어차피 전화를 걸기 전부터 어떤 대화를 나눌지 대본을 구상해서 떠드는 것에 불과했지만, 내가 매끄러운 영어 문장을 구사하기만 하면 엄마가 왠지 기뻐할 것 같았다.

그런데 엄마는 내가 전화를 쓰겠다고 하면 통화 요금이 아깝다며 화를 냈다. 누구에게, 왜 전화를 거는지 타당한 설명을 하지 않으면 절대로 수화기를 잡지 못하게 했다. 내가 결국 통화에 성공하더라도 영어로 말하기 시작하면 옆에서 '나불나불나불나불'이라고 중얼거렸다. 소리를 잘 듣지 못하도록 방해하는 것이기도 했고, 내가 뱉는 말들을 따라 하며 비웃는 것이기도 했다.

가끔 긴 통화를 마치고 나면 머릿속이 점토처럼 물렁물렁한 상태가 되었다. 영어 단어들이 빠져나가지 못한 채 한국어 단어들과 함께 빙글빙글 돌면서 무작위로 빈칸을 채웠다. 엄마와 대화하면서 영어와 한국어를 섞어 말한 건 그다지 고의가 아니었다. 그런데 엄마는 내가 두 언어를 섞을 때마다 왜 잘난 척을 하냐면서 물건을 집어 던졌다.

"내가 로렌처럼 영어를 잘하게 되길 원한 거 아니었어?"

"네가 여기 사는 거 다 엄마 아빠 덕분이야. 그런데 어딜 감히 엄마를 망신 주려고 해?"

"내가 어려운 말이라도 썼어?"

"알아듣게 말을 해. 알아듣게."

나는 엄마에 대해 생각했다. 이 여자는 도움이 안 된다. 방해물. 피곤하다.

7

 언어를 잘한다고 모든 고민이 해소되지는 않았다. 아이들은 집단을 형성하고, 서로를, 그리고 서로의 집단을 평가했다. 나는 중학교 첫 두 해 동안 거의 모든 집단에 속해 있었는데, 다시 말해 아무 집단에도 속해 있지 않았다. 분명 자유로웠지만 한편으로 아주 조심스러웠다. 내 자리는 어디에서나 불안정했다. 아무도 내 곁으로 모이지 않았고, 나는 쉴 새 없이 꽃 사이를 맴도는 벌처럼 여기 붙었다 저기 붙었다 하며 혼자 남지 않으려고 노력했다.
 시도하다, 노력하다. 네이선이 하도 강조를 해서 최선을 다해 싫어했던 단어였으나 그건 어느새 내 혀와 가장 가까운 발음이 되어 있었다. 나는 보상을 바라게 되었고, 노력하면 이룰 수 있다는 미신적인 감각을 껴안았다.
 내가 택한 방법은 축구부에 들어가는 것이었다. 아무도 나를 버릴 수 없는 소속이 필요했다. 운동을 좋아해서 축구는 부담스럽거나 어렵지도 않았고, 여자 축구부에는 다양한 인종의 아이들이 섞여 있어서 그나마 마음이 쏠렸다.

특기를 만들고 싶었다. 노래를 잘 부르는 애나 춤을 잘 추는 애, 달리기를 잘하는 애. 이런 애들은 어느 무리에서나 일정한 정도의 관심을 차지하고 진심이든 아니든 인정받았다. 무대나 시합에서 잠깐이나마 아이들의 주목과 동경을 받을 수 있었다. 나는 여자 축구부에 들어가서, 누구보다 빠르게 뛰어다니며 '운동 잘하는 애'가 되려고 했다.

운동 잘하는 애가 다른 특기를 가진 애들에 비해 나은 대우를 받는 건 결코 아니었지만 로렌같이 대놓고 나를 싫어하는 애들이 더는 시비를 걸지 않게 되었다는 데 의의가 있었다. 아무도 키가 크고 체격이 다부지고 운동을 잘해서 체육 시간에 같은 팀이 되면 유리한 사람과 싸우고 싶어 하지 않았다. 나는 체육 시간마다 모두와 두루두루 친하게 지낼 수 있는 기회를 얻었다. 거기엔 몇몇 애들과 갈등이 생겨서 다른 집단을 찾아 떠나야 할 때에도 '쿨하게' 행동하면 되는 특권이 덤으로 딸려 왔다.

그런 변화를 느낄 때쯤 나는 한 번 더 선택의 기로에 놓였다. 여자애들과 남자애들 사이에 기다란 스펙트럼이 있고 그 위에서 자리를 잡아야 할 때, 나는 어색함에, 불편함에 치를 떨었다. 어떻게 아이들은 다들 별 고민 없이 자리를 탐색하고 금방 자기에게 꼭 맞는 주소를 찾았을까? 어떻게 그렇게 다들 자연스러웠을까. 여자애들과 잘 지냈지만 별로 나 자신이 여자 같지 않았고, 남자애들과의 관계도 무탈한 편이었지만 그 애들이랑도 달랐다. 그리고 그 애들이 서로 연인이 될 때, 연인이 되기 위해 표정과 목소리와 자세를 바꾸거나 과장하는 모습을 포착할 때는 흙이나 고무를 씹는 것처럼 얼굴이 경직됐다. 하지만 이런 주제로 깊고 진지하고 구체적인 대화를 나눠줄 사람은 보이지 않았다.

그래도 이런 고민은 참을 만했다. 경계에서 서성이는 내게 아이들은 별로 갑질하지 않았다. 머리가 짧고 운동에만 몰두하는 것을 어떤 선언으로 여기는 애들도 있었지만 멋진 개성으로 보는 애들도 있었고 누가 됐든 나에게 시비를 잘 걸지 않았다. 그것만으로 충분했다.

축구는 중학생 시절 내 모든 것이었다. 처음에는 발붙일 곳을 찾으려는 전략적인 계기로 시작했으나 곧 나는 내가 축구를 엄청나게 좋아한다는 사실을 알았다. 거의 선수를 준비하는 사람처럼 매일 훈련 루틴을 정해서 연습했고, 혼자 차트도 만들어 워밍업, 달리기, 스쾃으로 몸을 푸는 과정도 놓치지 않았다. 단체 연습이 끝나도 공 기술을 연구하느라 필드에 남는 건 예사였다. 왜 그렇게 몸을 쓰는 게 좋았을까?

'일을 하면 생각을 안 해도 돼. 생각을 쫓아낸 것뿐이야.'

한때 나는 엄마가 한 말을 떠올리며 그게 내가 축구에 미친 이유라고 믿었다. 생각을 쫓아내려고, 상쾌하고 건강한 몸에서 고통스럽고 복잡한 생각들을 탈탈 털어내려고 몸을 움직인 게 틀림없다고 생각했다.

그러나 한참 시간이 지난 지금, 다른 의미를 부여해본다. 둥근 공은 지구 같아서, 꼭 세계를 발로 뻥 차버리는 것만 같은 기분에 취할 수 있어서, 그때만큼은 정말로 내가 언젠가 축구 선수가 될지도 모른다고, 어떤 든든한 미래가 기다리고 있을지도 모른다고 여겨서가 아닌지 질문해본다.

공격수나 미드필더가 눈에도 더 잘 띄고 인기가 많은 포지션인데 나는 매번 수비수를 자처했다. 골대 가까이 오는 모든 공, 밀려들어오는 남들의 세계를 발로 힘껏 걷어차서 멀리 날려버릴 때 가장 기분이 좋았기 때문이다. 내가 찬 공이 우리 팀 공격수 발 앞에 놓이면 내가 게임을 물밑에서 조종하고 있는 듯한 신기한 우월감도 들었을 것이고, 어디서도 느낄 수 없는 감정이 축구 경기에서만 터져 나왔을 것이다.

불시에 찾아와 집세를 올리겠다고 말하는 건물 주인에게 화도 내지 못하고, 울지도 못하고, 입 꾹 다물고 있다가 그가 돌아가려고 발을 뗄 때가 되어서야 '쏘리, 쏘리, 위 해브 노 머니. 알잖아요, 언니. 언니, 제발요' 하면서 싹싹 비는 엄마와 살던 시절이다. 엄마의 새빨간 얼굴을 마주하면 언제라도 나가서 공을 차고 싶어졌다. 그 집 딸인 로렌이 나를 비웃으면서 자기 친구들에게 우리가 자기 아파트에 얹혀사는 것을 거론한 날도 골반이 터지도록 뛰었다. 어떤 신비로운 감정을, 어쩌면 그 어느 때보다 구체적이고 현실적인 감정을 느끼려고 했다. 내가 되는 감정을 느끼려고 했다. 내 이름이나 몸, 고향이나 언어를 지우고 오직 공과 움직임만 남을 때 나타나는 희귀하고 소중한 감정의 집으로 은신한 것뿐이다. 가출을 할 수가 없어서.

그런데 공은, 마치 무협지에 나오는 고수 스승처럼, 내가 분노를 못 참고 발을 움직일 땐 절대 원하는 곳으로 가주지 않았다. 날뛰는 마음의 선들을 간신히 붙잡고 아주 긴 화음을 만들어낼 때만 상대 팀 선수들의 발 사이로, 내 동료의 발 앞으로, 골대로 향했다. 나는 축구를 하지 않으면, 그런 식으로 수양하지 않으면 평범하고 평온한 일상의 순간을 기대조차 할 수 없었다. 그만큼 뭔가가 되고 싶고, 인정받고 싶고, 휘두르고 싶고, 불만족스럽고, 울고 싶었다.

남들이 보기에 나는 어떤 사람이었을까? 너무 애를 쓰는 것이 티가 났을까? 어쩌면 우울해 보였을까. 몇 년 전, 당시 같이 축구부였던 친구에게 연락을 한 적이 있다.

"셰리, 너는 나를 어떻게 기억해? 내가 불편했어? 애잔했어? 아니면……."

셰리는 한참 조용히 있다가 내가 그 애의 답을 더 기다리지 말아야겠다고 생각한 순간 입을 열었다.

"기억 안 나."

내가 나에게만 중요하다는 사실은 가끔 너무 잔인하고,
다행이다.

8

한나는 6학년이 끝나기 3주 전 아주 갑작스럽게 등장했다.

5월의 해가 건물 밖 야자수 이파리 사이에서 수십 갈래 빛으로 쪼개져 교실 창에 쏟아지고 있었다. 빛은 키가 작은 단발머리 한나의 빨간 뿔테 안경 위로 미끄러졌다. 한나가 고개를 흔들 때마다 안경테가 매끄럽게 반짝였는데, 그 안경테가 한나라는 사람보다 더 흥미로워 보일 정도로 한나는 틀에 박힌 식상하고 단순한 자기소개를 했다. 하이, 마이 네임 이즈 한나 킴. 나이스 투 밋 츄. 한낮의 끝 무렵을 한나는 더럽게 지루한 말로 탕진했다.

아이들은 아무 반응이 없거나, 조금 웅성거리거나, 한나의 발음을 비웃으며 따라 하다가 금방 관심을 거두었다. 교내에서 가장 착하고 순하기로 유명한 여자애 두 명이 어리숙해 보이는 한나에게 다가갔는데, 그 애들은 한나가 학교에 잘 적응할 수 있게 말을 좀 걸어주려는 것 같았다. 아니면 누군가가 한나의 발음을 놀린 것에 대신 죄책감을 느껴 뭔가 갚으려 했던 것일 수도 있다.

"안녕, 해나."

"해나가 아니야. 한나야."

한나는 어설프게 손짓을 섞어가며 자신의 이름이 'Hannah'라고 쓰여 있지만, 해나가 아니라 한나라고 읽어야 한다고 설명했다. 그 애들은 혼란스러워하며 한나가 너의 영어 이름이냐고 되물었다. 한나는 그 말을 잘 알아듣지 못해서 응? 하고 반응했고, 그렇게 의사소통에 연착이 생긴 순간부터 학교에서 가장 착하고 순한 여자애들조차 한나가 피곤한 듯 웃음기를 지웠다.

"한나가 네 영어 이름이냐고."

"아니?"

한나는 더 설명하지 않았다. 영어가 아니라 한국어라고, 어차피 이름은 고유명사라서 영어와 한국어가 따로 있을 필요도 없다고, '한나'라고 발음하는 단어가 자신의 고유한 이름이기 때문에 너희가 제대로 발음해주어야 한다고 주지시키지 못했다. 한나는 그저 조금 당황한 얼굴로, 어쩌면 어색함을 이기기 위해 샐쭉 웃었다. 한나의 앙다문 입과 동그란 턱이 어딘가 고집스러워 보였다.

그때, 나는 한나에게 웃지 말라고 말하고 싶었다. 말을 좀 못한다고 웃어버리면 안 된다고, 그러면 모두가 널 무시할 거라고 경고하고 싶었다. 하지만 그런 생각이 드는 순간 답답해졌다. 자연스럽게 끼어들어 '한나가 무슨 뜻인데?' 하면서 대신 대화를 이끌었어야 할까? 한나가 더 설명해야 할 것들을 물어봐주고 그 애가 입을 열면 한꺼번에 머리에 담았다가 무지막지한 집중력을 동원해 곧바로 통역을 해주었어야 할까? 외면이라는 편리한 선택지가 있는

데? 한나의 말을 못 알아듣는 게 더 피곤할까, 아니면 한나의 모든 말을 알아듣는 게 더 피곤할까? 저울에 재본다면 후자라고 단언할 수 있었다. 나는 가만히 있기로 했다. 영어를 못해 곤란한 처지가 되는 꼴이 우리 엄마와 비슷해서, 가여워서 한나를 도와주기 시작하면 끝도 없을 테니까.

그 후로 한나를 피해 다니며 한국어를 전혀 못 알아듣는 척했다. 한나가 오기 전까지 우리 학교에 다니고 있었던 여섯 명의 한국인 중 나를 제외한 다섯 명이 나를 철저히 모르는 척한 덕분에 나도 한나를 쉽게 내칠 수 있었다. 한나가 나를 힐끗힐끗 보는 것 같으면 정색을 하거나 영어로 혼잣말을 하고, 한나가 내 근처로 다가올 때는 일부러 다른 애들에게 말을 걸었다.

그러면서도 한나가 무슨 말을 하고 다니는지, 어떤 행동을 하는지 몰래 지켜보았다. 어디선가 지령을 받고 한나를 감시하는 스파이라도 된 것처럼 말이다.

한나는 1995년 겨울 신경외과 의사와 학예사 사이에서 태어났다. 한나 아빠는 대학 병원 웹사이트 메인 페이지에 접속하면 나오는 의료진 목록에서 볼 수 있었는데, 사진 속 환하게 웃고 있는 남자는 한 번도 실제로 만난 적이 없더라도 한나의 아빠임을 단번에 알아볼 수 있었다. 사진 옆에 적혀 있는 이름이 리처드 도슨 같은 백인 할아버지 이름이라고 해도 그 사람은 한나의 아버지가 확실했다. 외과 의료진 중 유일한 아시안이었기 때문이다.

한편 한나의 엄마는 매일 은색 볼보를 몰고 직접 학교에 나타났다. 그 여자는 흰 셔츠 아래 정장 치마를 입고 팔에 정장 재킷을 걸쳐둔 채 주황색 주차장 바닥을 가로질러 건물을 향해 걸어왔다. 경기장을 가르는 공처럼 보이기도 하고, 테라스를 넘어 날아오는 종이비행기처럼 보이기도 했다.

나는 복도 창으로 그 모습을 내려다보면서, 여유롭고 당당한 걸음걸이를 보면서, 그 사람의 딸이 되고 싶다는 생각에 사로잡히곤 했다. 한나가 되고 싶다거나 한나의 자매가 되고 싶은 게 아니라 내 엄마가 그 여자였으면 좋겠다고 생각했다. 우리 엄마가 갤러리에서 일하면서 볼보를 혼자 운전하고 키가 크고 마른 몸에 정장을 걸쳤으면 좋겠다고 생각했다.

물론 우리 엄마에게 이런 이야기를 한 적은 없다. 아무리 엄마가 다른 집 아이들과 나를 비교해도, 공부를 못한다고 지적해도, 내가 자기를 무시한다고 굳게 믿어도, 여자애들은 어때야 한다고 훈계해도, 밖에서는 아무것도 따지지 않으면서 집에서는 시도 때도 없이 길길이 날뛰어도 나는 엄마를 한나 엄마와 비교하지 않았다. 엄마에게 불평을 늘어놓지 않았다. 사랑해서도 아니고, 그게 딸의 도리여서도 아니었다. 내가 엄마의 비위를 맞추고자 하면 어느 정도 맞출 수 있었지만, 엄마는 아무리 노력한다 해도 내가 원하는 엄마가 될 수 없었기 때문이다.

이건 비가역성의 원리다. 사람들, 환경, 생각, 시대 모두 계속 변화하지만 이미 일어난 일들이 취소되는 건 아니다. 엄마는 이미 내 엄마가 되었고, 한나의 엄마는 한나의 엄마가 되었다. 엄마는 이미 자기 삶을 살아왔고, 그 연속적인 일들이 엄마를 만들었다.

한나의 엄마가 일류 대학에서 교육받고, 의사와 결혼하여 한나를 낳고, 미국에 데려와서 매일 한나와 함께 귀가하는 동안 우리 엄마는 그 삶의 바깥을 걷다가 어떤 파도를 타고 하트빌까지 휩쓸려 와서 매일 스쿨버스에서 내리는 나를 맞이하고 곧장 아파트로 돌아가 계단과 엘리베이터를 쓸고 닦았다. 아파트 청소를 하지 않는 시간에는 크고 작은 호텔이 모여 있는 다운타운의 번화가로 향했다. 거기엔 일본인이 운영하는 큰 세탁소가 있었는데, 엄마는 자기가 원래 바느질을 잘해서 수선 일을 '도맡을 수 있다'고 자신 있게 말했다. 그렇게 도맡은 일감은 엄마의 온몸을 휘감고도 남을 정도로 쏟아졌다. 엄마는 매번 집까지 남의 옷을 가져와 새벽에도 램프를 켜놓고 바느질을 했다. 그 노동까지도 엄마라는 사람을 만드는 데, 완성하는 데 일조했다. 이미 벌어진 일들, 벌어지고 있고 멈출 수 없는 일들, 내가 손쓸 틈이 보이지 않는 세계에 대해서 무언가를 바란다는 건…… 기만적이다.

세탁소 부업을 시작한 후로 엄마는 밤에도 바빴다. 퍼질러 자는 내 모습에 심술이 났는지 가끔 엄마는 바느질을 하다가 내팽개쳐두고 내 머리 위로 옷감을 탈탈 쏟았다. 그러나 또 가끔은 소파에 누워 잠든 내 몸에 머리를 기대고 쉬기도 했다. 엄마가 제자리로 돌아가 다시 실을 만질 때, 나는 잠결에 뒤척거리며 엄마를 언뜻언뜻 관찰했다. 엄마의 두 눈은 올빼미가 밤 사냥을 시작할 때처럼 형형했다.

9

 한때 나는 억척스럽다는 말이 부정적인 단어인 줄 알았다. 남자를 묘사할 때는 잘 쓰이지 않고, 뭔가를 강하게 요구하는 여자들을 폄하하는 뉘앙스로 자리한 것만 보았기 때문이다. 그 말이 어떤 어려움에도 꺾이지 않는 끈질기고 꿋꿋한 기질이나 태도를 말한다는 걸 알고 나니 보이지 않았던 구석들이 보였다. '억척스러운' 여자들은 죄다 어려운 상황에 놓여 있었다.

 우리 엄마도 내가 아는 억척스러운 여자들 중 하나였다. 미국에 오고 난 후로는 내게만 억척스러운 편이었고, 웬만한 일에는 굽신대기 바빴지만 억척스럽다의 정확한 뜻을 감안한다면 엄마는 여전히 억척스러웠다. 타지에서 거의 혼자 딸을 키우며 쉬는 날 없이 밤늦게까지 일을 하고, 아픈 몸을 견뎠으니까. 엄마는 너무 억척스러운 나머지 내가 엄마의 인정을 원할 때도, 엄마에게 무언가를 보여주고 싶을 때도, 엄마를 필요로 할 때마저 학교에 와주지 않았다.

오픈 하우스(학부모에게 공개하는 행사)에 초대되어도 나타나지 않았고, 내가 주전으로 뛰는 경기는 물론 상을 받는 시상식에도 불참했고, 1년에 한 번 필수로 진행하는 면담도 전화나 메일로 대신했다. 혼자 등하교를 해야만 하는 날이 오면 나를 챙겨준 것은 대체로 우리가 살았던 아파트의 주인이자 로렌의 엄마였다.

나는 그 여자가 집세를 올리겠다고 할 때의 구실이 되곤 했다. 나를 학교에 데려다주거나 집에 데려오거나 아니면 몇 시간 정도 돌봐야 하는 일이 종종 생기는데 당연히 돈을 더 받아야 하지 않겠냐는 식이었다. 그러면 집세를 올릴 게 아니라 심부름 값을 달라고 하면 되는데, 심부름 값은 그날그날 상황에 따라 얼마나 받을지 달라지지만 집세는 한번 올려놓으면 다시 내려가진 않으니 로렌 엄마는 항상 나를 걸고 넘어지면서 집세를 올렸다.

로렌 엄마의 도움을 받지 않고 혼자 집과 학교를 오가고 싶었으나 대부분의 미국 중학교는 스쿨버스를 타지 못하면 학교 시스템에 등록된 보호자가 데려다주거나 데리러 가야 한다. 스쿨버스를 놓치면 학교에서 직접 보호자를 호출한다. 내가 혼자 돌아다니다가 누군가가 쏜 총에 맞으면 안 되기 때문이라고, 어른들이 농담처럼 말했다.

선생님들은 항상 우리에게 조심해야 한다고 했다. 엄마의 나대지 말라는 충고를 상기하며 가만히 있으려고 애썼지만 어느 날 내 입은 누구보다 빨리 조잘거렸다.

"그러면 총을 없애면 되는 것 아닌가요?"

선생님은 눈을 깜빡이며 나를 바라보다가 정색하며 답했다.

"네가 캘리포니아에서 와서 뭔가를 잘못 알고 있는 것 같구나."

캘리포니아가 총기 규제를 강화해야 한다고 주장하는 민주당을 뽑아왔기 때문에 공화당 지지자인 그는 캘리포니아를 들먹였다. 아이들이 아무리 조심해도 길거리에 총을 든 사람이 있는 한 총알을 피하기는 어렵지 않겠냐고 한 것뿐인데, 선생님은 갑자기 캘리포니아의 정치를 탓하며 한숨을 쉬었다. 주변에 있던 아이들도 나를 한심해하는 눈으로 돌아봤다. 모두가 나를 몰아세우는 느낌이 들었지만 한편으로 선생님이 '한국에서 와서'라고 하지 않고 '캘리포니아에서 와서'라고 한 점은 마음에 들었다.

아무튼 나는 하는 수 없이 종종 로렌 엄마의 차 뒷좌석에 욱여넣어졌다. 로렌 엄마는 조수석에 항상 비싼 가방을 놔두었기 때문에 로렌도 조수석에 타지 못하고 뒷좌석으로 쫓겨나곤 했는데, 로렌과 나란히 앉아 학교와 아파트 사이를 오갈 때마다 진절머리가 났다. 그 애는 내가 바로 옆에 있는데도 아무도 없는 것처럼 행동하고 내게 아예 말을 걸지 않았다. 내가 체육 시간에 활약하고 친구들을 사귀고 같이 다니는 무리가 생겨도, 약간의 인기를 얻어도 로렌은 내 존재를 승인하지 않았다.

한편 한나는 매일 스쿨버스로 학교에 오고, 차를 타고 집에 갔다. 한나 엄마는 우리 엄마와 달리 자주 학교에 나타났다. 한나를 데리러 오는 일 말고도 다른 용건이 있었다. 그 여자는 지도 선생님과 수차례 면담을 해야 했다.

필수 면담이 아닌 이상 학부모가 미리 이메일로 요청하지 않으면 면담은 잘 열리지 않는데, 한나는 특수한 경우였다. 매번 지도 선생님이 한나 엄마를 학교로 불렀다.

그 면담은 보통 이런 식이었다.

지도 선생님   한나가 학교 생활을 많이 어려워합니다.
한나 엄마   알고 있습니다. 죄송합니다. 집에서 잘 돌보겠습니다.
지도 선생님   한나가 아이들과 교직원들을 힘들게 합니다.
한나 엄마   죄송합니다. 죄송합니다. 죄송합니다.

나는 한나 엄마가 건물 안까지 들어오는 날엔 몰래 화장실에 남았다가 살금살금 교실 뒷문으로 다가가 문틈에 귀를 대고 면담을 훔쳐 들었다. 정신없이 짐을 챙기다가 버스를 놓친 척하는 건 쉬웠고, 선생님과 로렌 엄마에게 잔뜩 혼나도 상관없었다. 나는 꼭 그 면담을 들어야 했다.

지도 선생님과 한나 엄마만 남은 교실에선 항상 지겨울 정도로 뻔한 이야기가 오갔다. 한나가 체육 시간에 도망을 갔다느니, 출석을 부르는데 대답을 안 하고 대뜸 화를 냈다느니, 물건을 계속 버리거나 잃어버린다느니. 한나의 과제 수행력과 주의력이 현저히 낮다는 평가도 어김없이 뒤따랐다.

선생님은 한나에게 하듯이 한나 엄마에게도 평소보다 훨씬 더 명확한 발음으로, 아주 큰 목소리로 말했다. 당신 딸이 산만하고 떨떨하다고 강조를 하다 못해 놀리는 것처럼 들렸다. 그 말투가 거슬렸지만 나는 한나의 언행에 관한 내용은 흘려들으며 하품이나 쩍쩍 했다. 내가 굳이 학교에 남아 그 면담을 들은 건 한나 엄마의 '죄송합니다'를 듣고 싶어서였다.

나는 한나 엄마가 좋았다. 한나 엄마가 사과하는 게 좋았다. 저렇게 대단해 보이는 여자도 자기 잘못이 아닌 일로 사과를 해야 한다는 점이 너무나 공평하게 느껴졌다.

한국을 떠난 후로 줄곧 사과받고 싶었다. 아무나 내게 미안하다고 말해주길 원했다. 구글 검색창에 sorry(미안하다)와 apologize(사과하다)를 검색하고 계속 소리 버튼을 눌러 발음을 듣거나, 일부러 아무 버튼이나 연달아 눌러서 조작 오류를 낸 뒤 '죄송합니다. 제대로 작동할 수 없습니다' 같은 알림창을 띄운 적도 있다. 하지만 톤이 일정한 그 기계음들이 한나 엄마의 '죄송합니다'를 이길 수 없었다. 한나 엄마와 지도 선생님의 면담을 들으면 마지막에 항상 사과하는 소리를 들을 수 있었고, 그 대목은 가히 환상적이었다.

나는 한나 엄마가 말하는 맥락을 뇌에서 완전히 삭제하고 오로지 사과만 즐겼다. '네 엄마가 아니라서 미안해, 이런 곳에 살게 해서 미안해, 너를 행복하게 해주지 못해서 미안해' 뭐 이런 식의 자의적인 해석을 하는 건 하나의 놀이였다. 아주 옹졸하고 억척스럽게, 사과 듣기라는 취미를 즐겼다.

그런데 한나는 정말 그런 아이였나? 선생님이 말한 것처럼 문제가 많은 애였나. 그 애는 어떤 애였지. 내가 기억하기로 한나는 자주 울었다. 교실에서, 복도에서, 운동장에서, 운동장 끝에 펼쳐진 작은 화단에서, 혹은 스쿨버스에서 초등학교 저학년쯤 되는 예민한 아이처럼 소리 내어 엉엉 울었다. 선생님은 호흡을 가누지 못하고 우는 한나를 어려워했다. 우는 이유를 알 수 없어서, 대화가 잘 통하지 않아서가 아니라 달래면 금방 그쳤기 때문이다.

나와 아이들에게 한나는 매일 조금씩 귀찮은 존재가 되었다. 3주만 조용히 잘 넘기면 방학이고, 그 후에는 7학년이 되어 삶을 새로 시작할 수 있는데, 한나는 3주를 못 버티고 꽤 많은 사건의 중심에 놓였다. 숙제를 단 하나도 안 해오거나 혼나는 내내 딴청을 피우거나 선생님에게 '당신이 싫어!' 하고 소리를 지르거나 아이들에게 괴롭힘을 당하거나 하면서 말이다. 신기한 건 한나는 혼날 때 울지 않았다. 아이들에게 괴롭힘을 당할 때도 울지 않았다. 그렇게 많이 울었는데, 그 애가 우는 장소와 시간은 정말 무작위였다.

한나만큼 우는 애는 잘 없었지만 규칙을 지키지 않고, 숙제를 제출하지 않고, 선생님에게 반항하는 아이는 한나 말고도 많았다. 그 애들에게는 보통 빠져나갈 구멍이 있었다. 미국에는 ADHD(주의력결핍·과잉행동장애)나 그와 비슷한 진단을 받고 약을 챙겨 먹는 학생이 흔했는데, 그 아이들은 학교에서 꽤 진지하게 '환자'로 다뤄졌다. 난폭하게 굴거나 엉뚱한 짓을 해도 선생님들이 잘 참고 봐 주었다는 뜻이다.

한나는 그런 대접을 받지 못했다. 왜 한나 엄마만 한나의 의사소통 문제로 여러 차례 지도 선생님을 만나야 했을까. 어째서 한나가 영어를 못하고, 수업 내용을 이해하지 못하고, 분위기도 파악하지 못하고, 다소 공격적이고, 협동 과제를 전혀 수행하지 않고, 쉬는 시간을 절대 지키지 않고, 자꾸 멋대로 돌아다니고, 아이들 사이에서 곧잘 겉돈다고 가정에서 집중 교육하라는 얘기를 몇 번이고 들어야 했을까. 한나의 모든 특이 행동이 부족한 영어 실력에서 기인하는 것처럼 연출하는 건 백인 선생님들의 특기이긴 했지만, 한나 엄마가 너무나 '한국인'인 것도 한몫했다.

"한나 아빠가 신경과 의사예요. 누구보다 아이의 상태를 의학적으로 잘 알아요. 치료가 정말 필요하다면 받겠지만, 한나는 한국에서 평범한 아이였어요. 지금은 적응하고 있는 거예요."

한나 엄마는 아주 우아한 목소리로 이런 말을 여러 번 했다. 이 정중한 거절의 속뜻은 '우리 애한테는 정신 질환 같은 거 없다, 약에 의지해야 하는 나약한 아이가 아니다' 정도일 것이다. 그래서 선생님은 한나 엄마를 마치 아이를 방임하는 아동 학대범처럼 대했다.

"영어 실력을 빨리 키우지 못한다는 건 잘 알아요. 학교에서도 노력하고 있습니다. 하지만 적어도 산만한 주의력을 개선시키고 게으른 태도를 교정하는 건 가정에서 분명하게 이뤄져야겠죠."

지도 선생님은 한나가 노르웨이 같은 나라에서 온 유럽인이었다면 영어를 못한다고 해서 이런 힐난을 함부로 뱉지 못했을 것이다. 한나 엄마는 그게 부당하다는 것을 알았을 텐데도 덤덤히 듣고 사과를 하고 앞으로 더 열심히 돌보겠다고 낮은 목소리로 답하곤 했다.

한나 엄마가 뭐라고 말하든 한나의 학교생활이 달라지진 않았다. 7학년이 되어서도 한나는 윽박지르듯이 말하며 자기 이름을 표명하고 다녔다. '잇츠 낫 해나. 잇츠 한나'를 로봇처럼 반복하는 한나는 금방 고집스러운 아이로 알려졌다.

과목별 선생님들에게도 한나는 유별나 보였을 것이다. 다른 아시안들이 본명을 쓰지 않고 로렌, 앰버, 루시, 신디 같은 이름들을 만들어서 선생님을 편하게 해줄 때, 한나는 자신의 이름을 공공연하게 각인시켰다. 해나라는 말이 선생님들 입술 사이를 비집고 나오기만 하면 눈을 부릅뜨고 즉시 손을 번쩍 든 후 '잇츠 낫 해나. 잇츠 한나' 하고 정정했고, 애들 눈총을 맞았다.

선생님들은 한나가 두어 번 이름 발음하는 법을 고쳐주면 곧 고쳐서 불렀다. 문제는 보강으로 들어오는 선생님들이었다. 보강 선생님들은 다른 학년을 전담으로 맡고 있어 한 번도 만난 적이 없는 경우가 많았다. 그들이 한나의 이름을 제대로 부를 리 없었다. 한나는 처음 보는 보강 선생님 앞에선 가끔 주눅이 든 듯 조용했는데, 그래도 그때는 가끔 다른 애들이 나서서 선생님의 발음을 고쳐주었다. 애들은 그저 한나를 놀리는 것뿐이었지만, 그렇게 나서주는 사람이 있을 때 한나의 표정은 금세 밝아졌다.

나는 자기를 놀리는 줄도 모르고 해맑게 눈을 반짝거리는 한나를 보며 생각했다.

뺨을 세게 쳐주고 싶다.

정신 차리라고.

고작 아이들 몇 명이 한나의 이름을 제대로 발음한다고 해서 한나의 이름과 관련된 슬픈 에피소드가 멈추었을까? 그랬다면 내가 한나에 대해 이야기할 이유는 애초에 생기지도 않았을 것이다. 누군가 한나의 이름으로 한나에게 상처를 주는 일은 끝없이 일어났다.

미국 애들은 죄다 한나에게 '그게 네 영어 이름이야? 왜 끝에 h가 들어가는데도 해나가 아니라 한나라는 거야? 어쨌든 영어로 부른다면 해나라고 읽는 게 맞아' 하며 한나의 이름을 한나에게 가르치려 들었다. 한나가 태어나서 가장 많이 들어온, 한나가 그 누구보다 잘 알 수밖에 없는 한나의 '이름'마저도 가르치고 싶어 하는 게 미국인들이었다. 한나의 이름은 현영이나 준혁같이 미국인들에게 어려울 법한 이름도 아닌데 제대로 발음해주지 않았다.

"아니, 내 이름이 그냥 한나라고. 애들은 말을 왜 이렇게 못 알아처먹지?"

그러면 한나는 성질을 부렸다. 화가 난 걸 알아채라는 듯, 들으라는 식으로 중얼거렸다. 아이들은 공격적인 뉘앙스를 알아들으면서도 정확한 뜻을 알지 못해 고개를 갸웃거렸는데, 한나는 쉬지 않고 '잇츠 한나. 잇츠 줘스트 한나'라고 쨍알쨍알 말하면서 자기 이름이 해나가 아니라 한나라는 걸 엄청나게 강조했다. 얼굴이 새빨개질 때까지 소리쳤다. 앞뒤 꽉 막힌 그 대사가 사이렌처럼 복도에 울려 퍼질 때, 7학년 지도 선생님도 한나를 구제 불능이라고 보기 시작했다.

10

"너무 강조하면 거짓말처럼 들리니까 조심해."

여름의 어느 날, 구석 자리에 있던 노라가 교실에 들어온 한나에게 말했다. 노라는 자신의 길고 풍성한 금발을 매만지며 꽤 오랫동안 한나에게 눈길을 주었지만, 한나는 다른 세계에 빠져 있는 듯 자신의 손바닥만 뚫어져라 보며 자리를 찾아갔다. 노라는 발을 뻗어 한나의 의자를 툭툭 찼고, 앉으려던 한나는 갑자기 각도가 틀어진 의자 다리 사이에 발이 걸려 휘청였다.

"똑같은 말을 반복하는 건 바보 같고 한심한 거야."

한나는 그 충고를 알아듣지 못한 것처럼 보였다. 자신에게 향하는 말인지조차 모르는 눈치였다. 철저히 혼자가 되는 한나를 바라보며, 나는 한 걸음 물러섰다. 분명 애처롭다고 느꼈지만 한나를 도와주고 싶지가 않았다. 한나의 친구가 되지 말아야겠다고, 한나 같은 처지가 되지 말아야겠다고만 생각했다.

나는 로렌과 똑같아지고 있었다. 그러나 그 사실을 깨닫지 못한 채 한나를 나로부터 분리하고 싶은 욕망만 내세우며 가만히 있었다. 가만히 있는 것도 욕망이라니. 가만히 있기를 선택하는 것도 실은 무언가를 행하는 것만큼이나 욕망으로 가득한 일이었다. 그러므로 당시 내가 가만히 있었던 순간들은 절대로 조용하거나 단순하지 않았다. 듣기 싫은 소리를 들어도, 보기 싫은 모습을 보아도 입을 열지 않는 건 아주 빠르고 요란한 동조였다.

한나가 당하고 내가 가만히 있었던 날은 너무 많아 셀 수도 없다. 7학년 첫 학기가 시작한 지 얼마 되지 않았을 때, 테일러 터너라는 애가 카페테리아에서 소란을 피웠다. 부슬비와 선선한 공기가 한창 여름을 몰아내려고 총력을 기울이는 그런 날이었다. 게시판 옆에 서 있던 나는 여자 축구부 부원들을 기다리며 천장에 달린 작은 화면으로 오바마의 후보 공약 연설을 보고 있었다. 그가 리먼 브라더스의 파산과 더불어 금융 위기를 해결해야 한다며 이전 행정부를 탓하듯 말하자 딱 봐도 공화당을 지지하는 것처럼 보이는 교직원이 갑자기 채널을 돌렸고, 그 순간 누군가 우유 팩 같은 걸 바닥에 내동댕이치는 소리가 들려왔다.

어깨를 움츠리며 소리가 난 쪽을 바라보니 학교에서 이상한 행동을 가장 많이 하지만 어쩐지 모두가 그것을 용인해주는 테일러가 있었다. 그 애가 한나 옆에 자리를 잡고 있었다.

테일러는 실실 웃으면서 한나의 우유를 실수로 떨어뜨렸다고 해명했다. 두 손바닥을 맞대고 합장하는 자세를 취하며 '미안해, 미안해! 진짜 내 잘못이야!' 하고 소리쳤다. 나는 테일러가 정확히 어떤 동작으로 한나의 우유를 바닥으로 패대기쳤는지 보지 못했지만, 분명 고의라고 생각했다.

곧 흑인이 대통령이 될지도 모르는 나라에서 테일러는 20분밖에 되지 않는 짧은 점심시간을 아시안 여자애 하나를 괴롭히는 데다 썼다. 자기가 받은 샐러드를 모두 한나의 그릇 위에 얹으면서 말이다.

"해나, 이거 김치 냄새 나지 않아? 네가 대신 먹어줘."

옆에서 거들먹거리던 다른 남자애가 테일러를 거들었다.

"너는 한국인이니까 김치 잘 먹을 거 아냐. 김치가 한국 거 맞지? 중국 거야? 중국 거 아니면 테일러 대신 먹어줄 수 있지?"

시간이 흐르면서 내가 미국에 처음 왔을 때보다 한국은 좀 더 유명해져 있었다. 니하오, 칭챙총과 어깨를 나란히 할 정도는 아니었지만 김치는 날이 갈수록 인종차별의 무대에 더 자주 등장했다.

한나는 테일러를 전혀 말리지 못했다. 영어는 못 알아들어도 김치라는 단어는 이해했을 텐데, 방금 전 우유를 가지고도 위협당했으니 무슨 상황인지는 알고 있었을 텐데 한나는 한마디도 하지 못했다. '해나가 아니라 한나'라는 말로 분위기를 깨는 것이 주특기였는데도 말이다.

아이들은 한나와 테일러가 앉은 테이블 앞을 무심하게 지나쳤다. 한나는 수모를 겪고도 가만히 젖은 야채 조각만 보고 있었다. 그만하라고 말하거나 자리에서 일어나거나 테일러를 밀치지 않았다. 테일러가 야채를 계속 옮기는데도 피하지 않았고, 도망치지도 않았다. 아무리 기다려도 저항하지 않았다.

한나는 아주 조용했다. 침묵이라는 솜으로 누벼놓은 아주 못생긴 인형 같았다.

어째서 나는 한나가 반응하기를 기다렸을까? 내가 다가가서 테일러에게 그만하라고 말하면 되는데 왜 온 세상에 공개된 한나의 무력함만 응시하고 있었지? 개입하기가 두려워서? 한나와 엮이면 다른 애들이 전부 나와 한나를 한 묶음으로 대하기 시작할 것 같아서? 아니면 테일러에게 응징을 당할 것 같아서? '노력'으로 겨우 친해진 학교 아이들이 돌아설 것 같아서?

한나의 얼굴을 다시 떠올려본다. 그 애의 얼굴에는 땀과 서글픔이 흐르고 있었다. 얼굴과 귀가 온통 붉었지만 그 위에 한 겹 덮여 있는 얇은 막이, 표정이라고 하기엔 흐리고 감정이라고 하기엔 구체적이지 않은 상상의 막이 잔뜩 구겨져 있어서 여전히 그날의 한나를 묘사하기 어렵다. 분명 한나를 자세히 보고 있었는데도, 마치 허공에 한나만을 비추는 조명이 켜져 있는 것 같았는데도.

하지만 지금, 그 얼굴이 무엇이었는지 판별하기란 불가능하고 의미도 없다는 생각이 든다. 한 사람이 폭력을 당할 때, 그 사람의 얼굴을 바라보고 그 사람의 마음을 샅샅이 이해하는 것보다 선행되어야 하는 건 폭력을 멈추는 일이 아닌가? 나는 내 얼굴을 보고 있었어야 했다. 나의 얼굴과 내 머릿속에 든 생각, 나의 끔찍한 방관을 직시해야만 했다.

내가 테일러를 말리러 가지 않은 건 한나가 슬퍼하는 건지 내가 슬픈 건지 분간하지도 못하면서 내가 슬프다는 것을 확인하고 싶지 않았기 때문이다. 오직 나를 위해서였다.

멍하니 서서 급식 줄에 서지도 못하고, 그렇다고 어딘가로 비키지도 못한 채 한나를 지켜보던 나는 이윽고 카페테리아를 떠났다. 바늘보다 미세한 빗줄기가 머리와 어깨를 찌르고 떨어졌다. 흐린 하늘과 바닥에 고인 주먹만 한 웅덩이가 보였다. 나는 웅덩이에 비친 내 눈을 보면서 느리게 걸었다. 종일 제자리를 뛰다가 탈진할 때처럼, 끝이 없는 계단을 오르다 쓰러질 때처럼 힘이 쭉 빠졌다. 흑인이 대통령이 되든 말든 여전히 멋대로 구는 사람들이 있을 것이고, 우리는 우리에게 자리를 내어주지 않는 곳에 꾸역꾸역 비틀거리며 서 있어야 한다는 사실을 체감했기 때문이다. 세상에 사람이 한나와 테일러 단 두 종류만 있다면, 나는 한나에 속하지 테일러에 속하지는 않았으니까.

테일러가 한나를 괴롭힌 일, 이 사건에 한나의 잘못은 어디에도 없다. 그러나 나는 카페테리아 밖에서 혼자 발로 땅바닥을 구르며 작게 욕을 했다. 신발과 다리에 흙탕물이 튀는 동안 테일러가 아니라 한나를 욕했다. 왜 가만히 있어? 가만히 있지 마, 씨발. 테일러만 탓하면 되는데 왜 책임의 눈금을 한나에게까지 번지게 했을까. 나 말곤 아무도 듣지 않는 속삭임에서조차.

한나가 미국에 오기 1년 전쯤, 테일러는 내게도 비슷한 짓을 여러 번 했다. 남자애들끼리 모여 전쟁에 관한 이야기를 나누던 도중 테일러는 대뜸 '북한에서 온 여자애치곤 키가 크다. 거긴 다 영양실조 아니야?' 하고 근거 없는 소리를 하며 모두가 보는 곳에서 나를 가리켰다. 나는 책상을 발로 차며 되물었다.

"네가 나도 잘 모르는 북한에 대해서 뭘 알아?"

그러자 테일러의 옆에 있던 남자애가 말했다.

"야, 앤 베트남이야. 근데 거기도 다 영양실조 아니야?"

그 애의 빈정거림에 분개한 나는 '당장 꺼져' 같은 말밖엔 하지 못했지만 어쨌든 모든 사람이 보는 앞에서 화를 냈다. 내가 거세게 대응하리라 예상하지 못했는지, 아니면 할 말이 없어졌는지 두 사람은 어정쩡하게 웃으며 다음 수업이 있는 교실로 달아났다.

한나가 나처럼 행동했어야 한다거나, 내가 한나보다 낫다는 얘기를 하려는 게 아니다. 내가 한나의 곁에 다가가지 않았다는 점, 한나의 옆이나 뒤에서 테일러를 쳐다보지 않았다는 점이 문제였다고 말하고 싶을 뿐이다.

아무래도 나는 한나보다 쉽게 화를 낼 수 있는 위치였다. 영어를 훨씬 잘하기도 하지만 여자 축구부 애들과 소란을 싫어하는 몇몇 인기 많은 여자애들이 가까이 있었고, 그 애들은 나와 동시에 테일러를 째려봐주었다. 테일러의 행동에 문제의식을 느꼈다기보단 내 친구였기 때문에, 그런 간단한 이유로 내 편을 든 것이다.

그러니까 그날, 비 내리는 정오의 카페테리아에서 단 한 명이라도 테일러를 향해 '어수선하니까 제발 좀 앉든지 빨리 먹고 꺼지든지 해'라고 핀잔을 주었다면, 한 명이라도 교직원에게 '쟤가 너무 시끄러워서 밥을 못 먹겠다'고 한탄했다면, 누구라도 무심하게 한나를 보지 말고 소심하게나마 사나운 눈으로 테일러를 바라봤다면 한나도 자신의 의사를 표현하고 테일러를 쫓아낼 수 있었을지 모른다. 그 한 명이 되지 못한 것을 반성한다.

아니, 그 한 명이 되지 않기로 선택한 것을 반성한다.

11

 테일러는 그 후로도 종종 한나를 마주치면 이상한 소리를 하며 시선을 끌었고, 나는 한나를 지켜보다가 테일러와 눈이 마주치곤 했다. 그러면 테일러는 자신의 무리에 속한 다른 남자애들에게 턱짓하며 내 쪽을 가리켰다. 무슨 의미인지는 알 수 없었지만 괜히 엮이고 싶지 않았기에, 나는 매번 상황을 끝까지 관찰하지 않고 자리를 피했다.

 그렇게 회피를 하면 꼭 가슴이 가렵고 따가울 정도로 갑갑해졌다. 잘못을 저지른 것만 같은 기분에 압도당했고, 무엇에도 집중하기가 어려웠다. 나는 수업 시간 내내 사람의 얼굴을 보지 않고 벽이나 땅을 보면서 시간을 허비했다. 문제를 풀다가도 한나의 이름을 끄적였고, 그 위에 도배하듯 엑스 표를 그렸다. 쉬는 시간에는 친구들이 말을 걸어도 맞받아칠 만한 괜찮은 문장이 떠오르지 않아서 버벅거렸다. 지나가던 선생님이 내게 무슨 일이 있냐고 물어도 고개만 흔들었다. 얼굴의 근육이 우울한 모양으로 수축하는 것을 막을 수 없었다.

한나를 위해 아무것도 해주고 싶지 않으면서 자꾸만 그 애를 생각하는 내가 혐오스러웠다. 수치스러웠다. 갈비뼈 안쪽이 엉망으로 헝클어지는 듯한 통증을 느꼈다. 정신이 겪는 혼돈을 가끔은 몸이 나누어 짊어지는 것 같았다. 나는 한나를 볼 때 정말로, 몸이 아팠다. 이미 그때부터 운명의 신들은 내게 속삭이고 있었던 것 같다. 한나를 언제까지나 피할 수는 없다고.

열기가 도시를 완전히 벗어난 것처럼 바람이 시원해진 10월의 오후, 나는 모든 수업이 끝나자마자 1층 로비의 공중전화 부스를 향해 걸어갔다. 학교에 남아 셰리와 축구 연습을 하기로 했다고, 셰리 엄마가 집 근처까지 데려다주기로 했다고 엄마에게 전해야 했기 때문이다.

수화기를 잡고 번호를 누를 즈음 쫄래쫄래 걸어 나가는 한나의 옆모습이 보였다. 누가 또 한나에게 해코지하러 다가갈까 봐 나도 모르게 한나에게서 눈을 떼지 않았는데, 한나는 느닷없이 뒤를 돌더니 나를 유심히 보았다. 내가 한창 엄마와 대화를 나누는 동안 한나는 토끼처럼 뛰어서 내 앞으로 다가왔다. 부스 유리에 코를 박으면서까지 아주 부담스럽게 내가 나오기를 기다렸다.

그 애는 내가 수화기를 놓자 큰 목소리로 물었다.

"너 한국어 할 줄 알았어?"

한나가 내게 던진 첫 질문이었다. 지난 5월과 9월에 보았던 짜증 난 얼굴, 화가 난 얼굴, 또는 무능한 얼굴은 씻은 듯이 사라진 채였다. 내가 긍정의 의미로 고개를 끄덕이며 유리문을 열고 나오자 한나는 감탄했다.

"우와, 네가 한국어를 해서 정말 다행이다. 나 지금 마음이 정말 편해졌어!"

"왜 마음이 편해?"

한나는 천진난만하게 웃었다. 왜 멋대로 마음을 놓는지 이해할 수 없었다. 여러 차례 같은 교실에서 수업을 들었지만 단 한 번도 한국어를 쓴 적이 없었고, 한나가 테일러에게 괴롭힘을 당할 때도 가만히 있었다. 다분히 이기적인 의도가 있었다. 배신감부터 느껴야 마땅하다고 생각했다.

"왜냐니. 너랑 얘기할 수 있잖아. 나 지금까지 하나도 못 알아듣고 있었거든. 공지 사항 같은 거 네가 설명해줄 수도 있고."

한나는 '어쩐지! 전학 수속 밟을 때 같은 학년에 한국인이 있다고 들었는데 아무도 나한테 말을 안 걸어서 선생님이 잘못 안 건 줄 알았어' 같은 말을 덧붙였다.

한나는 기뻐했다. 마치 내가 언제든 자기와 한국어로 대화를 나눠줄 거라고, 언제라도 내가 자기를 도와줄 거라고 확신하는 것처럼 보였다. 그 애의 통통한 뺨에 즐거움의 빨강이 피어났다. 나는 그때, 그 뺨을 갈기고 싶은 충동과 싸워야 했다.

"내가 왜 그래야 하는데?"

"응?"

"왜 내가 네 통역사가 되어야 하냐고."

"왜냐니?"

한나는 눈을 크게 뜨고 입을 벌린 채 멍하니 나를 쳐다봤다. 나는 최대한 덤덤한 말투로 한나에게 말했다.

"내가 잘못 알려줄 수도 있잖아. 일부러 준비물 같은 거 말 안 해줄 수도 있고. 왜 나한테 기대려고 해?"

"난 어차피 지금까지 준비물 제대로 알아듣고 챙겨 온 적도 많지 않아서 괜찮은데?"

"무슨 소릴 하는 거야?"

어차피 못 알아들으니까 일부러 잘못 알려줘도 상관이 없다는 말은 어딘가 광기에 물들어 있었다. 나는 기겁하고 말았다.

"준비물은 그렇다 쳐도 시험이나 학교 행사 공지까지 사기를 치면 어떡할 건데?"

"너 사기꾼이야?"

한나의 대꾸들은 어딘가 이상했다. 말이 잘 통하지 않는다는 인상을 주었다. 나는 한나를 무시하는 게 상종하는 것보다 낫다는 결론에 다다랐고, 한나를 지나쳐 현관 밖으로 향했다. 앞뒤가 이어지지 않는 대화에 에너지를 낭비하느니 야외에서 햇빛을 소모하고 싶었다.

"넌 언제 미국에 왔어?"

한나는 내 옆에 바짝 따라붙어 걸었다. 그 애는 자기 엄마가 오늘 조금 늦게 온다면서 나와 계속 대화하려고 했다.

"4년 전에."

나는 건성으로 대답하고 공이 든 가방의 지퍼를 열었다. 공을 꺼내긴 했지만 아직 셰리의 수업이 끝나지 않았고, 남자애들이 이미 운동장의 모든 쓸 만한 자리를 차지한 탓에 여자 축구부의 공식적인 연습 시간이 될 때까지 나는 하염없이 기다려야 했다. 한나는 스탠드에 털썩 걸터앉은 내 앞을 서성거리며 물었다.

"4년 있으면 너처럼 영어 잘하게 돼?"

한나의 그림자가 내 얼굴 위로 시멘트처럼 쏟아졌다.

"4년 있으면?"

나는 반문하며 무의식적으로 찡그렸다. 너는 내가 그저 4년 동안 이곳에 '있었다'고, 있기만 했다고 생각하는 거냐고 한나에게 쏘아붙이고 싶었지만, 그러는 대신 짧게 답했다.

"모르겠는데."

내 몸 위로 그림자가 흔들흔들거렸다. 한나가 몸을 일정한 리듬에 맞춰 이리저리 기울이고 있었고, 그 애의 몸짓은 항상 그런 식으로 어수선했다.

"넌 왠지 한국에 있을 때도 영어 잘했을 것 같아."

"별로."

"영어 언제 처음 배웠어?"

"기억 안 나."

내가 하도 시큰둥하게 구니까 한나는 자기 얘기를 떠들어대기 시작했다. 한나는 자신이 영어를 배운 역사에 대해 말해주었다.

"난 영어 배운 지는 오래됐거든? 근데 하나도 못 한다? 자랑은 아니지만."

"언제부터 배웠는데."

"영어 유치원에 다녔어. 그래서 처음 배운 건 다섯 살? 한국 나이로. 그러고 계속 학원 다녔거든. 물론 놀기만 했지만. 그래서 계속 제일 낮은 반이었어."

"영어 유치원을 다녔다고?"

"응."

"학원도?"

"응. 초등학교 2학년 때부터 5학년 때까지. 화, 수, 목 두 시간씩."

나는 눈을 가늘게 뜨고 한나를 바라보았다.

"근데 왜 영어를 못해?"

당황한 한나는 모르겠다고 하더니 갑자기 장황한 설명을 덧붙였다.

"유치원 때는 알파벳이나 배웠지, 솔직히 유치원생이 뭘 어떻게 제대로 배우겠어? 그리고 학원에서도 어차피 친구들이랑 계속 한국어로 말하니까. 그리고 그냥 못할 수도 있는 거잖아. 언어적인 재능? 그런 게 없을 수도 있잖아."

한나가 뭐라고 말하든 인정할 수 없었다. 자연스럽게 영어를 접하고 익힐 수 있는 환경에서 매주 여섯 시간 이상을 영어 학원에서 보냈다면 아무리 놀기만 했다고 해도 자신의 이름이 왜 한나이고 해나가 아닌지는 표현할 수 있어야 했다. 나는 점점 화가 났다. 그렇게 많은 시간을 썼으면서 어떻게 영어를 그따위로 해. 어떻게 주장만 하고 해명할 노력은 안 해. 어떻게 '하지 마'라든가 '도와줘' 같은 말도 못 해. 왜 네 마음이 다치게 놔둬. 어떻게 너 하나를 간수 못 해. 주먹으로 한나의 얼굴을 한 대 쳐도 직성이 풀릴 것 같지 않았다.

"언어적인 재능이 없을 수 있다고? 그건 변명이지. 너 그러다 죽어. 여기는 영어를 쓰는 나라라고."

"다 영어만 쓰는 건 아니잖아?"

한나는 순진하고 단호했다.

"다 영어만 쓰는 건 아니지. 하지만 넌 한국어밖에 못 하는 거 아니야? 스페인어나 힌두어라도 해?"

한나는 할 말이 없는지 뾰로통하게 입술을 내밀었다. 언어적인 재능이 없어서 영어 실력이 제자리라고 해도 여전히 이해가 가지 않는 게 남아 있었고, 나는 그 또한 꼬치꼬치 캐물었다.

"너희 부모님이 학원비 아깝다고 안 하셨어?"

"왜 아까워, 그게?"

"영어 학원을 보냈으면 영어를 잘하게 되어야 하잖아. 너 슈퍼마켓에서 물 한 병은 살 수 있어? 서점 가서 책 한 권은 살 수 있어? 내가 부모라면 아까울 것 같은데."

길게 말하고 싶지 않았지만 말을 하다 보니 계속 질책이 터져 나왔다. 나는 한나를 혼내고 싶어서 안달이 나 있었다.

"우리 엄마는 그런 말은 안 해. 아니, 무슨 내가 주식도 아니고. 투자하면 무조건 올라야 해? 학원 보내면 무조건 잘해야 돼?"

한나는 자신이 영어를 못해서 누군가 실망할 수도 있지만 좀 기다려줄 수도 있는 것 아니냐면서 징징댔다. 나는 일부러 대답하지 않고 고개를 꺾어 학교 밖으로 나가는 아이들과 매끄럽게 도로를 내달리는 스쿨버스를 바라봤다.

"지금부터라도 더 열심히 하면 되지."

작게 중얼거리던 한나는 어김없이 어설프게 서성거리다가 슬그머니 스탠드 근처의 정글짐으로 향했다.

"전부터 궁금했는데, 넌 꼭 애들 말을 고쳐주고 싶은 거야?"

한나는 내가 무례한 말투를 고집하며 공격하다시피 물어보는데도 아랑곳하지 않았다. 고개를 갸웃거릴 뿐이었다. 내 말의 뜻을 파악하지 못하는 것 같았다.

"한나든, 해나든 상관없잖아."

"왜 상관이 없어? 해나는 내 이름이 아닌데."

"다들 미국 영어 이름 만들어 쓰잖아. 앰버, 루시 걔네도 본명 아니야."

나는 한나도 몇 번 얘기해보거나 마주쳤을 법한 중국계 미국인 애들 이름을 댔다. 한나는 앰버와 루시 얼굴을 떠올려보려는 듯 눈을 내리뜬 채 상념에 잠겼다.

"걔들도 영어 이름 만든 거야. 다른 애들 배려해서."

"알아. 근데 난 그러고 싶지 않아."

"그러다 욕 먹어."

"이름은 되게 중요한 거랬어."

나는 이름이 뭐가 그렇게 중요하냐고 말했고, 한나는 곰곰 생각하다가 대답했다.

"왜 부모들이 작명소 같은 데서 이름을 받겠어? 다 소중한 뜻이 있는 거야. 남이 부르는 이름은 함부로 바꾸는 거 아니래. 그러니까 난 쭉 한나라고 불리고 싶어."

답을 들은 순간 살짝 넋을 놓았다. 응수할 차례임을 잊은 듯이 입을 우물거리기만 했다. 심장의 모든 창틀에 먼지가 잔뜩 낀 것처럼 갑갑했다.

한나는 참 줏대가 있었다. 나는 그 환한 얼굴의 중앙에 박힌 단단한 콧대를 꾹 눌러주고 싶어서 손이 덜덜 떨릴 지경이었다. 원래 속해 있던 집단을 떠나 새로운 세상에 들어왔으면 그곳의 질서에 맞춰 몸과 마음을 깎는 게 맞다고 생각했기 때문이다. 어딘가 깎여 나가는 게 고통스러울지 몰라도 그런 게 바로 적응이고, 성장이라고 믿었다.

나는 한나를 나무랐다.

"솔직히 미국이 오라고 두 팔 벌린 것도 아니고 네가 온 거잖아. 그렇게 한국의 이름이니 뭐니 잘 아는데 절이 싫으면 중이 떠나라는 말은 몰라? 네가 미국에 온 거잖아. 할아버지가 여기 살아서 같이 있으려고 왔다며. 그런데 어떻게 그렇게 뻣뻣해?"

사람들이 천국이라고 생각하는 곳에 왔는데, 어떻게 그렇게 느긋한지 묻고 싶었다. 그런데 한나는 또 한번 전혀 생각지 못한 대답을 했다.

"할아버지랑 있으려고 온 거 맞아. 그걸 어떻게 알아?"

한나 엄마와 지도 선생님의 면담에서 훔쳐 들었던 정보를 나도 모르게 발설했지만, 한나는 뜻밖의 표정을 지었다. 그 애는 자기에 대해 알고 있어주어 고맙다는 듯 들뜬 웃음을 내비쳤다.

"지나가다가 들었어."

"그렇구나. 우리 할아버지는 이러시던데. 미국에 왔다고 다 바뭐야 해? 미국이 왕이야?"

한나는 자기 할아버지 성대모사를 하며 과장된 말투를 이어갔다. 나는 한나와 한나의 할아버지를 한꺼번에 비웃으며 깔깔 웃어버렸다. 미국이 왕이라고 생각하지 않는데 영어 유치원은 왜 보내고, 영어 학원은 왜 다니게 한 건지 물어보고 싶었다. 별것도 아닌 이유로 조금도 자신을 변화시키거나 마모시킬 수 없다는 듯이 단호하게 구는 한나가 미웠다. 아니, 두려웠다.

어쩌면 한나의 순수함이 부러웠을지도 모른다. 본연의 모습을 그대로 지키지 말라고, 그걸 바꾸는게 어렵냐고 묻는 건 나 자신을 뜯어고친 게 억울해서였을 것이다.

"근데 그럼 네 이름도 영어 이름을 만든 거야? 본명이 따로 있어?"

느리게 움직이며 정글짐을 돌아다니는 한나는 기술이 부족한 원숭이처럼 보였다.

"아니. 난 이게 본명이야. 아빠가 그냥 영어스러운 이름으로 붙여준 거야, 태어났을 때. 뜻도 없어."

조금 전 애 이름을 작명소에서 받는 건 다 소중한 뜻이 있기 때문이라고 설교한 것이 조금 미안해졌는지, 한나는 입술을 말아 물었다. 나는 그 애의 그런 어색한 표정을, 난감해하는 얼굴을 견디지 못하고 자리에서 일어나 혼자 바닥에 공을 몇 번 튀겼다. 한나가 정글짐에서 떨어져 나와 내 쪽으로 돌아오는 것을 보고 일부러 몸을 돌리고, 양발을 번갈아 차며 공을 계속 공중에 띄우는 연습을 했다.

"내 이름은 한자야. 날개 한, 아름다울 나. 아름답게 비상하면서 살라는 거지."

"어쩌라고."

"날아오른다는 뜻이 좋잖아. 나는 이걸 지키고 싶어."

한나는 이름을 지키는 게 자기 자신을 지키는 것과 아주 긴밀히 결부된 일이라고 생각하는 것 같았다. 나는 특별한 의도와 뜻이 담긴 그 애의 이름을 잠깐 부러워했다.

"그래, 그렇게 지키고 싶으면 영어를 공부해."

내가 퉁명스럽게 말하자 한나는 한숨을 푹 쉬었다.

"공부하고 있어, 당연히. 근데 너무 어려워. 특히 뭘 설명해야 할 때 너무 짜증 나. 왜 해나가 아니라 한나인데? 하면 할 말이 없어."

내가 대답하지 않아도 한나는 계속 말했다.

"별로 궁금해서 묻는 것 같지도 않은데."

그 말을 듣는 순간 나는 발등으로 받았어야 할 공을 운동화 앞코로 차버렸다. 한나는 긴 포물선을 그리며 날아가는 공을 따라 뛰었다. 내가 놓친 공을 주워주려고 먼지를 날리며 착실하게도 뛰었다.

정글짐 뒤에 조성된 작은 정원 앞에 멈춰 서서 두 손으로 공을 잡은 한나가 당당하게 나를 바라봤다. 다행히 공이 화단을 망치진 않은 듯했고, 한나는 자신이 꽃을 지켜냈다고 믿는 것처럼 의기양양하게 웃었다.

"여기까지 들어갔으면 큰일 날 뻔했다."

정글짐의 네모 칸 하나에 정확히 안착한 한나의 얼굴이 이상해 보였다. 온 학교가 반년 가까이 이상하고 까다롭고 멍청하고 귀찮은 애라고 생각했던 그 애가 그렇게까지 바보는 아니라는 사실이 이상했다. 아무도 우리를 궁금해하지 않는다는 단순한 진실을 그 애가 이미 알고 있다는 게 껄끄러웠다. 나는 한나의 시선을 또다시 피하고 말았다.

"그럴 땐 그냥이라고 대답해."

"그냥이 영어로 뭔데?"

"No reason. 아니면 Just because. 이렇게만 대답하면 돼. 이유를 설명하려고 하지 마."

나는 충동적으로 한나에게 조언했다.

"너한테는 이유를 설명할 의무도 없어."

나는 '이름이 해나가 아니라 한나인 건데 그딴 일에 무슨 이유가 있겠냐'고 중얼거리며 그 애의 손에 들린 공을 뺏고 다시 공을 찼다. 그러나 한나는 엄마가 도착할 때까지 계속 나를 바라봤다. 한나의 눈은 안경알을 넘어 튀어나올 것처럼 반짝거렸다.

12

 한나는 내가 한국어를 할 수 있다는 걸 알게 된 후로 틈만 나면 내 옷자락을 잡고 흔들면서 매점에 같이 가달라며 칭얼댔다. 숙제를 도와달라고 내 앞에 강제로 책을 펼치기도 했다. 들어주지 않으면 눈물을 글썽이며 더 보챘다. 몇 번은 엉엉 울기도 했다. 금방 그치긴 했지만 마구 고집을 부려서 내 화를 돋웠다.

 내가 기억하기로 나는 한나의 요청을 거의 다 들어주었다. 한나에게 길든 것이다. 그 애는 내가 아니면 자길 도와줄 사람이 없다고 말해서 동정심을 유발했고, 실제로 한나가 붙잡을 만한 밧줄이 나밖에 없었다. 귀찮아도 어쩔 수 없었다.

 일방적인 한나의 행동은 내 앞가림하기 바쁜 나를 무척이나 괴롭게 했는데, 그중에서 가장 참기 힘든 것은 다른 사람을 데리고 와서 통역을 요구할 때였다. 그땐 정말로 한 대 치고 싶은 충동을 참느라 주먹을 꽉 쥐어야만 했다. 한나가 멋대로 누군가에게 말을 걸고 나를 빤히 쳐다보면 나는 상대방이 답답해하는 꼴이 보기 싫어서 억지로 통역을 해주어야 했다.

한번은 이런 적이 있다. 한나는 나도, 한나도 전혀 친하지 않은 애를 내 앞에 데리고 와서 이렇게 말했다.

"리즈한테 파란색 하트 하나만 떼어달라고 부탁해주면 안 돼?"

학교에 하트 모양 스티커 팩을 가져온 리즈가 친구들 물건에 스티커를 붙여주고 있는 걸 본 한나는 자기도 받고 싶다며 진심을 다해 징징거렸다. 나는 리즈의 당황한 표정을 보자마자 너무 미안하고 창피해서 빠르게 영어로 상황을 설명했고, 리즈는 흔쾌히 파란 스티커를 하나 건넸다. 큐빅처럼 반짝이지만 플라스틱 소재인 보석 스티커였다.

"이거 서점 앞에 있는 자재 가게에 팔아. 안 비싸. 문구점보다 다양한 색을 팔고 있더라."

리즈의 스티커 팩에는 보석 스티커가 크기별로, 색깔별로 잔뜩 붙어 있었다. 다이아몬드처럼 커팅된 작은 면들은 각도에 따라 다른 색으로 빛났다. 왜 탐이 나는지 알 것 같은, 그런 스티커였다.

내가 리즈의 말을 한나에게 통역해주자 한나는 고개를 저으며 말했다.

"나도 거기 가본 적 있는데? 회원만 들어올 수 있다고 하던데?"

나는 한나의 말을 다시 통역했고, 리즈는 갸웃거리고는 황당하다는 듯이 말했다.

"회원제라고? 그런 거 없어. 그냥 아무나 들어갈 수 있어. 한나가 다른 가게와 착각한 것 같아."

"회원 같은 거 없다는데. 아무나 들어갈 수 있는 가게래. 네가 착각한 거 같대."

한나는 착각이 아니라고, 서점 앞에 있는 분홍색 간판이 붙어 있는 가게가 맞는다고 말하면서 온몸을 부들부들 떨기 시작했다. 나는 한나를 진정시키기 위해 어깨를 톡톡 두드리고 리즈를 바라봤다.

"착각 아니라는데?"

리즈는 어깨를 으쓱였다.

"거기 여러 번 갔지만 한 번도 가입 같은 거 한 적 없어. 우리 엄마도 뜨개질이 취미라서 자주 가. 정말 확실히 말할 수 있어. 거긴 회원제 같은 거 없어."

나는 아무렇지 않게 한나에게 물었다.

"네가 거기 갔는데 회원만 들어올 수 있다고 했어?"

"그렇다니까?"

"너 혼자 갔어?"

"응. 엄마가 서점에서 뭐 사는 동안 건너편에 있는 가게에 궁금해서 잠깐 들어간 거야."

"네가 잘못 알아들은 거 아닐까? 너 지금 얘가 하는 말도 제대로 못 알아듣잖아."

나는 한나의 표정을 제대로 살피지 않고, 무심하게 고개를 돌렸다.

"신경 쓰지 마. 스티커 고마워."

리즈는 산뜻한 미소를 짓고 돌아섰다. 한나는 멀어져가는 리즈를 향해 고맙다고 소리치더니 몇 초 지나지 않아 갑자기 울기 시작했다. 한나가 우는 모습을 오며 가며 몇 번 본 적이 있었지만 아는 사이가 된 후로는 처음 보는 것이었다. 너무 당황한 나머지 나는 한나를 다그쳤다.

"왜 그래. 왜 우는 거야? 울지 말아봐, 좀."

한나가 뭉개진 발음으로 무언가를 말했지만 알아들을 수 없었다. 한나는 끅끅거리며 스티커를 손가락에 붙인 채 급히 달아났다. 쉬는 시간이 1분도 남지 않은 상황이었다. 나는 한나가 울음을 그치도록 빨리 달래야 한다는 생각에 그 애를 따라 뛰다가 중간에 계단에서 올라온 경비 선생님에게 붙잡혀 혼이 났다. 복도 끝까지 뛰어간 한나는 눈물을 줄줄 흘리며 사물함에서 물건을 꺼내더니 반대편 계단으로 사라졌다.

복도에 있던 아이들은, 그러니까 한나가 울면서 내달리는 것을 목격한 아이들은 전부 불쾌한 표정으로 떠들었다.

"쟤는 무슨 초등학생이야? 맨날 왜 저러는 거야?"

"특수 반이겠지. 심각한 것 같은데."

그중 하나는 내게 다가오더니 이렇게 말했다.

"동생 좀 잘 보살펴."

내 예상대로 내가 한나와 대화를 나누기 시작하자마자 아이들은 나와 한나를 하나로 묶었다. 처음 보는 사람조차 한나가 내 동생이라고 생각했다. 한나는 또래보다 키가 작은 데다 전체적으로 동글동글한 인상 때문에 같은 학년의 그 어떤 아이보다도 어려 보였고, 행동도 중학생답지 않아서 초등학생이 잠입했다고 오해할 만했다. 그건 한나의 탓이 아니었음에도 불구하고 나는 아주 자주 한나에게 화를 냈다. 분풀이를 했다.

한나가 리즈를 데리고 와서 통역을 시킨 다음 날, 아니면 그다음 날이었을 것이다. 한나는 탈의실에서 축구부 연습복을 입고 나온 내게 작문을 도와달라고 들러붙었고, 나는 귀찮았지만 빨리 공을 차러 가기 위해 한나가 건네는 펜을 붙잡고 한나의 교과서를 들여다봤다. 내가 머릿속으로 문장을 만드는 동안 그 애는 학교에 도는 어떤 소문(휴직한 선생님 중 누군가가 마약 혐의로 조사를 받고 있다는 내용이었다)을 말해주는데, 나는 그럴 리가 없다고 답했다.

"정말이야. 내가 들었어."

"그렇게 잘 알아들으면 이것도 네가 혼자 할 수 있지 않을까? 매점에도 혼자 가고, 리즈한테도 혼자서 부탁하지 그랬어."

"진짜란 말이야. 내가 화장실에서 들었어. 범죄자라고, 경찰에 잡혀 갔다고 했어."

"이 좆만 한 도시에 그런 게 어딨어."

한나는 자기 말을 믿어달라고, 거짓말이 아니라고 울부짖었다. 씩씩거리느라 한나의 얇은 목소리가 아주 날카로워졌고, 나는 한나가 또 울어버릴까 봐 알겠다고, 알겠으니까 네 숙제 가지고 꺼지라고 답했다. 이미 문장을 거의 다 만든 후였기에 한나가 아쉬워할 필요도 없었다.

나는 한나를 혼자 두고 팔에 공을 끼운 채 걷다가 갑자기 울화가 치밀어서 뒤를 돌아 한나에게 소리쳤다.

"넌 왜 노력을 안 해?"

나는 네이선처럼 말했다. 한나는 눈을 깜빡이며 나를 바라봤다.

"왜 혼자서는 영어로 말하려고 노력조차 안 하냐고. 내가 왜 네 뒤치다꺼리를 해야 돼?"

"무서운데 어떡해? 영어로 말 못 하겠는데 어떡해."

한나는 쭈뼛거리며 대답했다.

"난 안 무서워? 내가 화내는 건 괜찮아?"

"그런 건 아니야."

"말하는 건 그렇다 쳐. 그래, 네가 정신이 없을 수도 있지. 넌 항상 정신이 없으니까. 하지만 숙제는 네 엄마나 아빠한테 도와달라고 하든지 구글에 검색하든지 알아서 좀 해. 어차피 네 부모님은 너한테 화도 안 낸다며."

내가 쏘아붙이자 한나는 빨개진 눈으로 내 눈을 빤히 보다가 작게 속삭였다.

"화를 못 내는 것 같기도 해. 내도 안 되니까……."

나는 한나가 기운 빠진 목소리로 부모님에 대해 한 말을 곱씹느라 아무런 대답도 하지 못했다. 화를 내도 안 된다니. 무엇이? 한나의 부모님은 자기들이 화를 낸다고 한나가 더 나아지거나 더 잘하게 될 거라고, 달라질 거라고 믿지 않았다는 걸까. 굳게 닫힌 결론을 이미 내린 상태였을까. 한나를 포기한 상태였을까.

그렇다고 해도 그 애를 면죄해주고 싶지 않았다. 나는 내 나름대로의 고집과 억지로 담을 쌓아 올린 뒤 그 뒤에서 한나를 내려다봤다.

"미안해. 숙제는 내가 노력할게. 근데 어디서부터 어디까지가 숙제인지, 뭐라고 써야 하는지 잘 모르겠어서 그런 거야."

한나는 덧붙였다.

"그리고 네가 말하면 다른 애들이 안 웃잖아. 테일러도 너 있을 땐 가만히 있고."

무언가 중요한 것을 놓치고 있는 기분이 들었다. 한나가 내 영어와 통역을 착취하는 건 분명 불쾌했지만 그 애가 나라는 방패 없이 아이들이 늘어놓는 '니하오'와 '김치'의 늪에서 놀림받으며 길을 잃는 건 상상하기도, 보고 싶지도 않았다. 진심으로.

"……나도 더 잘하고 싶어. 이건 정말이야."

그런 말을 들어도 아무런 보람이 없었다. 나는 손을 휘휘 저으며 한나를 놓아주었다.

"수업이나 들으러 가."

그 애는 그제야 내게 달려와 고맙다고 두 번이나 속삭이고 돌아갔다. 울지도 않았다.

한나와 나는 2008년의 한 모퉁이에서 계속 한국어와 영어를 가지고 엎치락뒤치락했다. 학교에서 한국어를 쓰고 싶지 않다고 아무리 반복해 말해도 한나는 까먹은 건지 떼를 쓰는 건지 구별할 수 없는 애매한 표정을 지으며 한국어로 말을 걸어왔다. 그런 행동이 한 학기 내내 이어졌다. 이름을 고수하는 일도 계속되었고, 어떤 애들이 아예 '한나-낫-해나'라는 별명을 지어주기도 했다.

자재 가게의 회원제에 관해서는 아직까지도 진실을 알 수 없다. 나는 한나가 잘못 알아들었을 거라고 굳게 믿었기 때문에 가게를 찾아가보지 않았다. 게다가 그 가게가 머지않아 폐점하여 나중에는 확인할 수도 없었다.

그러나 시간이 한참 흐른 뒤, 나는 한국에서 이런 장면을 목격한다. 빈 테이블이 많은 식당에 외국어를 쓰는 여자와 그의 아들로 보이는 남자아이 하나가 들어섰다. 아이는 반짝이는 조명들에 매료된 듯 눈을 굴리다가 소리를 지르기 시작했다. 사장은 나와 친구가 앉은 테이블에서 주문을 받고 있다가 눈살을 찌푸렸다. 그는 착석 안내를 기다리는 그들에게 정중하게 말했다.

"죄송합니다. 지금은 예약 손님만 가능해서요. 자리가 없어요."

여자와 아이는 홀을 한번 둘러보더니 자기들의 모국어를 읊조리며 밖으로 나갔다. 나와 친구가 식사를 마칠 때까지 식당에는 새로운 손님이 오지 않았다. 유령들과 밥을 먹는 기분이 들었다. 몇 년 뒤 그 식당 앞을 지나던 나는 아이가 이용할 수 없는 업장이라는 문구를 발견했다. 나는 고개를 들어 가게의 외관을 바라보았다. 문득 한나가 그곳의 문을 열고, 방심하고, 실망한 채 돌아 나오는 환상이 보였다. 나는 환상 속의 한나에게 파란색 하트 스티커를 건네주고 싶어져서, 그 애의 말을 믿는 게 그렇게 어려운 일이었는지 후회가 되어서 도망치듯 거리를 달아났다.

13

 눈엣가시 한나가 아무리 성가시게 굴어도 한나에게 꽤 다정하게 구는 애들이 드문드문 보였다. 일본 애니메이션 캐릭터가 그려진 검정 티셔츠를 나흘 연속으로 입고 오는 케이팝 골수 팬 라일리라든지, 아시안 여자애들이 작고 귀여워서 매력적이라고 대놓고 말하는 딜런이라든지, 한나에게 그림을 잘 그린다고 칭찬하며 미술 수행평가를 맡기고 사라지는 앰버라든지. 다들 내 통역하에 한나와 접촉했지만 한나는 라일리의 케이팝 숭배에 반응해주지 않고, 딜런의 불쾌한 접근도 무시하고, 앰버의 미술 과제도 아무 색이나 칠해버려서 그 애들과 친해질 수 없었다.

 나는 한나의 행동을 이해하지 못했다. 나라면 그 애들을 그런 식으로 차단하지 않으리라 생각했다. 그 애들이 보이는 관심이 유해하더라도, 자신을 고립시키는 선택이 그보다 더 유해하다고 판단했다.

 고립이 무섭다는 걸 아는데도, 한나에게 나밖에 없다는 걸 아는데도, 나는 한나를 밀어내고 싶어서 전전긍긍했다. 그러나 마음이 자꾸만 두 쪽으로 쪼개지는 것은 어쩔 수 없었다. 다음 날 눈을 뜨면 한나가 말 한마디 걸 수 없는 백인 남자애가 되고 싶다가도, 한편으로 그 애의 든든한 한국인 지원군이 되고 싶기도 했다. 영어를 못하는 그 애의 얼굴에는 언제나 우리 엄마의 새빨간 실루엣이 들러붙어 있었고, 한나를 괴롭히는 애들 앞에서 그 애가 전혀 대항하지 못하는 걸 마냥 모르는 척할 수 없었다.

지원군 같은 표현을 쓴 건 한나가 자주 공격을 당했기 때문인데, 한나는 내가 처음 미국에 왔을 때나 하트빌에 이사 왔을 때보다도 훨씬 다양한 괴롭힘을 겪어야 했다. 예쁘지도 않고, 아이들과 어울리려고 노력하지도 않고, 공부도 못하고, 영어도 못하는데 틈만 나면 울고, 그렇다고 선생님 앞에서까지 우는 것은 아니어서? 매일같이 엄마가 학교에 나타나는 문제아라서? 우는 것만 빼면 그런 애들은 널렸다. 영어를 잘해도 대화가 도저히 안 되는 애들이 있는데, 걔들 역시 한나만큼 가혹한 대우를 받진 않았다. 왜 유독 한나만 사랑받지 못했을까.

한나는 테일러뿐만 아니라 여자애들에게도 집중적인 공격 대상이 되었다. 앞머리를 연두색 고무줄로 묶어 사과 머리를 하고 다녔다는 이유로 말이다. 같은 학년에서 가장 키가 크고 어른처럼 꾸미길 좋아하는 새라는 뒷담화의 주동자도 아니면서 자리에 앉아 있던 한나에게 다가갔다.

"넌 왜 머리를 그렇게 묶어?"

새라가 고압적인 자세로 한나를 내려다보며 물었다. 한나는 내가 알려준 대로 'Just because'라고 답했다. 그런데 말투가 문제였다. 한나는 자신이 방금 한 말의 문법이 맞는지 확신이 없어서, 아니면 한국어를 할 때의 애교 섞인 억양을 영어에도 적용시키다 보니 말끝을 길게 늘이며 흐렸는데, 그 탓에 한나의 대답은 뒤에 할 말이 더 남은 것처럼 들렸다. 새라는 한나가 이유를 더 설명하길 기다리다가 따분하다는 듯 팔짱을 꼈다. 그러더니 갑자기 손을 뻗어 한나의 머리끈을 잡아당겼고, 뜯어내듯 풀어버렸다. 한나의 뒷자리에 앉아 있던 아이들이 새라가 한나의 머리채를 잡는 줄 착각하고 자리에서 벌떡 일어날 정도로 그 행동은 난폭했다.

한나는 머리끈을 돌려달라고 손을 내밀었다. 그러나 새라는 아이를 혼내는 말투로 단호하게 말했다.

"이런 건 어린애들이나 하는 거야."

"뭐?"

"이런 헤어스타일은 애기들이 하는 거라고. 앞머리를 이렇게 올려 묶고 귀여운 척을 하고 싶은 거지? 그런다고 누가 좋아하는 줄 알아? 이런 걸 좋아하는 사람이 있다면 아동성도착증일 거야."

한나가 사과 머리를 한 이유는 그게 한국에서 유행하던 헤어스타일이었기 때문이지만, 한국 문화를 전혀 모르는(알려고 하지도 않고 안다고 해도 오히려 욕했을) 새라는 한나가 페도파일들을 유혹하려 한다는 식으로 말했다. 그러더니 그 애는 곧바로 핑크색 토끼 캐릭터가 그려진 한나의 필통과 볼펜, 노트를 전부 뺏었다. 경찰이 용의자를 압수수색하는 것과 다름이 없어 보였다.

"이건 너를 위해서야. 누가 널 해할 수도 있잖아?"

새라는 한나의 엄마도, 언니도 아니면서, 아무것도 아니면서 한나의 물건들을 전부 가져가 쓰레기통에 무분별하게 버린 뒤 텅 비어버린 한나의 책상 위에 걸터앉았다. 한나는 얼굴이 새빨개진 채로 쓰레기통 앞으로 걸어갔다. 천천히 녹아내리는 초처럼 그곳에 서 있었다. 바나나 껍질과 초콜릿 푸딩 찌꺼기로 가득한 쓰레기통에 손을 뻗어 자기 물건을 꺼내야 하는지 말아야 하는지 고민하는 것 같았다.

나는 모든 것을 지켜보고 있었다. 수학 수업을 앞두고, 교실 칠판 앞에서 제임스라는 남자애와 대화하고 있었다. 나와 여러 수업을 같이 듣는 제임스는 계속 자기 여동생 이름도 제니퍼라서 애칭이 제니라고 이러쿵저러쿵 떠들었지만, 하나도 귀담아들을 수 없었다. 한나가 당하는 걸 수없이 봤는데도 그날은 이상했다. 분노보다 두려움이 앞서는 날이었다. 한나가 새라에게 빌까 봐, 누군가에게 필통을 꺼내달라고 부탁하면서 울기라도 할까 봐 심장이 쿵쾅거려서 도저히 다른 소리에 집중할 수 없었다.

"제발 그딴 짓 하지 마, 그랬다간 널 죽여버릴 거야."

나는 아주 작게 속삭였다. 마음속에 반복해서 울리는 말이 입가에서 숨소리처럼 번져나갔다. 제임스에게는 외국어로 최면을 거는 것과 유사하게 들렸을 것이다.

"제니, 한나한테 가려고?"

그때, 제임스는 나보다도 더 작게 속삭이며 나를 말렸다. 그 애는 이렇게 말했다.

"한나는 페도파일이 뭔지도 모를 거야. 걱정하지 마."

"자기 물건을 멋대로 버린 게 무슨 상황인지는 알겠지."

내가 한 걸음 내디디려 할 때, 제임스는 다시 한번 나를 붙잡으며 문제를 키우지 말라고 말했다. 내가 새라와 싸우면 일이 커져도 돌이킬 수 없다고 했다.

"너희 엄마는 학교 잘 오시지도 못하잖아."

나는 엄마가 얼마나 내가 조용히 살길 원하는지 떠올렸고, 내가 머뭇거리는 동안 새라는 막 교실에 도착한 다른 여자애들과 사이좋게 인사하기 시작했다. 여자애들은 덩그러니 서 있는 한나를 잠깐 살피더니 자기들끼리 킥킥거렸다. 그중 하나가 새라에게 무언가를 말했는데, 새라는 한참 웃다가 갑자기 고개를 돌려 나를 뚫어지게 바라봤다. 칠판 앞에 서서 모범생과 얘기를 나누고 있던 내게 시선을 꽂으면서, 눈썹을 들어 올렸다.

새라는 미소를 지으며 한나의 책상에서 일어나 자리 주변을 돌아다녔다. 그 길쭉한 몸에 가려진 한나는 더 이상 보이지도 않았다. 그때, 누군가 이렇게 말했다.

"울 줄 알았는데."

아이들은 한나가 우는 걸 싫어했지만, 모순적이게도 한나가 울기를 기대했다.

새라는 '그러게?' 하고 웃더니 아무 일도 없었던 것처럼 다른 얘기를 꺼냈다. 얼마 남지 않은 핼러윈 때 어떤 분장을 할 계획인지 떠들기 시작했다.

그때, 종이 쳤고 선생님이 들어왔다. 나는 자리에 앉아 수업에 집중하려 했으나 머리가 깨질 것처럼 아파와서 자꾸만 다른 곳에 시선을 두었다. 한나의 등, 새라의 옆모습, 제임스의 뒤통수, 다시 한나의 머리카락, 새라의 발, 내 손가락. 아무리 노력해도 다른 생각을 할 수 없었다. 새라가 한나의 머리끈을 잡아 뜯는 장면, 한나가 멍하니 쓰레기통 앞에 서 있는 장면, 그 장면들로부터 멀리 달아나기를 꿈꿨지만 실패했다. 나는 의자에 접착된 것처럼 앉아 있었고 장면 사이에 억류당했다.

책을 봐도, 수학 문제를 풀어도, 몰래 연습장에 축구 필드를 그리며 딴짓을 해도 소용없었다. 어떤 순간은 끊임없이 파고든다. 모든 상상과 감성, 논리와 태도를 허물고 보호 구역을 침입해 속을 난장판으로 뒤집는다.

잊으려고 해도, 외면하려 해도 순식간에 생생하게 복원되는 기억.

너무 강제적이어서 불편한 기억.

그런 건 장면이라고 부르지 않는다.

경험이라고 부른다.

새라가 한나의 머리끈을 잡고 뜯어냈을 때, 나는 누군가가 내 머리채를 잡는 기분이 들었다. 그 일은 한나의 사지를 통과해 내 경험이 되었다.

수업이 끝난 후, 모두가 나간 교실에서 머뭇거리며 괜히 한번 쓰레기통을 살펴보았다. 한나의 머리카락이 몇 올 감겨 있는 가느다란 머리끈이 한 줄기 햇빛에 반짝이고 있었다.

나는 아무도 보지 않는 틈에 그것을 주워 저녁까지 가지고 있다가 하천에 몰래 던졌다. 그러나 세상은 그 일이 일어나기 전으로 돌아가지 않았다.

한나가 새라에게 머리끈과 학용품과 존엄을 전부 강탈당한 다음 날도, 그다음 날도 한나의 수난은 끝나지 않았다. 그 애는 언젠가 다시 노라의 초점에 잡혔다. 핼러윈이 지나고, 세상이 더 차가워졌을 때였다. 계절의 이름이 가을인지 겨울인지 헷갈리는 그런 모호한 시기의 초입이었다. 노라와 노라의 단짝 친구들이 일과가 끝나갈 무렵 한나를 둘러싸고 한나를 괴롭혔다. 새라에 비하면 소극적이었지만, 방식은 더 까다로웠다.

그 애들은 마치 친한 친구 사이인 것처럼 한나를 무리에 끼워 넣고, 일부러 평소보다 더 빠르게 말하면서 한나에게 계속 반응을 요구했다.

다음 방학 때 뭐 할 거야, 우리 가족은 저번에 플로리다에 가서 서핑을 했어, 놀이공원 호텔에 묵으면서 아침 일찍부터 놀이기구를 탔어, 한나는 미국에 와서 제일 좋았던 여행지가 어디야? 설마 이 동네에 처박혀서 여행 한번 못 간 건 아니지? 뭐 이런, 영어를 잘 알아듣는다고 해도 부담스러운 질문들에 한나가 뭐라고 답해야 했을까.

노라의 말을 한마디도 알아듣지 못한 한나가 안경을 고쳐 쓰며 어색하게 웃었다. 일부러 턱을 내리고 살짝 두리번거리며 팔꿈치를 긁기도 하고, 자신의 왼발로 오른발의 발꿈치를 툭툭 건드리기도 했다. 어딘가 가려운 척을 하면, 못 알아듣고 헤매는 얼굴을 집중하지 못하는 몸짓으로 가릴 수 있다고 생각하는 것 같았다.

물론 계속 그러다간 무례하다는 소리를 들을 테니 한나는 적당히 눈을 굴리다가 다른 아이들의 반응을 보고 웃으면 되겠다 싶으면 웃고, 놀라면 되겠다 싶으면 놀라고, 애매할 땐 '뭐라고? 못 들었어'라고 말하며 다시 말해주길 수줍게 요청했다. 한나가 '알아듣게 얘기해!' 하고 윽박지르지 않고 어떻게든 분위기에 맞추려고 하는 모습은 신선했다.

그런데 노라는 한나가 다시 말해달라고 할 때마다 정색했다. 무섭게 겁을 주는 표정이 아니라 눈가에 살짝 힘을 주며 아주 미묘하게 얼굴을 구겼다. 너무 멀리 있어서 잘 안 보이는 글씨를 몰래 읽을 때와 비슷한 표정이었다. 그러고는 한나를 더 무안하게 만들기 위해 과할 정도로 명확하게 다시 발음해주었다.

노라가 얼마나 명확하게 발음해주든 한나는 잘 알아듣지 못했다. 알아듣는 척을 하려고 아하, 우와, 헐 같은 소리만 냈다. 아이들은 한나의 감탄사를 따라 하며 그걸 자기들의 웃음거리로 여겼다. '왜 뭐만 하면 her이라고 해? 여자 좋아해?' 하면서.

한나는 간혹 상대방의 조롱을 알아챈 것처럼 보였지만, 별다른 기색 없이 미소만 지었다. 아무리 놀림 받아도 그 애들 사이에 껴 있고 싶었을까? 새라에게 당할 때도 한나는 뭔가 달랐다. 나름대로 살갑게 굴었고, 물건을 다 빼앗기고 나서도 따지지 않았다. 울지 않았다. 수업 시간 내내 얌전했다.

아무리 내게 보이는 관심이 유해하더라도 나를 고립시키지는 않겠다고 생각했던 나는, 그제야 그게 현실에서 어떤 모습을 갖추는지 어렴풋이 알게 되었다.

한나는 왜 새라 앞에서, 노라 앞에서 울지 않았을까? 그 애가 우는 순간에는 딱히 패턴이 없어서 파악하기 어려웠지만, '나도 더 잘하고 싶어'라고 했던 걸 떠올리면 이해가 되기도 했다. 그건 비단 영어만 두고 한 말이 아닐 것이다. 나는 한나가 한 말에서 하지 않은 말들을 추출했다. 나도 잘 적응하고 싶어, 나도 애들과 어울리고 싶어, 잘 안 되지만 더 노력할게.

한나는 그 백인 여자애들 사이에서 떨어져나가고 싶지 않았을 것이다. 몸을 한껏 웅크리면서도, 눈을 잘 마주치지 못해도 무리의 정당한 일원이 되고 싶었을 것이다. '나는 한국에서 온 한나야 나는 이걸 지켜야 해'라고 몇 번씩 강조하던 한나에게도, 그 고상한 한나에게도 그때쯤엔 그런 욕망이 있었을 것이다.

한나의 어색한 웃음을 보는 동안 내 얼굴은 점점 일그러졌다. 알아듣지 못하는 언어는 그저 소음에 불과하고, 소음 가득한 세상은 몹시 피곤하다는 걸 나는 누구보다 잘 알고 있었다. 그런 지겹고 고달픈 마음의 전문가였다. 깰 수 없는 결계 같은 분위기, 읽을 수 있는 게 오직 분위기뿐인 세계가 한나를 둘러싸고 있는데, 지켜보는 것만으로 한나의 감정들에 서서히 감염되는데, 어떻게 화가 나지 않을 수 있을까. 심지어 한나는 자기에게 주어진 분위기마저 오독하면서, 불안에 떨면서 서 있었다. 답답하고 고통스러웠다.

"한나-낫-해나. 너무 귀여운 별명이야. 귀엽다고. 귀여운 건 뭔지 알잖아. 너 귀여운 척하는 거 좋아하잖아."

노라 옆에 있던 여자애가 아주 친절한 말투로 말했다.

"제발 고맙다고 하지 마."

복도 끝에서 그 애들의 대화에 귀 기울이고 있던 나는 입술을 씹으며 아주 작게 속삭였다. 주문을 외우듯이 혼잣말을 했다.

"고마워."

내가 예상한 대로 한나는 고맙다고 말해버렸다. 그때, 나는 참지 못하고 결국 한나에게 다가갔다.

"집에 안 가?"

한나 앞에 쉬지 않고 떠드는 미국인들이 있는데도 나는 한국어로 끼어들었다. 그다음 한나가 우물쭈물거릴 시간을 주지 않고 한나의 손목을 붙잡았다. 나는 한나를 내 등 뒤로 끌며 노라와 여자애들에게 턱을 들어 인사했다. 쿨한 척했지만 우리는 괴물들 앞에서 뒷걸음질하는 쥐처럼 초라해 보였을 것이다.

노라와 여자애들은 나를 바라보며 웃었다. 언뜻 보면 흐뭇해하는 것 같았지만, 큰 눈을 더욱 크게 뜨고 입술은 단단히 다문 채였다. 올라간 입꼬리들을 보니 비웃는 게 분명했다. 단언컨대 노라는 자신의 즐거운 '장난'에서 내가 한나를 구해내길 기다리고 있었다. 교실에서 한나의 머리끈을 잡아 뜯은 새라도 마찬가지였다. 나와 한나를 몽땅 몰아내고 싶어서 조급해하던 여자애들의 얼굴은, 그 애들이 우리를 볼 때처럼, 다 똑같아서 구분할 수 없었다.

우리는 그 애들이 마련한 연극에 올랐다가 쫓겨났다. 한나는 쩔쩔매는 시골 쥐 역할, 나는 그 애를 데리고 빠르게 자리를 벗어나는 도시 쥐 역할. 굳이 나누자면 나눌 수도 있지만 결국엔 같은 쥐들. 덫에 걸리든, 그리하여 동시에 무대에서 퇴장하게 된 쥐들.

복도 창문의 각진 햇빛 아래, 말이 통하지 않는 애들과 지긋지긋할 정도로 오래 서 있던 한나를 끌고 어두운 계단으로, 맨 밑층으로 내려갔다. 세상이 점점 더 어두워지는 것 같았다. 지옥을 향해 달려가는 기분이 들었다. 너무 급해서 어느 순간부터는 쥐고 있던 손목을 놓쳤고 한나가 계속 뒤에 있는지조차 확인하지 못했다. 그러나 문을 열어 바깥으로 나가기 전까지 뒤돌아보지 않았다. 돌아보면 한나가 없을까 봐.

오르페우스는 에우리디케를 살리기 위해 그를 데리고 지상으로 향했다. 학교가 얼마나 지옥 같은지 우리는 자꾸만 거꾸로 내려갔다. 권력의 시선이 닿지 않는 곳으로, 우리가 안 보이는 곳으로. 오르페우스는 자기 아내를 사랑해서 그런 거지만 나는 한나가 좋지도, 가엽지도 않았는데.

나는 여자애들에게도, 한나에게도 빚진 것이 없었는데 왜 한나를 붙잡고 도망쳤을까.

단순했다. 한나에게 벌어지는 일들이 죄다 내게로 건너와 나의 트라우마가 되는 것을 막고 싶어서였다.

14

 노라와 새라. 그 애들은 이 이야기의 빌런이다. 못생긴 아기 오리 이야기에 나오는 언니 오리들이다. 남들과 다르다는 이유로 누군가를 괴롭히는 여자애들.
 그 애들은 막강했다. 사랑, 보호, 인정을 독점했다. 학교에서 가장 인기가 많은 여자애들을 대라고 하면 가장 먼저 떠오르는 게 노라와 새라였는데, 모든 학년에 모르는 사람이 없을 정도로 그 애들은 활발하게 활동했다. 걸스카우트, 동아리, 학생회 등 빠지는 자리가 없었고 서로를 시도 때도 없이 치켜세워주면서 상도 자주 탔다. 방학 때는 모의 유엔에 참여한다며 다른 주에 있는 대도시에 다녀오기도 했다.
 그 애들이 내 인생에 침투하면서 나는 로렌이나 윤희-제시카, 네이선 같은 다른 이민자에게 관심을 아예 끄게 되었다. 걔들에 비하면 어떤 이민자도 종일 헐뜯을 필요가 없었다. 노라와 새라에 대한 질투는 날이 갈수록 새까매져서 나머지 감정을 흔적 없이 흡수

해버렸다.

노라와 새라는 편이 많았다. 분위기의 주권을 가지고 있었다. 권력이 있었다. 권력, 생각만 해도 벌써 영향 받은 것처럼 강한 단어다. 선생님들은 물론 이웃 어른들도 다 노라와 새라를 예뻐했고 걔들과 친해지면 학교생활이 편했다는 걸 한 방에 설명하는 단어다. 내가 그 애들을 빌런이라 명명한 이유는 단순히 한나를 괴롭혀서가 아니다. 어차피 이 이야기는 나의 반성문이므로 종래에 최악의 빌런은 나일 것이다.

그 애들은 다른 아이들로 하여금 한나를 같이 괴롭히고 싶게 만들었다. 그렇게 해도 된다고 생각하게 만들었다.

한번은 노라가 한나의 수학 연습장을 보고 이렇게 말했다.

"아시안들은 다 수학 잘하는 거 아니었어?"

아무도 한나가 뭘 하는지 관심 가지지 않았는데 노라가 깔깔 웃으며 대놓고 말하는 바람에 교실에 있던 모두가 한나의 연습장을 보러 웅성웅성 몰려들었다. 당황한 한나는 혼자 한국어로 '뭐야? 뭐야!' 하며 두 팔을 동그랗게 모아 연습장을 가리려고 했다. 간단한 함수식에도 오류가 많았고 function(함수)을 fongtion이라고 써놓아서 아이들이 프랑스어냐며 놀렸다. 나는 노라에게 방금 네가 한 말은 인종차별적이라고 말하려 했는데, 노라는 내가 입을 열기도 전에 손가락을 하나하나 접어가며 이렇게 말했다.

"제니도 수학 잘하잖아. 앰버는 상도 받고, 루시도 쭉 1등이잖아. 다들 수학 잘해서 나는 다 잘하는 줄 알았어."

노라는 한나와 다른 모든 아시안들을 분리했다. 칭찬받은 다른 애들이 한나 편을 들지 못하도록 말이다.

칭찬을 한다고 그 애의 인종차별이 취소되는 건 아닌데도, 그 말을 듣고 노라를 지적하면 왠지 나만 과민 반응하는 것처럼 보일 게 뻔했다. 앰버와 루시도 처음에는 표정이 굳었다가 점점 웃기 시작했다. 노라의 옆에 앉아 거울을 보던 새라가 노라를 거들기 위해 '근데 수학은 그렇다 쳐도, 어떻게 다들 과학도 잘하고, 악기 연주도 잘하는 거야?' 하며 앰버와 루시에게 더 칭찬을 퍼붓고 자기들 편을 들게끔 부추겼으니 안 웃을 수가 없었다. 새라는 심지어 뚫어져라 보던 거울을 내려두고 내 옆으로 다가와 이렇게 말했다.

"심지어 제니는 운동도 잘해."

그 애는 턱을 내밀며 귀여운 표정을 지어 보였다. 떨떠름했지만 웃어줘야 할 것 같아서 나는 혀끝을 살짝 씹으며 고개를 한 번 끄덕여주었다.

그 애들의 특기는 가스라이팅이었다. 자기가 차별적인 발언을 하거나 인사를 안 받아주거나 퉁명스럽게 굴어놓고 '왜 이렇게 예민해' 한마디면 전부 상대방 탓으로 역전시킬 수 있었다. 나는 아무리 친구를 많이 만들고 내 편을 확보해도 그 애들의 미끼 같은 칭찬에 취약했다.

노라와 새라 둘이 돌아가면서, 아니 동시에 한나를 괴롭혔지만 나는 그 애들을 제지하지 못했다. 오히려 그럴수록 더 그 애들이 되고 싶었는지도 모른다. 겉으로는 예쁘고 상냥하고 똑똑하니까, 적어도 내게는 자주 칭찬을 해주고 곧이라도 절친이 될 수 있을 것처럼 구니까, 무리에 나를 껴줄 수도 있을 것처럼 다정하니까. 타고난 듯한 화려한 이미지, 누군가를 무한히 내려다보며 칭찬할 수 있는 권력의 이미지 앞에 무릎을 꿇고 빌었던 것이다. 엄마가 돈 많은 사람들을 무작정 좋아하고 그래야만 자기도 돈을 많이 벌 수 있다고 믿은 것처럼, 나는 걔들 곁을 지나칠 때마다 몰래 품은 선망을 온 얼굴에 내비쳤다. 보는 것만으로 나를 갖추고 있는 요소들이 그 애들을 따라 바뀌기라도 할 것 같아서 기도하듯 주시했다. 그러면 가끔, 그 애들이 나를 봐주고 내게 손을 뻗었다.

새라의 손은 여자 축구부를 파고들어 내게 도달했는데, 클럽 활동 시간에 한창 스트레칭을 하고 있을 때였다. 겨울이 아직 덜 녹은 어떤 혼란스러운 봄날이었다. 나는 부원들과 운동장에 모여 강렬한 햇빛 아래 일렬종대로 서 있다가 짝인 셰리와 서로 어깨를 잡고 상반신을 수그리며 몸을 풀었다.

셰리는 나와 동시에 허리를 숙이며 내 몸이 아주 딱딱하다고, 잘 익었다고 놀리다가 진로에 관해 질문했다. 어깨와 어깻죽지 근육은 시원하게 풀 수 있었지만 셰리가 대뜸 던진 고민은 아무리 얘기를 나누어도 풀 수 없었다.

"넌 고등학교 어디 갈 거야?"

"나야 뭐. 사립은 못 가겠지."

"면담했어?"

"했지. 근데 아직 고등학교 얘기는 전혀 안 하던데?"

셰리는 허리를 펴고 혼자 다른 스트레칭 동작을 잠깐 하다가 나와 등을 맞댔다. 그러더니 진심으로 걱정하는 목소리로 말했다.

"고등학교는 체육 특기생 같은 거 없나?"

우리는 둘 다 등 스트레칭을 할 수 있게끔 서로를 업어주었다. 나는 햇빛에 눈이 부셔 얼굴을 잔뜩 찡그리며 고개를 도리도리 저었다.

"여학생이 축구 특기생으로 대학에 가는 것도 어려운데 고등학교에 그런 제도가 잘 준비되어 있겠어? 후원금을 엄청나게 내는 게 아니라면 힘들 거래."

"선생님이 그랬어?"

"체육 선생님이."

"꿈을 바로 접어주셨네."

"꽉꽉 접어주더라."

셰리는 내가 실력이 좋아서 매달 돈을 내야 하는 중학교 축구부에서도 학교의 지원을 받아 활동하고 있다는 것을 알았기 때문에 나보다도 더 아쉬워해주었다. 나는 셰리에게 고맙다고 말한 뒤 다시 꼿꼿하게 서서 발목 스트레칭을 시작했다.

단체 스트레칭 시간은 내가 가장 좋아하는 시간이었다. 주위를 둘러보면 온통 부원들의 기둥 같은 다리가 보이고, 다 같이 맞춘 풋볼 삭스가 기둥마다 하얀 무늬를 만들어내고 있는, 그때의 평화를 좋아했다.

셰리는 무릎 보호대를 채우느라 잠깐 조용해졌지만 곧 다시 말을 이었다.

"그래도 아시안들 다 사립 준비하지 않아?"

"너도 사립 준비해? 난 예외야. 학비를 못 내니까 어쩔 수 없어."

나는 학교에서 돈을 내는 거의 모든 활동에 참여할 수 없었다. 그걸 모르지 않으면서 왜 내가 사립학교에 지원하지 '않는지' 묻는 셰리가 야속하게 느껴졌다.

"저번에 한나 엄마가 우리 엄마한테 하는 얘기 들었는데, 한나는 가톨릭계 사립 준비한대."

나는 중국계 이민자인 셰리 가족이 한나 엄마와 어떻게 아는 사이인지 물었다.

"우리 엄마 친구가 한나네랑 같은 교회에 다녀."

"엄마들끼리 아는 사이인 거네?"

"한나 엄마가 내 바이올린 과외에 한나를 넣어달라고 부탁했어. 그래서 개랑 곧 과외도 같이 들어."

나는 처음 듣는 이야기에 조금 놀랐지만, 내가 없는 곳에서 한나가 고등학교를 잘 다닐 수 있을까 하는 염려가 곧장 머릿속을 들쑤셨다.

"한나가 사립학교 가면 제니는 아쉬워서 어떡해?"

그때, 뒤에서 낯선 목소리가 들려왔다. 새라가 고가 브랜드의 트레이닝복을 입고 짝다리를 짚은 채 우리 뒤에 서 있었다.

"여긴 어쩐 일이야?"

셰리가 물었다. 주장인 나오미도 외부인의 접근을 가로막기 위해 우리 쪽으로 성큼성큼 걸어왔다.

"나 오늘부터 축구부야. 못 들었어?"

나오미는 우리 곁에 도착하자마자 나와 셰리, 새라의 얼굴을 번갈아 보다가 눈살을 찌푸리며 도로 돌아섰다. 선생님을 만나보고 오겠다고 했다. 나는 나오미를 대신해 다른 부원들의 기색을 살폈는데, 아무도 새라가 여자 축구부에 들어온다는 소식을 들은 적이 없는 것 같았다.

"체육 선생님한테도, 코치님한테도 허락받았어. 앞으로 잘해보자."

과거에 한나처럼 새라에게 몇 번 골탕 먹은 적이 있는 나오미가 멀리 스탠드 위에 서 있던 체육 선생님에게 다가가 따졌다.

"왜 부원들과 상의도 없이 새로운 부원을 받았나요? 이건 민주적이지 않아요."

그러나 선생님은 새라가 성실하게 임할 거고, 다들 새라를 잘 받아주라고 답했다. 7학년 봄 학기면 학기 초라고 해도 꽤 늦은 입부인데 선생님은 태연했다. 다른 동아리면 몰라도 축구부는 시즌제 스포츠 경기를 준비해야 해서 세리를 비롯한 부원들은 혼란을 감추지 못한 채 새라에게 물었다.

"이제 와서 왜 갑자기 축구를 하겠다는 거야?"

"축구를 좋아하게 됐으니까?"

새라는 빵긋빵긋 웃으며 답했다. 그러더니 우리가 하는 스트레칭을 따라 했고 왕복 달리기 연습에도 자연스럽게 합류했다. 심지어 6학년 신입들과 공 주고받기 연습도 알아서 착착 진행했다. 처음 들어온 주제에 적응 하나는 기가 막히게 빨랐고, 그 모습은 계속 축구부를 지킨 다른 부원들을 억울하게 만들 지경이었다. 나는 막무가내로 입부했다는 점 말고는 욕할 여지가 없는 새라의 행동이 불편했다. 꿍꿍이가 있는 게 분명한데 캐물을 수 없어 답답했다.

그러면서도 마르고 긴 다리로 가볍게 뛰어다니는 새라를 집요하게 관찰했다. 금발 포니테일의 새라는 인간이 된 바비 인형 같았다. 갈비뼈가 몇 개 없는 건 아닌가 싶을 정도로 상체가 홀쭉하고 짧았다. 나는 어깨 스트레칭을 하는 척 내 흉통을 양손으로 잡아보며 새라의 '여성스러운' 몸과 내 골판지 같은 몸을 비교했다.

체육 선생님의 말대로 부원들은 대부분 새라의 등장에 금방 익숙해졌다. 코치는 남자 축구부를 체크하고 돌아와서는 나를 콕 집어 새라를 잘 가르치라고 말했다. 새라가 하루빨리 경기에 참여할 수 있는 상태가 되길 바란다면서. 새라를 달가워하지 않는 나머지에게 새라를 반기라고 강요하는 것처럼 느껴졌다.

"제니. 나 공 차는 법 알려줄래?"

새라가 내게 공 차는 자세를 가르쳐달라고 해서 나는 슈팅 시범을 보이며 기본 동작을 알려주었다. 새라는 어설프게 따라 하더니 공을 이상한 방향으로 뻥 차버렸고, 나는 가볍게 뛰어가 공을 주워 왔다. 그걸 서너 번 반복하는 동안 무의식적으로 그 애의 발 앞에 공을 놔주었다. 내게는 어려운 일도 아니고 익숙한 훈련의 과정이었는데 새라는 내가 디즈니 만화영화에 나오는 왕자님 같다고 말했다. 그 애의 얼굴에 서린 웃음이 비웃음인지 수줍음인지 구분할 수 없었다.

"이렇게 하는 거 맞아? 나 너무 못하지?"

"좀 더 침착하면 잘 찰 수 있을 것 같아."

"그래? 도와줘서 고마워. 전에도 말한 적 있나?"

"뭐를?"

"네가 남자였으면 난 너랑 사귀었을 거야."

나는 별다른 대답을 내놓지 못했다. '미안하지만 내가 남자였으면 너랑 안 사귀었을 것 같은데?' 하고 새침하게 말해야 할 것 같았으나 그건 거짓말이었다. 만약 내가 그 자리에서 뚝딱 남자가 되었다면 새라 같은 백인 여자애에게 잘 보이려고 대놓고 우쭐거렸을 것이다. 그 애랑 한번 자보려고, 아시안 남자애들 앞에서 허세 부리며 백인 여자는 어떻고 저떻다 떠들려고. 평범한 남자애들처럼.

그런데 만약 새라가 갑자기 여자도 좋아져서 내게 사귀자고 한다면 나는 뭐라고 말했을까. '너랑 안 사귀었을 것 같다'는 문장은 어떻게 해도 거짓이었다. 새라가 사귀자고 한다면 나는 진지하게 고민했을 것이다. 여자애들이 겉으로는 뭐든지 가능한 척해도 '네가 남자였으면'이라는 조건을 꼭 붙이며 절대로 내게 연애를 기대하지 않는다는 걸 알면서도, 나는 그런 고민을 감히 품곤 했다.

내가 입을 다물고 있는 동안 새라는 마치 내 속을 들여다본 것처럼 덧붙였다.

"미안, 기분 나쁘게 하려고 한 말은 아니야. 남자애들이 너 레즈비언 같다고 놀리는 거 알아. 신경 쓰지 마. 내 생각엔 다들 네가 자기들보다 더 매력적이라고 생각해서 질투하는 거야."

"신경 안 쓰는데?"

레즈비언. 내가 머리를 짧게 자르고 운동을 시작한 후로 나를 영영 따라다니는 유령 단어. 여기서 말하는 유령은 팬텀(phantom)이 아니라 폴터가이스트(poltergeist)다. 이따금 내 몸을 탈취해 모든 물건을 집어 던지게 만들고, 집을 아수라장으로 만들었다. 남자인지 여자인지, 레즈비언인지 아닌지 따위를 고민하느라 내 청소년기는 불안정했다. 나는 한 번도 내가 여자를 좋아하는지 남자를 좋아하는지 공식적으로 밝힌 적이 없는데 비공식적으로 아이들은 나를 레즈비언이라고 믿었다. 그리고 대체로 내 앞에서는 '아닌 거 알아' 하며 능청스럽게 웃었다. 마치 내가 레즈비언이 아니길 간절히 바라는 것처럼 보였다.

"혹시 관심 있는 애 있어?"

어깨를 한번 으쓱이고 자리를 뜨려 했으나 새라는 난데없이 좋아하는 사람이 있냐고 물었다. 고개를 흔들자 자기가 나를 누군가와 연결해줄 수 있다고 덧붙였다. 새라가 신난 표정으로 조금 더 가까이 다가왔다. 나는 떨떠름한 얼굴로 뒷걸음질했다. 새라가 내게 왜 친한 척을 하는지 알 수 없는 데다 새로운 의심이 생겨나고 있었다.

"누가 나한테 관심 있대?"

새라는 의미심장하게 이를 드러내고 웃었다. 정확한 답을 주지는 않았다. 더 캐물으려 했지만 체육 선생님이 가까이 오는 바람에 다시 공을 차며 연습에 열중하는 척했다.

그날 밤 잠들기 전까지 나는 새라의 반응이 무엇을 의미하는지 탐구했다. 어떤 남자애가 내게 관심이 있어서 새라에게 언급한 적이 있고, 새라는 그 애와 나를 연결해주고 싶어서 축구부에 들어온 김에 내게 접근했다는 가설을 세우자마자 내 위로 상상의 사다리 하나가 나타났다.

그 애가 새라와 친한 애라면, 별문제가 없는 애라면 나는 걔와 관계를 진전시키면서 좀 더 '잘나가는' 무리에 속할 수 있다는 뜻이었다. 그 과정에서 새라와 친해진다면 내 학교생활은 더할 나위 없이 편해질 테니 일석이조였다. 나는 언제나처럼 분위기를 두 손에 쥔 아이들을 내 곁에 두려고, 그 집단의 일부가 되려고 머리를 축구공처럼 줄기차게 굴려댔다.

사실 새라를 볼 때, 나는 그 애에게 한나의 앞머리를 쥐어뜯은 전적이 있다는 걸 잊을 수 없었고 그게 계속 마음 한구석에서 걸리적거렸지만 양심은 신분 상승의 욕망을 이기지 못했다. 나는 당시 이렇게 합리화를 했다. 내가 새라와 친해진다면, 우리가 친하다는 걸 새라도 인정할 정도로 친해지면, 새라에게 한나를 괴롭히지 말라고 말해야지. 한나에게 사과하라고 말해야지.

새라가 아시안들, 이민자들을 대하는 태도를 비판하자면 필리버스터를 열어도 모자란데 나는 그 애의 편에 서서 한나가 마땅히 받아야 할 사과에 '친해지면' 같은 조건을 멋대로 내걸었다. 심지어 새라가 대놓고 내게 뭔가를 사주한 적이 없는데도 자발적으로 부역했다.

새라가 입부한 다음 날 나오미는 나와 함께 남자 축구부 연습 경기를 구경하다가 내 귓가에 속삭였다. 새라가 왜 이런 아리송한 시기에 갑자기 축구부에 들어왔는지 알아냈다고 했다.

"쟤가 모의 입시 원서에 장래 희망을 뭐라고 쓴 줄 알아? 국제기구 활동가라고 썼대."

나는 그 말을 듣자마자 단박에 새라의 의도를 알아챘다. 새라는 이민 가정 출신이 많은 우리 학교 여자 축구부에서 다양한 인종과 섞여 팀 스포츠를 경험한 것, 경기에 몇 분이라도 출전한 것을 원서에 써야 하기 때문에 뒤늦게 축구부에 들어온 것이었다.

기분이 나쁘긴 했지만 어쩌면 뻔하기도 해서, 솔직히 배신감이 들지도, 실망스럽지도 않았다.

"그럴 것 같았어."

"욕할 줄 알았는데."

"욕해서 뭐 해. 이미 결정된 걸 무를 수도 없잖아."

나오미는 새라의 얌체 같은 행동을 계속 비판했지만 나는 피곤한 얼굴로 고개만 몇 번 끄덕거렸다. 욕도 하지 않았다. 오히려 나오미가 같은 말을 여러 번 반복하는 게 지겨워서 '그래도 걔가 뇌물을 먹인 것도 아니고, 그냥 정당하게 동아리 바꿔서 들어온 거잖아. 열심히 하는 것 같던데, 일단 지켜보자'고 덧붙이며 새라를 두둔하기까지 했다.

나는 이중적이고 비겁했다. 한나가 조금만 귀찮게 해도 별의별 게 다 문제라고 지적하면서 새라에게는 '네가 그러면 그렇지' 하고 넘어가다 못해 편까지 들어줬다. 새라와 친해지기로 이미 결심한 상태였기 때문일 것이다. 새라의 속셈을 알고도 모르는 척하는 게 내 일신상에 유리하다고 생각했을 것이다. 그래서 나는 이 이야기의 빌런들에게로 쉬지 않고 기울었다. 그들의 편으로 열심히 걸어갔다.

그런데 아무리 걸어도 새라와 노라의 편에 도착할 수 없었다.

그 애들과 같은 공간에서 시간을 보내고 가까워지고 서로의 사적인 정보를 공유하고 한때 몰려다니기도 했지만, 돌이켜보면 한 번도 친했던 적은 없었다. 잘 보이겠다는 마음으로는 친해질 수가 없었다.

새라와 노라의 편이 있다면, 반대편에는 무엇이 있었을까. 나는 뭘 버리고 그쪽으로 갔으며, 그 지형은 대체 어떻게 생겼던 걸까. 이제 와서 다시 한번 상상의 필드에 선수들을 세워본다. 오른쪽에는 새라와 노라의 팀이 있고, 왼쪽에는 나와 한나의 팀이 있다. 나는 한나를 버리고 새라와 노라의 팀으로 향한다고 믿었지만, 내 유니폼 색은 변하지 않았다. 아무리 필사적으로 애를 써도 나는 여전히 한나와 똑같이 노란색이었고, 그래서 공을 찰 때마다 자살골을 넣었다.

15

 축구부에 새라가 들어오면서 학교에서 새라와의 교류가 점점 늘었지만, 한인 커뮤니티 내에서는 내 의지와 상관없이 한나와 많은 시간을 보내게 되었다. 그건 자연스러운 일이었다.
 동네에 몇 없는 한인 가정들은 한나네가 오기 전까지 서로에게 시큰둥한 편이었다. 그런데 어느 순간 유입이 늘자 그럴듯한 네트워크를 형성하기 시작했다. 한국인들은 교회와 상가에서 만났고 정해진 수순처럼 싸워댔다. 다른 지역에선 먼저 정착한 돈 많고 나이도 많은 한국인들이 나중에 도착한 상대적으로 젊고 기반이 약한 한국인들을 착취하거나 닦달하거나 추방하는 일이 흔했는데, 하트빌에선 먼저 정착한 가난한 한국인들이 나중에 온 젊고 부유한 한국인들을 경계하다가 따돌림을 당했다. 우리 집은 따지자면 먼저 정착한 가난한 한국인에 가까웠지만, 그 정치질에 낄 형편조차 안 되어서 누가 누구랑 싸우든 영향 받지 않았다.
 한나네 가족은 반대로 나중에 온 젊고 부유한 한국인에 속했으나 우리와 마찬가지로 한국인들이 똘똘 뭉치든 머리채를 잡고 싸우든 상관하지 않았다. 이유는 영 달랐다. 한나네는 우리 커뮤니티 사람들이 다른 인종 사회나 민족에게 자랑거리로 내세울 수 있는, 대단해 보이는 가족이었기 때문이다. 의사인 남자와 서울대를 졸업한 여자, 그들의 외동딸은 모두에게 귀빈이었다.

자기들이 한나 부부와 근사한 수준이라고 생각하는 사람들은 적극적으로 한나네 가족에게 들이대며 친해지려고 노력했다. 한나 또래의 자녀가 있는 경우 일부러 연락해서 같이 놀게 하곤 했다.

그런데 한나네 가족은 좀처럼 자기들에게 다가오는 가족들과 친하게 지내지 않았다. 교회도 따로 다니고, 자주 이용하는 상권에서도 한나네 아빠가 속한 의사 집단과 함께였다. 가끔 한나 가족이 한국인들을 무시한다, 싫어한다는 소문이 뒤따랐는데, 믿지는 않았다. 한나 엄마는 우리 엄마에겐 서슴없이 연락했고, 나를 꽤나 좋아했기 때문이다. 한나 엄마와 한나가 둘이 쌍으로 나를 찾아서 나는 수시로 한나와 붙어 있어야 했다. 곤욕스러울 정도로.

어쩌면 한나 부모님은 노력했을지도 모른다. 호의든 동경이든 속물근성이든 허영심이든 뭐든 품고 접근하는 한국인들과 친해지려고 말이다. 일부러 한인 커뮤니티에 섞이지 않은 게 아니라 어쩌다 보니 멀어졌을 수도 있다. 낙오했을 수도 있다. 미국에 산 지 1년이 다 되어가는 한나가 filthy(더러운) 같은 기본 단어를 '플라이티'라고 읽으며 거의 새로운 단어를 발명하는데, 욕심스러운 부부들의 로렌 같은 딸들이 얼마나 한나를 놀리고 모욕했을지는 뻔했다. 한나가 집에서는 거의 울지 않는다고 하지만 그 애들 앞에서는 울었을지도 모른다. 그래서 한나 부모님은 한나에게 상처를 주지 않으려고 자기들까지 친구 사귀기를 포기했을지도 모른다.

그렇다고 하면, 나는 한나 엄마에게 특별한 존재였을 것이다. 나는 로렌만큼 재수 없지 않았으니까. 한나와 일상적으로 대화하고, 도와달라고 수없이 요청하는 한나에게 거의 매번 손을 내밀면서 시녀나 보모 노릇을 척척 해냈으니까. 그렇다고 너무 싸고 돌진 않았고, 통역을 해줄 때도 한나가 대화에 낄 수 있도록 영어를 쓰는 상대방이 내가 아니라 한나를 쳐다보게끔 유도했다. 한나는 내 손톱만 한 존중을 받았다. 단언컨대 나는 그 애를 아꼈다. 처음에는 아니었을지 몰라도, 항상은 아니었을지 몰라도 나만의 방식으로, 내내 툴툴거리면서도 그 애를 걱정하고 보살폈다. 그 마음은 한나에게, 또 한나 엄마에게 전해졌을 것이다.

증거를 대자면, 한나는 나와 가까워진 후로 집에서 내 얘기를 아주 많이 했다. 한나 엄마가 나를 처음 마주친 날 '제니구나' 하고 바로 알아봤을 때도 그건 내가 많지 않은 아시안 중에 딱 봐도 한국인처럼 생긴 아이여서가 아니었다. 한나가 나에 대해 '머리가 짧고 키가 크고 눈 밑에 점이 있는 여자애'라고 여러 차례 설명해서였을 가능성이 높다. 이름이 제니인데 아무 뜻도 없다는 얘기도 한 모양이었다. 한나 엄마는 '제니가 본명이지? 따로 한자가 없다며. 한자 외울 필요가 없어서 편할 것 같아' 같은 말도 했다.

그 여자는 나를 마주칠 때마다 학교에서 나와 한나 사이에 있었던 일을 구체적으로 언급했다.

"제니가 한나한테 스티커도 받아줬다며. 파란색. 하트. 맞지?

제니가 좋아하는 색이 아니라 제니가 여름에 태어나서 바다와 잘 어울린다고 그렇게 골랐다고 하던데."

"네? 그 스티커는 저랑 상관없어요. 한나가 갖고 싶어 해서 대신 부탁했던 거예요."

"어머, 그렇구나. 아줌마가 실수했구나."

한나 엄마는 라포를 형성하려고 노력했지만 대체로 그 여자의 말들은 나를 무척이나 민망하고 불편하게 만들었다. 생각보다 말이 많고 별것도 아닌 일에 저자세였다. 내가 뭐라고 한나 엄마는 매번 쩔쩔매는 말투로 말했다.

"미안해."

"아니에요. 괜찮아요."

미안하다는 말을 들어도 더는 기분이 좋지 않았다. 그때쯤 내가 찾아다닌 것은 더 이상 사과가 아니었다. 구체적인 맥락이 있는 '미안함'은 다른 상상을 전부 철거해서 감동적이지도, 즐겁지도 않았다. 더는 마음의 구멍 같은 걸 메워주지 않았다.

"한나가 그러던데, 제니는 축구를 잘한다며. 어떻게 축구를 좋아하게 된 거야? 상대 팀이 골대 앞까지 왔을 때 공 뺏는 걸 그렇게 잘한다고 하던데? 마치 공격수가 다가올 때까지 기다리는 맹수 같다고, 우리 한나가 그러더라."

"그냥, 어쩌다 보니 좋아하게 됐어요. 원래 운동 좋아해요."

"그렇구나. 제니는 축구부 친구들이랑 다니지? 한나가 셰리 얘기도 했어. 둘이 키도 똑같고, 헤어스타일도 비슷해서 뒤에서 보면 구분이 잘 안 간다고. 셰리도 참 착하더라."

가끔은 한나 엄마가 한나의 가방에 CCTV를 달아놓은 것이 아닌지 의심하게 되었다. 칭찬받아도 껄끄러웠다. 한나 엄마의 상담을 몰래 들을 땐 한나 엄마가 좋아서 미칠 것 같았지만 만날수록 부담스럽고 이상한 여자라고 생각하게 되었다.

심지어 나는 종종 한나 엄마를 원망하기도 했다. 한나 엄마가 다른 여유로운 가족들을 놔두고, 그들의 넓고 쾌적한 집을 놔두고 바쁠 때마다 우리 엄마를 찾았기 때문이다. 한나 엄마는 한나만큼이나 상대방의 입장이나 처지를 잘 생각하지 않는 것 같았다.

한나도 나도 아주 어리진 않아서 혼자 충분히 시간을 보낼 수 있었는데, 한나 엄마는 한나를 영어 과외, 수학 과외, 바이올린 과외를 듣게 하고 그 밖의 시간은 자기가 관리했으며 그마저도 함께 할 수 없을 때는 바빠죽는 우리 엄마에게 전화를 걸거나 장문의 메일을 보내 한나를 몇 시간만 봐줄 수 있는지 물었다. 그러면 엄마는 시간이 맞지 않아도 무리를 해서 한나를 맡아주려고 했다.

"싫다고 해. 거절해. 우리 정도면 혼자 있을 수 있는 나이인데 왜 굳이 걔를 데리고 있어야 해?"

"뭘 거절을 해? 이게 다 품앗이야. 나중에 엄마 바쁠 때 한나 엄마한테 부탁할 수 있잖아. 그리고 이미 몇 번 너 픽업해서 학교에 태워다주셨잖아."

"아니, 솔직히 엄마가 걔 보는 거 아니잖아. 내가 걔를 돌봐야 하는 거잖아."

"너랑 한나랑 동갑인데 뭘 돌본다는 거야? 싸가지 없이 말하는 본새 하고는. 너 내가 그렇게 키웠어?"

"엄마가 걔를 잘 몰라서 그래."

"모르긴 뭘 몰라. 애들이 다 똑같지. 너는 네가 다 큰 거 같아? 엄마 없으면 너 이틀도 못 버티고 굶어 죽어. 너도 필요할 땐 한나네 신세 져야 해. 너나 제대로 알고 말해."

엄마는 내게 쏘아붙이다가 점점 화가 나는지 욕을 읊조렸다. 다시 나가기 전까지 엄마는 물건들을 여기저기 거칠게 던져 넣으며 정리했다. 현관문을 벗어날 때도 '너 이리로 와봐' 하며 위협하듯 말하기를 멈추지 않았다.

"함부로 말하지 마. 모르는 건 너야."

나는 삿대질하는 엄마에게 대답하지 않고 고개만 끄덕였다. 엄마의 화를 돋우고 싶지 않았다. 혹시라도 한나가 올 때까지 집에서 길길이 날뛰다가 한나에게 엄마의 비이성과 광포를 들킬까 봐 무서웠다.

"한나 오면 과일 깎아놓은 거 꺼내서 먹어."

엄마는 한나를 종일 마주치지 못하더라도, 한나를 직접적으로 돌보지 않더라도 엄밀하게 따지지만 않는다면 '한나와 함께 있었다'고 말할 수 있었다. 같은 건물에 남아 있고, 한나가 언제라도 복도로 나가면 만날 수 있으니까. 하지만 그건 그저 핑계였다. 한나 엄마는 우리 엄마가 뭘 하든 관심 없었을 것이다. 어떻게든 한나를 내게 붙여서 그 애가 친구를 한 명이라도 더 사귈 수 있기를 바랐을 것이다. 한나의 유일한 친구인 내가 그 여자의 눈에 들었을 뿐이다.

7학년의 기나긴 두 번째 학기가 끝나갈 무렵, 한나네 부모님이 둘 다 너무 바빠서 한나를 돌볼 수 없는 날마다 한나는 우리 집에 왔다. 한나가 처음 우리 집에 온 날, 선물이라며 스킨답서스 화분을 가져왔는데 빛이 드는 자리를 찾느라 애를 먹었다.

나는 그 애가 우리 집에 오는 게 정말로 싫었다. 강제로 누군가가 내 이마에 틈을 만들어 양손으로 벌리는 듯한 기분이 들었다. 작고 너저분하고 아주 사적인 공간을 공개하고 싶지 않았다. 한나가 아니라 다른 아이였다면 집에 불을 내서라도 오지 못하게 막았을 것이다.

한나가 우리 집에 올 수 있었던 건 그 애가 내가 아는 사람 중에 가장 순수하고 긍정적이어서, 그 애의 얼굴에는 이런 남루한 집을 마주하고도 어떤 미묘한 역겨움이나 충격 따위가 드러나지 않을 것 같아서였다. 나는 못 이기는 척 기꺼이 문을 열어주었다.

현관문 앞에 도착한 한나에게 나는 신발을 벗으라고 말했다.

"바닥이 깨끗하니까 벗어도 돼. 우리 집은 신발 벗고 생활해."

한나는 '우와, 집에 신발 벗고 들어가는 거 오랜만이야' 하며 활짝 웃었다.

"우리 집은 타일이랑 카펫이거든."

아주 잠시 동안 한나는 자기 집과 우리 집을 비교해보듯 쓱 둘러보았지만 별다른 기색 없이 계속 웃는 채로 대뜸 바닥에 앉았다. 우리는 엄마가 깎아놓은 사과와 새큼한 미국 배를 먹으면서 수다를 떨었다. 좋아하는 연예인이나 노래, 학교에서 있었던 시시콜콜한 일들, 나중에 가보고 싶은 도시들 얘기는 매번 똑같은 레퍼토리를 따르는데도 시간이 잘 갔다.

그러다가 한나가 내게 영어를 가르쳐달라고 말했다. 아마 한나 엄마가 '제니한테 영어 좀 배워. 가르쳐달라고 해. 상냥하게 말해, 알았지?' 하며 한나를 타일렀을 것이다.

"나 영어 가르쳐주면 안 돼?"

"지금?"

"네가 영어로 솰라솰라 말하는 거 보면 항상 신기해. 어떻게 그렇게 잘해?"

"잘하는 거랑 잘 가르치는 거랑 달라. 뭐, 숙제라도 가져왔어?"

"아니. 놓고 왔는데."

"그러면서 뭘 가르쳐달래? 원래 배우는 사람이 궁금한 걸 준비해 와야 하는 거야."

뭘 어떻게 가르쳐야 하는지도 모르고, 한국어로 대화해온 사람 둘이서 각 잡고 영어로 대화하는 건 상당히 민망한 일이기도 해서 교재를 찾으러 안방으로 들어갔다. 안방이라고 해봐야 거실 안쪽 구석에 파티션으로 구분된 공간이었지만, 부모님이 눕는 침대와 엄마의 작은 책장이 있었다. 나는 오랜만에 눈치를 보지 않고 엄마 책장을 뒤졌다. 부모님이 미국에 오면서 챙겨 온 영어 사전이 몇 권 놓여 있다는 게 떠올랐기 때문이다. 한나는 애초에 단어를 너무 몰라서 학교에서 선생님들이 나눠주는 인쇄물은 낭비나 다름없었다. 사전을 펼쳐서 단어부터 외우게 하는 것이 나아 보였다.

책장에는 벽돌처럼 두꺼운 사전이 서류 뭉치 사이마다 문진 구실을 하며 놓여 있었다. 그중 하나를 집어 들고 돌아와 한나 곁에 다시 엎드려 누웠다. 나는 한나와 빠르게 페이지를 이리저리 넘기며 단어를 읽었다. 길티 플레저, 죄의식을 느끼면서 좋아하고 즐기는 심리. 노스탤지어, 고향을 그리워하는 마음. 딜레마, 둘 중 어디로도 갈 수 없는 상황. 로맨티시즘, 낭만주의. 멜랑콜리, 우울하고 비관적인 감정. 블랙 스완, 예상 불가능한 부정적인 사건이 실제로 일어나는 현상.

"블랙 스완은 까만 백조 아니야?"

"맞아. 그냥 이렇게 비유적으로 쓰나 봐……. 샤덴프로이데, 이건 영어가 아닌데? 독일어일 거야, 아마. 아무튼 남의 불행을 보고 느끼는 기쁨."

이끌리는 대로 단어를 읽고 그 정의를 말해주자 한나는 깔깔 웃었다.

"다 처음 들어봐. 한국어로도 그런 말은 잘 안 쓰는 거 같아. 그래도 노스탤지어나 딜레마는 나도 안다."

"단어를 많이 아는 게 중요해."

"넌 그 말들이 다 무슨 말인지 알아? 방금 뭐였더라, 길, 길티 플리? 그걸 느껴본 적 있어?"

나는 한나의 해맑은 질문에 당황했다. 한나는 내 손에 들린 사전을 뺏어서 직접 페이지를 넘기기 시작했고, 어딘가를 가리키며 웃었다.

"이런 거 좋다. 공부하셨나 봐."

한나의 손가락이 닿은 곳엔 엄마의 메모가 적혀 있었다. 단어를 두어 번 베껴 쓰거나 그 정의에 동그라미를 쳐놓은, 낙서 같은 메모였다.

"아, 엄마가……."

미국에 오기 전이나 갓 도착했을 때 공부한 흔적이라고 생각했지만 한나가 오기 전날의 날짜도 적혀 있었고, 몇 장 넘기자 미래에 읽어나갈 진도 계획도 표시되어 있었다. 나는 잠시 어안이 벙벙해졌다. 엄마는 낮에는 청소를 하고 밤에는 세탁소 일을 하면서, 새벽에 바느질을 하고 일요일엔 교회에 가면서, 그 모든 일을 하면서 내게 밥을 차려주고 설거지를 하고 옷을 빨면서 틈틈이 두꺼운 종이 사전으로 영어를 공부하고 있었다. 문득 엄마가 어떤 사람인지 알 수 없어서 가슴이 답답해졌다.

온 집 안이 낯설게 느껴졌다. 공기가 빙빙 도는 것 같고, 벽이 곧 허물어질 것 같고, 한나가 종잇장처럼 날아다닐 것 같았다. 너무나 어지러웠다. 한나 엄마의 존재를 알고서부터 매일 그 여자가 어떤 사람인지 궁금해하고, 떠받들고, 우리 엄마는 절대 저런 여자가 될 수 없다고 단정 지었지만 아주 작은 공간에 나와 딱 붙어 사는 엄마가 뭘 하고 사는지, 뭘 하고 싶어 하는지도 잘 몰랐다는 게 창피했다.

그 순간 그런 생각을 했다. 엄마는 내가 부러울까. 엄마는 나를 학교에 보낼 수 있어서 기쁠까, 아니면 무서울까. 내가 점점 엄마가 잘하지 못하는 언어로만 말하게 될 때 나를 잃는 것처럼 느끼기도 할까. 여기서 잘 살려고 영어를 공부하는 거겠지. 하지만 내가 나중에 한국어를 많이 까먹고 못 하게 될 때를 대비하는 걸 수도 있잖아. 너무 자기중심적인가. 그러면 다시 엄마에게로 초점을 돌려보자. 엄마는 한나같이 한국어만 줄줄 쓰는 애를 만나면 반가울까. 아니면 그놈의 돈 많은 집 딸 맡아주고 한나네 부모한테 잘 보였다고 안심할까. 나는 엄마가 궁금해졌다.

눈앞이 캄캄하고 속이 시렸다. 이 기분을 설명할 단어를 찾기 위해 한나로부터 다시 사전을 뺏어 빠르게 페이지를 넘겼다. 내 꽉 막힌 마음을, 머리카락이 잔뜩 엉켜 물이 내려가지 않는 하수구 같고, 더는 물건이 들어가지 않는데도 자꾸만 압착기가 쑤시고 들어오는 쓰레기통 같은 마음을 제대로 표현해줄 단어를 찾아 헤맸다. 한 페이지만 넘기면 왠지 답이 있을 것 같아서 계속 페이지를 넘기고 또 넘겼다. 글자들이 머릿속을 잠깐 방문하고 떠나기를 반복했다.

끝내 좋은 단어를 찾지 못했는데, 한나는 '뭐 찾아?' 하며 내 팔을 붙들고 칭얼댔다. 그 순간 나는 내가 뭘 찾고 있었는지조차 잊어버렸다. 한나는 내 얼빠진 얼굴을 보며 킥킥거렸다. '네가 모르는 단어도 있어?' 하고 덧붙이면서.

"사람들은 언어를 발명한 순간부터 언어 밖으로는 못 나가게 된 것 같아."

답답한 나머지, 너무 풀이 죽은 나머지 나는 난데없이 이런 소리를 했다. 한나는 고개를 기울이며 물었다.

"왜 언어 밖으로 나가고 싶은데?"

"딱 맞는 말이 없으니까."

"그럼 네가 만들면 되잖아."

"갑자기 내가 단어를 지어내?"

평범한 내가 그럴 수 있었다면 셰익스피어는 왜 칭송받겠냐고 작은 목소리로 비아냥댔다.

"아니면 더 찾아봐. 그냥 모르는 걸 수도 있잖아. 솔직히 이렇게 두꺼운 책에 웬만한 말은 다 있지 않겠어? 이미 누가 너를 위해 발명해놓지 않았을까?"

한나는 발랄하게 말했다. 그러면서도 내가 찾던 단어가 어떤 건지 구체적으로 묻지는 않았다. 인정하기 싫지만 나는 그 애 덕분에 이 상황을 대충 넘어갈 수 있는 꽤 희망적인 방법을 생각해냈다. 내가 아는 한국어와 영어로는 밝혀지지 않은, 다른 언어에 숨어 있거나 수많은 언어의 협곡 아래에 잠겨 있는 감정을 상상하는 것이다. 어린 왕자에게 파일럿이 상자를 그려주고 '네가 원하는 건 이 안에 있다'며 어린 왕자를 만족시킨 것처럼, 내가 원하는 단어는 모두 그 협곡 아래에 있으니 그 말이 없다고 좌절하지 않을 수 있었다. 물론 말문이 막힐 때마다 수없이 많은 비유를 들어야 하겠지만 말이다.

글자를 볼 수 없을 정도로 방 안이 어두워질 때까지 우리는 사전을 붙잡고 뒤척거렸다. 엄마가 세탁실에서 가져온 실들로 실뜨기를 하기도 했고, 실로 반지를 만들기도 했고, 그것도 지겨워질 때쯤 깜빡 잠이 들었다.

엄마가 집에 돌아와서 나와 한나를 흔들어 깨우기 전 나는 잠다한 꿈을 꿨다. 단어들로 이루어진 물속에서 허우적거리는 꿈, 내가 그 안에서 숨 쉬는 법을 터득하자 뭍에 있던 엄마가 떠나는 꿈. 그 꿈속에선 나를 치열하게 따라오던 한나도 어느새 보이지 않았다.

한나 엄마는 약속한 시각보다 늦게 왔다. 비몽사몽간의 한나는 은색 자동차 속으로 쏙 몸을 숨겼다. 사실 그날 저녁 그 자동차의 표면은 은색이 아니었다. 저녁노을과 가로등 빛이 교차하여 붉게, 때로는 노랗게 보였다. 어떤 색을 따라야 하는지 모르는 부적응자처럼 변덕을 부렸다.

한나가 돌아간 뒤 나는 사전을 다시 엄마의 책장에 가져다놓았다. 엄마가 자기 나름대로 열심히 공부하고 있었다는 사실과 한나가 언어에 대한 재능은 없어도 넓은 아량과 호기심이 있다는 사실을 새롭게 알게 된 날이었다.

그러나 여느 때처럼 밤은 시시하게 흘러갔다.

16

 7학년의 모든 활동과 학업이 끝나고, 여름이 초고속으로 도시를 가로지르자 한나 엄마의 광기가 본격적으로 시작되었다. 나는 우리 엄마만 미쳤다고 생각했는데 한나 엄마도 조금 다른 형태로 미쳐 있었다.

 그 여자는 어느 순간부터 한나의 모든 활동에 나를 엮어 넣으려고 했다. 한나에게 벌어지는 사사건건을 전부 전해 듣고 그에 관여하는 한나 엄마에게 나는 하늘에서 내려준 무보수 베이비시터처럼 보였을 것이다. 그래서 그 여자는 한나가 혼자 있어야 할 때만이 아니라 다른 날에도, 평범한 날에도 나를 불렀다. 하트빌에 온 뒤로 교회에 간 적이 거의 없는 나를 느닷없이 자기들이 다니는 교회에 처넣기도 했다.

 한나 가족이 다니는 교회는 크지 않았다. 아시안들이 많이 다니는 것도 아니었고, 새로 지은 건물도 아니었고, 출입구에는 목조

십자가가 붙어 있었고, 작은 종탑에서 때가 되면 종소리가 울려 퍼졌다. 개성이라곤 하나도 없었다. 담임 목사는 노먼인지 로빈인지 지루한 이름을 가진 백인 아저씨였는데 네 명의 흑인 아이들을 입양해 키웠다. 그는 자기와 인종이 다른 어린이를 안고 길거리를 다니다 보니 자주 납치범으로 오해받았다고, 그게 웃긴 일이라도 되는 듯이 설교 중에, 아니면 어른들끼리 대화할 때 농담거리로 써먹었다. 너무 자주 말했다. 노라가 했던 말이 명언처럼 떠오를 정도였다.

'너무 강조하면 거짓말처럼 들리니까 조심해.'

한번은 꽉 찬 장의자에 끼어 앉아 있던 내가 '저게 웃긴가요?' 하고 한나 엄마에게 속삭였다. 한나 엄마는 목사에게 악의가 없지 않냐며 동문서답했다. 나는 어른들의 악의 없고 재미도 없는 이야기가 듣기 싫어서 화장실에 가는 척하고 건물 뒤쪽 언덕으로 향했다. 한나는 땡볕에서 나비를 쫓는 나를 따라왔다.

"어디 가, 제니. 어디 가냐고!"

아이처럼 부르짖으면서.

한나 아빠가 가끔 담벼락에서 담배를 피우다가 농땡이 치는 우리를 발견했지만, 그는 별말 하지 않고 손만 한번 흔든 뒤 교회 건물의 작은 차양 밑으로 들어가곤 했다. 은색 손목시계에 반사된 빛이 허공을 한번 닦고 유성처럼 사라졌다.

처음 두어 번의 초대는 나쁘지 않았다. 한나 엄마 차를 타는 것이 즐거웠고, 나를 자기 둘째 딸처럼 소개하는 것도 좋았고, 멀리서 온 사람들이 들려주는 먼 동네의 소식도 재밌었다. 하지만 한나 엄마는 점점 교회의 평일 활동에도 나를 데려가더니 저녁에는 선물이나 밥을 사주겠다며 붙잡아두었다. 나는 그 집에 위탁 보호된 아이처럼 일주일에 두어 번씩 한나 가족과 장을 보거나 밥을 먹게 되었다. 자기들 집에는 데려가지 않으면서 카페 같은 곳에 한나와 나를 단둘이 남겨두고 자리를 비우는 일도 잦아졌다. 그건 점점 일종의 고문이 되었다. 내 인생이 이전과는 다른 판도로 흘러갈 즈음이었으니까.

앞서 말했듯 나는 여름방학 전부터 축구부에 들어온 새라와 가까워졌다. 수차례 점심을 같이 먹고 수학이나 과학 조별 과제, 실험을 같이하며 친해졌다. 새라는 눈에 띄게 가까이 다가왔다. 미국에서 태어나고 자란 해맑은 백인들이 아시안을 싫어하는 이유도, 좋아하는 이유도 보통 아시안이라서다. 누군가의 정체성은 싫을 때는 마음껏 싫어할 여지가 되고, 한편으로 필요할 때는 마음껏 이용할 미끼가 된다.

새라가 내게 '다음 학기 전교 회장 선거에서 나를 지지하는 발표를 네가 맡아줄 수 있어?' 같은 요청을 했을 때 나는 이미 그 애의 마음을 꿰뚫고 있었다. 국제기구 활동가 같은, 이름만 들어서는 대체 무슨 일을 하는 건지 알 수가 없는 장래 희망을 가진 새라에게 제니라는 아시안(심지어 레즈비언처럼 보이고 유력한 축구부 주장 후보이기도 한 다양성의 현신)은 잠깐이라도 자기 편으로 만들어야 할 도구였다.

이용당한다는 걸 알면서도 간택받아서 기뻤다. 셰리나 다른 아시안이 아니라 나를 선택한 게 뿌듯했다. 나는 매일 발표문을 구상하느라 머리가 터지도록 고민했고, 새라와 좀 더 친해지려고, 더 잘 보이려고 일부러 발표문 얘기를 꺼내며 말을 걸었다. 이렇게 쓰면 될까, 저렇게 쓰면 될까. 이 얘기를 하려고 하는데 어떻게 생각해. 하나도 궁금하지 않은 새라의 생각을 물어봐주는 사람이 되었다.

그에 대한 보답으로 새라는 노라를 포함한 다른 여자애들과 모일 때도 나를 부르기 시작했다. 나는 그 애들이 나눠주는 간식이나 액세서리, 화장품을 받았다. 바깥을 혼자 맴돌다가 드디어 안으로 들어가는 기분이 들었다. 일종의 신분 상승처럼 느껴졌다.

여자애들은 내게 이런저런 시도를 했다. 적당히 남자애 같은 여자애였던 나를 진짜 '여자애'로 만들어보려고 했다. 내가 그 애들의 옷, 화장, 가방, 신발, 그 애들이 듣는 노래와 그 애들이 보는 영화를 궁금해했기 때문일까? 어른스럽게 보이는 것에 집착하던 새라는 축구를 하지 않는 날에 내 얼굴을 붙잡고 아주 가까이서 나를 마주 보며 화장을 해주었다. 그땐 꼭 심장이 얼굴에 있는 것처럼 뺨이 두근거렸다. 숨이 뒤엉키는 상상을 하느라 입이 녹을 것 같았다. 그러면 새라는 그 무엇도 녹지 않도록 아이라인을 두껍게 그리고, 마스카라로 속눈썹을 길고 짙게 만들고, 열 가지가 넘는 립스틱 중에 가장 강렬한 색을 골라 바르게 했다. 거울 속의 나는 너무나 부자연스러워서 여자인데도 여장을 한 것 같았다. 보기만 해도 웃음이 나올 정도로 우스꽝스러워서 거울 속의 나와 눈을 맞추지 못했다. 새라도 처음에는 광대 같다고 했지만, 그 애는 뭐랄까 내 얼굴에 진한 화장을 하는 데 재미를 느끼는 것처럼 보였고,

수선을 멈추지 않았다.

새라에게는 꾸미지 않은 내가 필요했던 건데, 그 애는 나를 꾸미기로 했다. 새라가 나를 소모하지 않고 계속 곁에 두려고, 계속 자신의 무리에 속하게 하려고 그런 것이라 생각했다. 그때는 그렇게 믿었다.

점차 맨얼굴로 다니는 축구부 애들과 내가 조금 다르다고 생각하게 될 때쯤, 새라가 빌려준 끈 나시 원피스도 스스럼없이 입게 되었다. 하얀색 스쿱넥 미니 원피스는 새라가 입을 땐 헐렁했지만 내가 입자 허리와 허벅지가 꽉 차서 작게 느껴졌다.

"이거 좀 작은데?"

"아냐. 그게 딱 맞는 거야."

"너무 짧은데?"

"원래 그렇게 입는 거야."

새라의 집에서 파티가 열린 날 나는 새라의 원피스를 입고 새라의 화장 기술을 서툴게 따라 한 뒤 그곳에 갔다. 평소에는 절대 신지 않을 평평한 샌들을 신고 내리 걷느라 도착하기도 전에 발가락 사이에 새로운 물집이 잡혔지만 파티다운 파티에 초대받은 건 처음이어서 설렜다. 하트빌은 애초에 과시적이고 사교적인 대도시 문화가 발달한 곳도 아니었고, 나는 깍두기 같은 존재라 간혹 벌어지는 사교 현장에 초대되는 부류가 아니었다. 그 희귀한 기회 앞에서 들뜨지 않을 수 없었다. 얼굴이 풍선처럼 부풀어 올라서 하늘로 날아갈 것 같았다.

새라의 집 내부는 상상만큼 으리으리하지 않았지만, 내가 한

번도 살아본 적이 없는 커다란 주택이었다. 벨벳과 예술 작품만 있는 방도 있었다. 입이 저절로 벌어졌다.

나는 콤플렉스투성이라 남이 가진 것만 보면 질투가 펄펄 끓는데 신기하게도 새라의 집에 대해서는 그다지 열등감을 느끼지 않았다. 그곳이 터무니없는 비현실 같았기 때문이다. 새라의 집을 가상공간, 게임 속의 공간이라고 생각했다. 그래서 아무렇지 않게 비어 있는 방에 들어가 여자애들을 불러 모을 수 있었고 무리에 섞여 춤을 췄다. 귀가 먹먹해질 정도로 음악을 크게 틀어놓고 톡 쏘는 맛의 애플 사이다를 돌려 마시면서. 삶에 매여 있는 다른 문제들은 생각하지 않았다.

새라를 만날 때, 새라의 친구들과 진지하지 않은 수다를 떨 때 한나 가족을 만나는 일 같은 거북한 문제를 떠올리지 않을 수 있었다.

아무리 한나 엄마가 잘해주어도 한나 가족과 시간을 보낼수록 자존감이 자꾸만 낮아졌다. 어차피 그 사람들은 나를 데리고 자기들 집으로 귀가하지 않으니까. 같이 예배를 듣고 마트에 가서 무슨 음식을 만들지, 생필품이 얼마나 필요한지 얘기를 나누고 식당에서 넷이 저녁을 먹어도 나는 우리 집 앞에서 하차해야 했다. 그때마다 너무 분했다. 누군가 내 명치를 재떨이로 짓누르는 것 같았다.

그러나 새라 집 한구석에 있는 번지르르한 방에서 여자애들과 몸을 흔들고 소리를 내지를 때는 그 감정을 느끼지 않아도 되었다. 한나 가족은 나와 같은 한국인이라는 이유로 너무 가깝게 느껴졌고 그런 만큼 그들이 무슨 짓을 해도 배신감이 드는 반면, 새라와 다른 아이들은 한국인이 아니라는 이유로 아무리 잘나든 말든 상관이 없었다.

　나는 대낮에도, 새벽에도 온 정신이 그 여자애들에게 팔려 있었다. 도저히 한나와 놀고 싶지 않았다. 그 애들이 한나를 괴롭힌 일화들이 머릿속에 생생한데도, 한나로부터 도망치는 게 더 급급해져갔다.

17

　동네를 며칠 떠나 한나와 함께 산골짜기에 처박히게 된 날이 있었다.
　이른 아침 잠깐 내린 비에 땅이 젖어 있었고, 하늘이 온통 흐렸다. 출발하기 전부터 한숨이 절로 나왔다. 한나 엄마는 우리 아파트 앞에 차를 대고 나를 기다렸는데, 맨 위층에서 엄마의 걸레질을 돕던 나는 계단을 타고 내려가면서 한나 엄마가 차 문을 열어두고 건물 뒤로 걸어가는 것을 보았다. 지상에서 멀지 않은 창문에 어느새 담배 연기가 일렁였다. 한나 엄마도 새하얀 한숨을 내쉬고 있었다.
　한나는 내가 한숨을 깊이 내쉬면 '그라운드 이즈 싱킹!(Ground is sinking!)' 하고 말했다. 내가 반응하지 않자 차에서 내려 버스에 오른 뒤에도 계속 그 말을 반복했다. 주변 아이들이 처음 듣는 표현을 못 알아듣고 갸웃거리면 매번 나를 빤히 쳐다봤다. '한국에서는 한숨을 크게 쉴 때 땅이 꺼진다는 표현을 쓴다'고 자기가 아니라 내가 영어로 설명하길 바랐다. 그때 나는 하늘의 모든 구름을 빨아들였다가 뱉고 싶다고 생각했다. 어른들이 담배를 피울 때 그 정도의 시원함을 느끼는지 궁금했다.

우리는 여름방학 중 2주를 교회 캠프에서 보냈다. 시외에 있는 허름한 캠프장에서 열악한 시설과 허접한 미국 청소년 프로그램을 견뎌야 했다. 낮에는 모기 백 마리에게 물리고 밤에는 얼어죽을 것처럼 추운 시골 캠프에서 한나를 보살피는 보모 역할을 해내야 했다.

캠프가 처음인 한나는 모기약도 가져오지 않았고, 전자 기기 반입 금지 규정을 곧이곧대로 믿어서 MP3도, 심지어 전자사전도 가져오지 않았다. 캠프장의 메인 건물이자 가장 큰 식당에 모인 마흔 명의 아이들이 소란스럽게 떠드는 사이 나는 한나의 팔을 살짝 꼬집으며 물었다.

"전자사전은 왜 안 가져왔어? 여기 다 미국 애들밖에 없잖아. 한인 교회가 아니잖아?"

다소 어두운 실내를 둘러보며 눈을 깜빡거리던 한나가 답했.

"네가 있으니까?"

"제발 너 스스로 해결할 생각을 좀 해. 독립적으로. 언제는 노력하겠다며."

"전자 기기 가져오면 안 된다고 적혀 있는데 그럼 뭐 어떡해."

"밤에 다른 애들이 코 골면 어떻게 자려고 노래도 안 가져왔어?"

"노래도 안 가져왔냐니. 노래가 물건도 아니고."

"MP3 말하는 거잖아."

핀잔을 주어도 한나는 장난스럽게 웃으며 엉뚱한 말을 했다. 노래는 손에 안 잡히는데 어떻게 가져오냐면서. 한나가 이렇게 초점을 벗어날 때, 또는 엉터리 문법으로 말할 때 어떤 아이들은 꼭 욕을 하곤 했는데, 문득 그 욕들이 머릿속을 스쳐갔다. 내 안에는 그 애들의 과격하고 잔인한 감정이 없었음에도 불구하고 어째서 그 말들은 그토록 쉽게 나를 깨고 들어와 잠깐씩이나 머물렀을까. 사람들은 발화가 일시적이라고 생각하지만 말들은 언제나 공중에 새겨지고 있는 게 틀림없었다. 다른 사람들을 바람처럼 휘감으면서 말이다.

내가 한나와 실랑이하는 사이 캠프를 진행하는 집사님이 앞으로 나와 인사를 했다. 그가 공지 사항을 읊기 시작할 때, 한나는 말했다.

"나는 손에 안 잡히는 게 좋아."

창에 아른거리는 나뭇잎 사이로 희미한 빛이 내렸고, 한나는 손을 이리저리 내밀어 빛을 잡으려고 했다.

"노래, 공기, 마음, 뭐 그런 거."

한나는 손가락을 하나하나 접으며 손에 잡히지 않는 게 또 무엇이 있나 고민하는 듯하다가 나를 슬쩍 바라봤다.

"난 손에 잡히는 게 좋아."

일부러 냉담하게 답했다. 한나는 침울한 목소리로 지적했다.

"너는 내가 무슨 말을 하든 전부 반대하거나 무시해!"

한나가 조금 격앙되어 보였기 때문에 나는 그 애가 또 울까 봐

심란했는데, 한나의 얼굴을 제대로 살피기도 전에 찬양 시간이 시작되었고 나는 노래 속에 숨듯이 대뜸 찬송가를 불렀다. 우리는 서로를 어색하게 힐끔거리며 오프닝 예배를 들었다.

한나는 한국 초등학교에서 가본 수련회 말고는 합숙 비슷한 것을 해본 적이 없는데도 캠프 일과에 꽤 능숙하게 임했다. 학교에서와 달리 기분도 좋아 보이고 적극적이었다. 처음 배운 찬송가를 종일 따라 부르며 외우고, 조식을 먹은 뒤 낮은 산을 한 바퀴 뛰는 아침 운동도 군말 없이 해냈다. 풀숲 사이로 산책하듯 가볍게 뛰어다니는 한나는 작은 토끼처럼 보였다.
"학교에서는 달리기 하나도 못 하면서. 잘 뛰네?"
내가 한나 옆에 바짝 붙어 달리며 말을 걸자 한나는 피식 웃었다.
"여긴 운동장이 아니잖아."
"운동장보다 산이 더 힘들지 않나? 이건 트레킹인데."
"느리게 뛰어도 되니까 여기가 나아. 빨리 뛰어야 했다면 이미 쓰러졌을 거야."
나는 그제야 주변 아이들을 둘러봤다. 학교 체육 시간이나 축구부 훈련 시간과 달리 아이들은 대열을 지키지 않고 달렸다. 제각기 다른 속도로 뛰고 누군가가 너무 뒤처지면 그 애에게 맞춰 잠시 쉬기도 했다.
캠프에서 마주한 한나가 학교에서의 한나와 사뭇 다른 것은 캠프가 학교와 달랐기 때문이다. 나를 빼면 죄다 한국어를 못 하는 사람뿐인 환경인 것은 똑같았으나 캠프의 아이들은 한나의 이름을 제대로 발음해주고 한나를 재촉하지도 않았고 한나에게 일부러 부자연스럽게 말을 걸지도 않았고 한나를 놀리지도 않았다. 모두가 한나를 내버려뒀다.

캠프와 학교의 차이를 헤아려보려고 했지만 나는 여전히 답을 알 수 없다. 교회 캠프라고 해도 전부 교회를 다니는 애들인 건 아니었고, 교회에 다닌다고 해서 전부 착하고 신실하고 모든 행동을 허락받는 순종적인 애들도 아니었다. 신이 있든 없든 어떤 곳도 그리 일률적이지 않다는 건 그 시절에도 알고 있었다. 그런데 어떻게 그곳은 한나를 자유롭고 즐겁게 해주었을까. 어떻게 한나의 얼굴에 환한 빛이 감돌게 만들었을까.

한나는 캠프장 안에 있는 인공 호수에서 수영할 때 가장 기뻐 보였다. 어린애처럼 첨벙거리며 물보라 아래 유영하는 한나의 모습은 낯설지만 귀여웠다. 마시멜로를 구워서 스모어를 만들어 먹을 때도, 양손에 녹은 초코를 찐득찐득 묻히고 돌아다닐 때도 그랬다. 잠깐이지만 나는 그 애를 걱정하지 않을 수 있었다.

낮에는 그렇게 한나를 지켜보면서 시간을 보냈다. 밤에는 한나가 잠든 후 몰래 핸드폰을 켜서 캠프 밖의 새라와 노라에게 메시지를 보냈다. 새라가 종일 쇼핑몰에서 놀며 아이스크림을 먹었다거나 노라가 가족과 호숫가에서 외식했다는 소식을 무슨 대단한 연예 뉴스라도 되는 것처럼 받아봤다. 새벽 내내, 이불을 머리끝까지 뒤집어쓴 채. 그렇게 어둠 속에서 멀리 있는 여자애들과 연락을 할 때, 나는 이상하게 한나를 두고 바람을 피우는 기분이 들었다.

캠프 일과를 마치고 침대맡으로 돌아와 핸드폰을 열면 매번 이런 문자가 와 있었다.

안녕, 한나의 베이비 시터. 오늘은 어떻게 지내고 있어?

그 캠프 정말 싫겠다. 제니는 비위가 강해.

그 글자들을 읽을 때면 꿈속에서 현실을 매만지는 것처럼 혼란스러웠다. 깨어나려고 벽이나 문을 찾아다니는 것처럼, 밖으로 나가기만 하면 다 괜찮아질 것처럼 조급해졌다.

한낮에 한나를 향해 흘렀던 환심은 밤이 되면 새라와 노라의 안부 문자 뒤로 증발했다.

18

 캠프는 비가 오는 날 끝이 났다. 캠프장은 온통 흙탕물로 지저분해졌고, 기온이 떨어져서 긴소매를 전부 짐 가방에 넣은 아이들은 오들오들 떨며 버스를 기다렸다. 게다가 갑작스러운 비는 예상치 못하게 아주 격렬했고, 모두가 우왕좌왕하느라 출발 시간이 두어 시간 미뤄졌다.
 아이들은 식당에 옹기종기 모여 수다를 떨거나 노래를 불렀다. 예수 그리스도와 구원에 관한 가사가 귓가에 흘러들어왔지만 나와 한나는 구석에서 조용히 한국어로 대화했다.
 얼른 하트빌의 중심가로 돌아가고 싶어서 하염없이 창밖만 보는 나와 달리, 한나는 차분하고 여유로웠다. 그 애는 그날도 내게 한국어로만 말을 걸고, 내가 한국어로 답해주길 원했다. 말로는 영어를 잘하고 싶다고 했지만, 노력하겠다고 했지만 그러려면 영어를 섞어서라도 말해야 하는데 한나는 별로 애쓰지 않았다.
 "너 계속 이렇게 한국어로만 말하면 영어 안 늘어."

"나 그래도 좀 늘었어! 늘고 있어."

"내가 본 사람 중에 가장 느리게 늘고 있어."

"왜 갑자기 혼내."

한나가 뾰로통한 얼굴로 칭얼댔다. 너무 많이 혼나서 혼나는 게 제일 싫다고 했다. 그 말을 듣자마자 나는 뭔가 자극받은 것처럼 그 애를 더욱 혼냈다.

"아니 그럼 언제까지 나랑만 다닐 건데? 나 없으면 누구랑, 어떻게 대화할 거야?"

나는 한나의 엄마도 아니고 보모도 아니면서 함부로 말했다.

"배운 거 외워서 써먹고 그래야 빨리 늘지. 내가 너랑 한국어로 말하는 건 널 배려해주는 거야. 힘이 드는 일이라고. 통역이 쉬운 줄 알아? 나 다른 사람들이랑은 한국어로 말 안 해."

이제는 로렌도 아니고, 새라처럼 되어가고 있었다.

"부모님이랑도?"

"부모님은 예외지."

한나가 이야기의 초점을 흐리자 이마에 핏대가 설 것 같았다. 나는 창밖의 흐린 하늘과 무한히 수직으로 떨어지는 빗줄기를 보면서 말을 말자고 중얼거렸다. 대화를 포기하려 했다. 그러나 한나는 나를 놓아주지 않고 또 질문을 던졌다.

"넌 그렇게 했어? 배운 거 외워서 써먹고 그렇게?"

"당연한 거 아니야?"

"누가 시켰어? 아니면 너 스스로 영어를 잘해야겠다고 마음먹은 적이 있어?"

"나 스스로 잘해야겠다고 생각했어."

"그렇구나. 나는 너랑 다른가 봐."

한나는 침울하게 말했다. 나와 처음 대화했을 때 '4년만 있으면 너처럼 될 수 있냐'고 순진하게, 희망차게 물었던 한나의 열정이 한풀 꺾인 것 같았다.

"나는 그런 마음이 잘 안 들어."

한나의 말은 내가 아주 오랫동안 품어온 억울함에 비수를 꽂았다. 누구는 원해서 노력한 줄 알아? 잘하고 싶은 마음이 너무 자연스럽게 들어서, 외국어 하나 통달하기가 너무 쉬워서 노력한 줄 알아? 이런 삶을 살고 싶어서 사는 줄 알아? 해야 하니까 하는 것뿐이잖아. 나는 속으로 이렇게 되물으며 참지 못하고 한나에게 하고 싶었던 말을 쏟아냈다.

"그냥 네가 게으른 거 아닐까?"

게으르다는 말은 어딘가 이상했다. 누구에게도 해본 적이 없지만 그 말은 이미 혀끝에 준비되어 있었다.

"솔직히 너 성실하게 공부하지 않잖아. 학교에서도, 아직도 맨날 나보고 과제 도와달라고 하고 혼자서 하려고 하지도 않잖아. 집에서도 한국 드라마만 보잖아. 영어 학원 다닐 때도 제대로 안 했는데 이제 와서 열심히 할 리가 없으려나? 미국 애들이 너 놀리는 것 정도는 알아들어야 할 거 아냐. 〈프렌즈〉라도 봐. 대사라도 외워. 읽기랑 말하기 중에 하나만 못하면 나도 도와주고 싶겠지만 넌 둘 다 못하면서 뻔뻔하니까 짜증 나거든."

한나는 당황한 듯 입술을 말아 물으며 눈을 크게 떴다. 그리고는 사과했다.

"미, 미안. 나는 그저……."

화를 내며 맞받아칠 줄 알았다. 그래서 실컷 싸우고 절교하려고 했다. 한나가 잘못한 것처럼 연출해서, 내가 그 애를 미워해도 되는 상황을 만들려고 했다. 아니면 한나가 나 때문에 상처를 받고 울고불고 야단을 피우면서 '너랑 다시는 말 안 해' 하고 돌아서주면 좋겠다고 생각했다. 빨간 안경 사이로 눈물이 흐르기를 기대했다. '네가 그런 생각을 하고 있을 줄은 몰랐어' 하며 실망하기를 원했다. 나는 남을 괴롭히는 아이들과 말리지 않는 아이들의 선명한 목적의식을 전부 스스로 느끼고 수행했다.

하지만 한나는 은밀하고 비겁한 내 계획들을 부수듯 손사래를 치며 해명했다.

"외우는 것도 잘 안 되고, 영어가 너무 어려워서 고민이 많았을 뿐이야. 네가 보기에 게으르다고 생각할 수도 있는데, 나도…… 나름대로 노력해."

한나는 눈치를 보며 사과했다.

"미안해. 네가 영어 하는 모습이나 영어를 가르쳐주는 모습이 좋아서 자꾸 기대게 됐어."

마땅한 변명을 댔다고 생각했는지 그 애는 금방 다시 뻔뻔하게 굴었다.

"너도 나, 나 가르쳐주고 도와주면서 도움 되지 않아? 아니야?"

"난 너 안 도와줘도 잘해."

"그런가……. 그렇구나."

한나는 고개를 끄덕이다가 수줍게 웃었다. 어색하고 불편해진 분위기를 웃음으로 대충 무마하려 했다. 나는 한나가 그렇게 어물쩍 넘어가려 하는 게 못마땅했지만 더는 쪼지 않았다.

"근데, 그럼 넌 어떤 계기로 영어를 열심히 하게 됐어?"

내가 표정을 풀고 다시 밖을 내다보자 한나는 또 한번 자신에게로 시선을 끌기 위해 인터뷰를 시도했다. 답이 없는 내 얼굴을 보며 간절하게 덧붙였다.

"스스로 마음먹었다고 했잖아."

로렌의 얄미운 얼굴이 곧장 떠올랐지만 로렌에게 시달린 얘기를 들려주고 싶진 않았다. 한 번도 누군가에게 당한 적 없는, 만만하지 않은 사람인 척 허영을 부리려고 즉석에서 계기를 지어냈다. 처음 로스앤젤레스 쪽에 정착했을 때 윤희-제시카라는 사람을 만났고, 윤희-제시카는 맨날 마이크를 잡고 우리 이방인들 힘냅시다 하면서 사람들을 위로하려 했다고. 그 사람 아들은 더 나댔다고. 그때 영어 실력을 키워서 폐쇄적인 한인 커뮤니티를 벗어나고 싶었다고 말했다.

"윤희-제시카가 다 같이 힘내자고 하는 게 싫었어?"

"다른 사람이면 몰라도 그 사람은 돈이 많고 과시적이었어. 난 그런 사람들이 다 아는 척 떠드는 게 싫어. 아무것도 모르고 따라와서 냅다 던져진 내가 힘들면 더 힘들지, 그 사람 말이 내 귀에 꽂히기나 하겠어? 나보다 덜 힘든 사람이, 나보다 덜 불행한 사람이 앞에 나와서 자기가 힘들대. 그래도 힘을 내래. 그게 좋겠어?"

한나는 고개를 갸웃거리다가 물었다.

"그럼 너보다 덜 불행한 사람은 말을 하면 안 돼?"

한나는 덧붙였다.

"네가 제일 불행했으면 하는 거야? 네가 제일 불행해야 해?"

"그런 게 아니야. 그냥 사람들이 자기 주제를 알면 좋겠다는 뜻이야."

"너는 사람들의 주제를 다 알아?"

한나는 비꼬지 않았다. 그저 머릿속에 떠오르는 순수한 궁금증을 출력하는 것처럼 보였다.

내가 정확히 뭐라고 답했는지는 기억나지 않지만 나는 그날 버스를 기다리면서 열심히 입을 벌려 변론했다. 그런 뜻이 아니라고, 사람들이 상대방의 처지를 생각하고 할 말과 안 해도 되는 말을 구분했으면 좋겠다는 얘기라고. 그러나 아무리 수습하려 해도 앞뒤가 안 맞는 말들을 쏟았을 것이다. 돈이 많고 좋은 집에 산다는 것만 알지 윤희-제시카와 직접 대화해본 적도 손에 꼽고 그 사람이 인생을 어떤 길로 걸어왔는지도 모르는데 '주제를 파악했으면 좋겠다'고 말하는 건 어불성설이었다.

나는 윤희-제시카의 진정성을 감히 감별할 수 있다고 믿었고, 그 사람이 이방인의 어떤 점도 대변할 수 없다고 멋대로 정했다. 돈이 많고 과시적인 사람은 그가 누구 편에 서 있든 닥쳐야만 한다고 생각했다. 어쩌면 내가 그런 사람들에게만 관심이 많아서 그들의 목소리에만 귀를 기울였을 수도 있는데, 어디에 오해와 왜곡이 일어나는지 알아보지 못하면서 이것저것 우기기만 했다.

그러니까 기억이 잘 안 나는 것이다. 머리부터 발끝까지 나의 온몸을 관통하다 못해 진실이라는 화석에 매몰되게 만든 한나의 질문을 떠올리고 싶지 않아서, 수치스러워서 기억을 파헤치지 않는 것이다.

불행의 크기와 깊이를 재는 나만의 잣대는 너무나 이중적이어서 같은 한국인들에게만 들이밀어졌다. 새라와 노라 같은 애들이야말로 안중에도 없는 존재였다. 그 애들이 뭔가를 불평하거나 투정 부린 순간은 아주 빠르게, 아무런 생채기도 내지 않고 지나갔다. 나와 한나를 비롯한 아시안들의 이름과 지위와 인간관계를 쥐고 흔들며 진짜 위협하는 것은 노라와 새라였는데도 말이다.

로렌이 화장실에서 내 어깨를 치고 갔을 때, 나는 로렌을 격려하는 백인들에게는 그렇게까지 화가 나지 않았다. 아이들이 한나의 이름을 잘못 발음할 때도, 길길이 날뛰는 한나가 더 이상해 보였다. 새라와 노라와 테일러가 한나를 괴롭힐 때, 나는 한나에게 이입하면서도 그들에게 잘 보이려고 노력했다. 누군가가 일부러 현실을 직시하는 내 안테나를 박살 내놓은 것 같았다. 세상이 잘못을 범하도록 설계되어 있는 것 같았다.

우리가 서로 경계하고 분열할 때 가장 이득을 보는 사람들이 열어둔 좁은 문에서, 나는 항상 나와 닮은 사람들에게 돌을 던졌다. 넌 돈이 많지, 넌 친구가 많지, 넌 나한테 없는 게 왜 이렇게 많아? 혹은 넌 왜 나만큼도 못 돼? 하면서.

19

 한여름의 교회 청소년 캠프는 진흙투성이 비탈길에서 막을 내렸다. 나와 한나는 버스에 올라 산골짜기를 완전히 빠져나갈 때까지 대화하지 않았다.
 문제는 폭우였다. 잠깐 그친 것 같았던 비는 버스가 하트빌 초입에 다다르자마자 다시 쏟아지기 시작했다. 먹구름이 순식간에 하늘을 뒤덮었고, 우리에겐 우산이 없었다.
 한나는 하차하는 곳과 집이 가까워서 크게 걱정하지 않았지만 나는 점점 얼굴이 굳어갔다. 평일 오후라 당장 부모님께 전화한다고 해도 마중 나올 수 있는 사람이 없었다. 버스에서 내리면 최소 25분간 비를 맞으며 뛰어야 했다.
 "넌 한 10분만 뛰면 되지? 좋겠다."
 침묵 끝에 내가 건넨 말은 고작 이런 것이었다. 그런데 한나는 심각한 표정을 지었다.
 "넌 얼마나 가야 하는데?"

한나는 내가 20분도 넘게 빗속을 뛰어야 한다는 걸 듣자마자 절대 안 된다고 빽 소리를 지르더니 자기 집에 함께 가서 우산을 빌려 가져가든지 아니면 쉬다가 비가 그치면 가라고 권유했다. 한나의 집으로 가는 방향과 우리 집으로 가는 방향은 반대라 나는 고개를 저었지만, 그 순간 더 거센 비가 내리면서 버스 천장에 후두둑거리는 소리가 크게 울렸다. 번개까지 치기 시작했다.

한국의 장마를 잊고 살았던 내게 어린 시절의 기억을 떠올리게 할 만큼 포악하고 사나운 비였다. 아이들은 목을 길게 내빼며 창밖을 바라봤는데, 유리창에 닿자마자 사선이 되어 질주하는 빗방울들이 아이들의 얼굴을 뚫고 지나가는 것처럼 보였다.

버스에서 내리자마자 금세 온몸이 젖고 가방이 무거워지는 바람에 나는 결국 한나의 말을 듣기로 했다. 이제부터 문제는 비가 아니라 한나가 잘 뛰지 못한다는 사실이었다. 꾸준히 축구를 해온 나는 쉬지 않고 잘 달렸지만 한나는 나와 같은 속도로 뛰자 몇 분 만에 헥헥거렸고, 곧 쓰러질 것처럼 얼굴이 창백해졌다. 지구력이 약하고 폐활량도 나쁜 데다 나보다 보폭도 훨씬 짧아서 같은 속력으로 뛰는 게 거의 불가능했다.

딱히 해줄 수 있는 것도 없고, 비를 피할 곳도 없어서 급한 마음에 나는 한나를 한번 안아준 뒤 달랬다.

"뛰다가 쉬면 더 힘들어. 좀만 참아."

한나는 숨을 몰아쉬며 겨우 고개를 끄덕였다. 내가 한나의 손목을 붙잡고 다시 달리자 한나는 헛소리를 했다.

"이러다 죽는 거 아니겠지?"

"이거 뛴다고 죽을 리가 없잖아."

나는 평소처럼 퉁명스러웠지만 한나가 계속 심하게 헐떡거리고 뒤처졌기 때문에 어쩔 수 없이 보폭을 좁히고 속력을 낮추었다. 얼마 뛰지도 않았는데 정말로 죽어버릴 것처럼 골골대는 한나가…… 불쌍했기 때문이다.

한나의 표정과 상태를 확인하지 않으면 영 불안해서 그 애의 집에 도착할 때까지 계속해서 고개를 돌려 뒤를 보았다. 우리는 공원을 가로지르고 다리를 건너면서 어느새 둘 다 물에 빠진 쥐처럼 쫄딱 젖어 있었다.

한나의 집 앞에 도착했을 때는 훨씬 더 많은 비가 내리고 있었다. 우리는 앞뒤로 마당이 딸린 벽돌 주택 안에 들어서며 서로의 머리를 살짝 털어주고 현관 바닥에 가방을 내려놓았다. 집 안에는 아무도 없었다. 날이 흐려서 낮인데도 현관이나 창가 바로 옆 공간을 빼면 온통 캄캄했다. 창턱에는 스킨답서스, 그리고 이름을 알 수 없는 다육식물들이 진열되어 있었다. 왠지 모르게 그 초록 이파리들은, 성지에 모셔진 조각상들처럼 보였다.

"너희 엄마는 웬일로 버스 문 앞까지 데리러 못 오셨대?"

한나는 중문을 닫으며 벽을 짚었다. 금방이라도 고꾸라질 것처럼 숨을 가쁘게 몰아쉬었다. 괜히 심각해진 나는 양손으로 한나의 얼굴을 주물럭거리며 만져보았다. 한나는 내 손길을 느끼자마자 눈을 크게 뜨고 나를 빤히 보다가 무언가가 떠오른 듯 급하게 화장실로 달려갔다. 몇 초 뒤 비치 타월 두 장을 가지고 돌아왔다.

한나가 건네준 비치 타월을 온몸에 덮어쓰고 현관에 기대어 옷자락을 쥐어짰다. 그러자 한나는 빈 거실을 둘러볼 틈도 주지 않고 나를 화장실로 데려갔다. 욕조와 샤워 커튼과 변기와 세면대가 싹 다 붙어 있는 우리 집의 바늘 끝만 한 화장실과는 달리 한나네 집 화장실은 넓고, 파도 패턴이 새겨진 러그가 깔려 있고, 작은 의자가 놓인 파우더 룸 비슷한 공간도 있고, 샤워 부스도 따로 있었다. 한나와 나란히 서서 동시에 씻어야 하는 줄 알고 내심 불안해한 것이 무색할 정도로 한나는 아무렇지 않게 먼저 부스에 들어가더니 불투명한 유리문을 닫았다.

한나 가족의 습관, 말투, 식당에 가면 주로 시키는 메뉴를 다 파악할 만큼 자주 그들을 만났지만, 한나 집에 가본 것은 처음이었다. 한나 부모님은 나를 데리고 외식도 하고, 교회도 가고, 사람들을 잔뜩 만나는 곳에 데리고 다닌 다음 꼭 안전하게 집으로 보내주었다. 내가 자기들 집에서 무언가를 훔치기라도 할까 봐 조심했을까? 얼마나 궁금했는지 모른다. 새라의 집보다 클까, 화려할까. 그보다는 공간을 덜 낭비하지 않을까. 우리 집에 비하면 집이 아니라 도시처럼 느껴질지도 몰라.

아무도 없을 때 겨우 비집고 들어가본 한나의 집은 내가 기대한 그 무엇도 아니었다. 고작 화장실을 보고도 질투를 느낄 만큼 대단하긴 했지만, 대단하기보다는 특별했다. 한나의 집은 미술관 같았다. 사람 사는 곳이 아니라 가치 있는 물건을 소장한 곳처럼 느껴졌다. 은은한 하얀빛, 곳곳에 놓인 정물 같은 물건들, 무엇도 흐트러뜨리면 안 될 것만 같은 분위기. 한나가 샤워를 시작한 뒤로 화장실엔 따뜻한 수증기가 가득 찼고, 나는 모든 걸 만져보고 부러뜨리고 싶은 충동을 참았다.

어느새 비에 젖은 몸은 한없이 차가워졌고, 어깨가 부르르 떨렸다. 너무 노곤해서 당장이라도 졸다가 쓰러질 것 같았지만 나는 가까스로 몸을 가누며 러그 위에 앉았다. 가짜 파도의 한가운데 자리를 잡고 나니 머리카락에서 뚝뚝 떨어지는 물방울이 섬유 사이로 빨려 들어가는 것이 보였다. 그 순간은 조금 웃기게도 명상에 가까운 위로를 주었다. 물이 되고 싶었다. 어디로든 흡수되어 자취를 감출 수 있다는 게 부러웠다.

물소리가 줄어들어 조용해질 때마다, 한나는 내가 아직 여기 있는지 확인하려는 듯 말을 걸었다. 나는 한나의 목소리를 더 잘 듣기 위해 통통 울리는 샤워 부스에 귀를 기울였다.

"너 진짜 잘 뛰더라. 비가 내리는데 앞도 잘 보고. 축구부라서 그런가?"

"네가 너무 못 뛰는 거야."

"잘 뛰는 건 어떤 느낌이지?"

한나는 혼잣말을 하다가 실실 웃었다. 자긴 못하는 게 너무 많다고 했다. 체력도 나쁘고 머리도 나쁘다고 했다.

"나 때문에 너무 많은 사람이 고생해."

그런 자책까지 들으려고 한 건 아니었다. 나는 왠지 한나를 달래야 할 것 같아서 대뜸 미안하다고 말했다.

"아까…… 심한 말 한 거. 솔직히 상처 받았을 거 아냐."

"아, 뭐. 아냐. 당연히 답답하겠지. 내가 미안해."

아주 작게 중얼거리는 한나의 기운 없는 말소리를 듣자 갑자기 그 애가 한없이 애처로웠다. 사람들이, 내가 그 애에게 너무 매몰차기 때문에 한나는 자신을 변호할 표현을 찾는 대신 '미안하다'고 하게 되었다. '네가 좋아서 그랬어, 멋있어서 그랬어' 같은 말로 내 기분을 살피고 비위를 맞추게 되었다. 한나는 변하고 있었다. 더는 뻣뻣하지 않았다. 내가 박은 못에 썩어버린 한나가 구부러지고 있었다. 내가 망가뜨려놓고 막상 망가지니까 속이 상했다.

"부스러기 얘기 알아?"

한나는 분위기를 바꿔보려는 듯 다른 이야기를 꺼냈다.

"그게 뭔데?"

"모든 일에는 부스러기가 있대."

그 애는 내가 반성하고 속죄할 틈을 주지 않고 떠들었다. 나는 러그 중앙으로 돌아와 잠시 누웠다가 다시 샤워 부스 가까이에 다가갔다.

"어떤 일이 일어나면 그것 때문에 꼭 다른 일들이 일어난대. 되게 작고 사소해 보이는 일에도 다 이유가 있고, 그게 또 다른 일에 영향을 미치는 거래."

이야기라고 해서 설화나 민담 같은 걸 기대했는데, 한나가 들려준 이야기는 이론에 가까웠다. 나는 얼굴을 유리 근처에 두고 답했다.

"그 얘기가 갑자기 왜 나와?"

"갑자기 생각났으니까."

"누가 그런 얘기를 해줬어?"

"우리 엄마가."

한나는 머리를 헹구는지 한동안 물을 틀어놓았고, 나는 한나에게 더 물어볼 말을 생각하고 또 생각했다. 한가롭고 축축한 대화가 우리 사이에 머물렀다. 유리 벽을 사이에 두고 나누는 바보 같은 고해성사가 좋았다. 질문을 만드는 일은 '네 말을 더 자세히 들려줘, 나를 더 설득해줘'라고 말하는 것과 같아서, 어딘가 로맨틱한 구석이 있었다.

"부스러기라는 게 그냥 영향을 뜻하는 거야?"

"응. 근데 너무 작아서 안 보이는 거. 그래서 아무 상관도 없어 보이는 거."

"그게 뭔데? 구체적으로 어떤 건데."

한나는 좋아하는 노래를 흥얼거리며 뜸을 들이다가 예를 들어주었다.

"아까 비가 왔잖아. 그래서 우리가 비에 다 젖었지? 그건 잘 보이잖아. 딱 봐도 비를 맞아서 젖은 거라고 설명이 되잖아."

한나의 이야기를 들으면서 젖은 바지를 매만지다가 몸을 더욱 웅크렸다. 유리에 머리와 귀를 기댈 수 있을 정도로 부스에 더 가까이 붙었다.

"근데 만약 비가 너무 많이 와서 어떤 사람이 쓸려가 죽었어. 그 사람의 연인은 그때 큰 충격을 받아서 시간이 많이 흐른 후에도 비가 오면 슬퍼져. 심지어 연인이 어떻게 생겼는지 잊어버렸는데도. 그러면 그 사람이 슬픈 건 비가 많이 온 어떤 날의 부스러기가 되는 거야."

부스러기 이야기를 들려주는 한나는 평소처럼 쨍알거리지 않았다. 별로 들떠 있지 않았다. 예시일 뿐인데도 허구의 인간이 겪는 슬픔에 공감하고 있는 것 같았다.

"그럼 비가 너무 많이 오는 것조차도 다른 일의 부스러기일 수 있겠네."

"어떤 일?"

"뭐, 지구온난화라든가. 공장이 너무 많이 돌아가서 나중에 언젠가는 빙하가 다 녹는 거지. 그러면 비가 미친 듯이 내리지 않을까?"

"그런가? 난 이 얘기를 들었을 때 사람들이 다 슬퍼하는 죽음은 얼마나 많은 부스러기를 만들어낼지 생각했어."

당시는 마이클 잭슨이 죽은 지 얼마 되지 않은 때라 나는 한나가 지칭하는 '사람들이 다 슬퍼하는 죽음'이 마이클 잭슨의 죽음이라고 생각했다.

"맞아. 유명인이 죽으면 팬들의 삶이 바뀌겠지."

"유명인? 나는 사람들이 한꺼번에 많이 죽은 일들을 말한 건데?"

한나는 물을 세게 틀며 말했다.

"비가 그렇게 많이 내리면 한 명만 쓸려가진 않을 거야. 쓸려간 사람들의 가족들이 다 슬퍼하겠지. 친구들까지 합하면 더 많겠지. 뉴스에 나올 테니까 다른 사람들도 많이 알게 되겠지. 그러면 다 슬퍼하겠지. 모르는 사람이라도."

"그렇겠네."

"사람들이 시간이 아주 오래 흐른 후에도 그 일을 잊지 못하면 어떤 일이 일어날까. 너무 우울할 것 같아. 그래도 비가 나으려나. 살인이나 학살이라면…… 더 복잡할 것 같아."

그 순간 다른 학교에서 벌어졌던 총기 난사 사건부터 전쟁과 테러, 인종 청소, 자유를 울부짖는 사람들을 폭력 진압한 독재자가 생각의 모든 갈피를 문지르기 시작했다. 한나 말대로 그 일들은 정말 복잡해 보였다. 나는 유리와 바닥에 맺힌 물방울들이 떨어지는 것을 손가락으로 매만지며 사람들이 감당할 수 없는 상처를 대체 어떻게 회복하는지, 모두 다른 인생을 사는데 슬픔의 부스러기는 어떤 형태로 남는지를 궁금해했다.

한나는 또 한참 씻는 데 집중하다가 '하지만 네 말도 맞아. 유명인이 갑자기 죽으면 많은 사람들에게 챙겨야 할 기일이 하나 더 생기고, 그 유명인을 잘 모르는 사람도 친구가 기일을 챙길 때 같이 슬퍼하고, 그러면서 수많은 사람의 하루가 바뀌겠지' 하고 덧붙였다. 그 애는 내가 끼어들 때까지 혼잣말을 쉴 새 없이 이었다.

"그런데 누가 죽는다고 모두가 슬퍼하진 않는 것 같아. 나쁜 사람이 죽으면 오히려 기쁘지 않을까? 연쇄살인범이 죽으면 그 사람 가족 말고 누가 슬퍼하겠어. 하지만 또 그런 게 아니더라도 어떤 사람들은 그냥 별로 남 일에 관심 없을 수도 있어. 예를 들어 어떤 나라에서 전쟁이 일어나도 지구 반대편 사람들에겐 그게 별로 와닿지 않을 거 아니야. 그런 사람들한텐 부스러기가 안 생길 수도 있겠어."

나는 그때쯤 입을 열었다. 부스러기 이론가라도 된 것처럼 떠드는 한나가 거슬렸기 때문이다. 갑자기 죽음같이 무거운 문제를 거론하는 것도 이해할 수 없었다. 무엇보다 나는 한나에게 뭔가를 배우고 싶지 않았다.

"야, 지구 반대편까지 안 가도 그런 사람들은 널렸어. 당장 우리 아빠가 공장에서 사고가 나서 죽어도 이 동네 사람들은 별로 관심도 없을걸."

한나는 놀란 숨소리를 냈다. 어떻게 그런 가정을 할 수 있냐는 듯이.

"그래도 사람이 죽었는데 아무런 영향을 안 받는다면, 그 사람들이 이상한 거야. 그렇다고 슬퍼하기만 해야 한다는 건 아니고. 빈자리는 다른 게 채우겠지. 고통을 또 겪고 싶지 않으니까 뭔가 바꾸려고 하겠지. 대책을 세우고, 예방하는 건 좋은 거잖아? 사람들이 죽는 건 슬픈 일이지만 그 부스러기가 다 슬픈 건 아니야. 복잡할 것도 없어."

내가 쏘아붙이듯 말하자 한나가 '그렇구나' 하고 읊조렸다.

"죽는 얘기를 왜 자꾸 한 거야? 누구 죽이고 싶은 애라도 있어?"

내 빈정거림에 한나는 조용해졌다. 그 애는 어느새 주저앉아 내 머리가 닿아 있는 유리의 반대편에 자신의 머리를 기댔다.

"우리 엄마는 요즘 자기가 죽으면 어떡할 거냐는 말을 자주 해."

나는 한나의 얼굴을 바라보고 싶었는데, 불투명한 유리는 너머를 보여주지 않았다. 한나의 얼굴이 뭉개진 살구처럼 보이기만 했다.

"그러면, 너는 뭐라고 답하는데?"

"그러면, 나는 슬픈 부스러기밖에 없을 것 같다고 말해. 내 방은 슬픈 부스러기로 꽉 찰 거라고."

"너희 엄마는 왜 그런 말씀을 하시는 거야?"

머뭇거리던 한나는 비밀을 하나 알려주었다.

"아빠가 가끔 엄마를 때리시거든."

엄마가 맞는 얘기를 하는데도 한나는 아빠가 하는 행동에 높임말을 썼다. 한나는 자기가 저지르지 않은 잘못을 아무것도 모르는 내게 말해주었다.

한동안 우리는 침묵을 유지했고, 한나는 일어서서 아주 오래도록 씻었다. 부스 안이 물로 가득 차서 어항이 될 것 같았다. 내가 위로도 못 하고 조언도 못 하고 말없이 앉아 있는 동안 한나는 조금 우는 것 같기도 했는데, 실제로 샤워 부스 안에서 한나가 무엇을 했는지는 알 수 없었다.

"있잖아, 제니."

어느새 물소리가 멈추고 한나가 나를 불렀다. 그 애는 먼저 불러놓고 가만히 있다가 다시 물을 틀었다. 유리에 귀를 박고 있던 나는 말보다는 진동으로, 그 안에서 요동치는 울림으로 한나가 무슨 말을 했는지 알아들을 수 있었다. 한나는 이렇게 말했다. 나는 너처럼 되고 싶어.

그 순간 내 머리카락 끝에 매달려 있던 물방울이 타일 바닥으로 똑 떨어졌다.

동그랗게 고인 물방울이 어디에도 흡수되지 못하고 구르는 것을 보다가 대답 없이 자리에서 일어났다. 비치 타월을 러그 위에 두고 현관으로 돌아갔다. 널브러져 있던 가방을 다시 메고 신발장 옆에 있는 우산을 하나 집어 들었다. 나는 한나가 씻는 동안 조용히 나와 우리 집을 향해 걸었다.

너처럼 되고 싶다는 말을 들으면 기분이 좋거나 우쭐해져야 마땅한데, 어쩐지 참을 수 없이 화가 났다. 인사도 하지 않고 떠날 정도로 울화가 터졌다. 내 몸 어딘가를 박박 찢고 싶어졌다. 부담스럽고 창피하고 죄책감이 들었다.

여전히 빗물이 흐르는 길바닥에서 나는 우산을 내려뜨린 채 어디서 머리를 한 대 맞은 사람처럼 조용히 울었다. 내가 한나를 좋은 친구라고 생각했다면 당연히 나처럼 되고 싶다는 말이 반갑고 좋았겠지만, 한나는 내게 친구도 아무것도 아니었다. 뭔지 알 수 없는 '무언가'였다. 내 멋대로 한심해하고 내 멋대로 걱정하는 존재. 내 멋대로 혼내고 내 멋대로 가여워하는 존재. 내가 뭔가를 가르쳐줄 수 있지만 내게 뭔가를 가르치려들면 안 되는 애. 그냥 같은 학교에 다니는 애. 억지로 같이 다니는 애. 예쁘고 잘난 엄마를 둔 해맑은 여자애. 너무 멍청하고 하도 여기저기서 구박받아서 어쩔 수 없이 챙겨야 하는 애. 안 그러면 어디서 고꾸라져 죽어버릴 것 같은 애. 그런데 사실 한나는 그중 어느 것에도 해당하지 않았다. 그건 전부 한나에 대한 나의 해석에 불과했다.

그런 주제에, 나라는 아주 작은 꿈을 심어준 게 미안했다.

20

 비를 맞은 다음 날 한나는 앓아누웠다. 며칠 동안 집 밖에 나오지 못할 정도로 독감 증세가 아주 심하다고 했다.
 한나보다 비를 더 맞고, 더 많이 뛰어다닌 나 역시 몸살이 나서 반나절 누워만 있었다. 엄마는 내게 죽을 끓여주고 어디가 어떻게 아픈지 자세히 설명해보라고 했다. 나는 내 증상을 풀어낼 단어를 영어에서 찾지 못해 간신히 한국어로 설명했다. 머리 뒤쪽이 욱신거리듯이 아프고 온몸이 따갑고 팔다리가 아리다고. 근육통이 아니라 피부 안쪽이 뜨겁고 쓰라리다고. 그렇게 말해봤자 우리가 미국에서 고작 감기로 병원에 갈 것도 아니었고, 엄마 혼자 약국에 가서 딱 알맞은 약을 사 올 수 있는 것도 아니었는데. 그럼에도 불구하고 나는 엄마의 팔을 꽉 붙잡고 얘기했다. 내가 얼마나 아픈지 끝까지 들어주길 원했다.
 엄마는 젖은 수건으로 내 얼굴을 살살 닦으며 웬일로 나를 아기라고 불렀다. 정말 아기에게 말하듯 다정한 말투로 아프지 말라고 타일렀다.

"애기야, 우리 애기. 아프지 마."

애기라는 말을 들으면 민망할 줄 알았는데 생각보다 좋았다. 엄마가 화를 내지 않고, 이렇게 따뜻하고 애틋하기만 하다면 영원히 낫지 않고 싶기도 했다. 얼마든지 아플 수 있었다. 그러나 엄마는 '그래도 학교 안 가는 날 아파서 다행이다' 같은 말을 덧붙였고, 그때 나는 환상에서 빠져나와 정신을 차렸다.

한편 한나 엄마는 한나가 비를 맞고 집에 왔다는 사실에 격노하여 교회에서 난리를 쳤다. 진상 민원인처럼 소리를 지르면서 어떻게 청소년 캠프가 청소년 케어를 이렇게 못하냐고 따졌다고 한다. 도저히 상상이 가지 않았다. 학교에서는 매번 죄송합니다 죄송합니다 하면서, 내 앞에서는 서양인들이 생각하는 전형적인 아시안(양손을 맞모으고 꾸벅거리며 조용히 고마워하거나 미안해하는 아시안)처럼 굴어놓고 교회에서는 난리를 친 것이 이상했다.

사람이 비를 맞을 수도 있고 아플 수도 있는 것 아닌가. 그게 누군가를 찾아가서 화를 내고 책임을 물을 일일까. 우리 엄마는 아픈 나를 돌보면서 캠프 탓을 하지 않았다. 캠프가 아니더라도, 가령 축구부 활동이라고 해도 우리 엄마나 축구부 친구들의 엄마는 코치를 찾아가서 왜 애가 아플 때까지 훈련을 시키냐고 따진 적이 한 번도 없었다.

한나 엄마의 과보호는 유난스러워 보였다. 캠프 담당자와 싸운다고 한나를 독감 걸리기 전으로 되돌릴 수 있는 것도 아닌데 성을 펄펄 내는 건 심하다고 생각했다. 내가 나중에 엄마에게 이 이야기를 들려주었을 때, 엄마는 뜻밖의 말을 했다.

"뭔가를 되돌리려고 하는 게 아니야. 다시는 그런 일이 없어야 하니까 화를 내는 거야."

21

한나가 아파서 아무도 만나지 못하는 동안 나는 새라와 노라를 따라 중심가에 있는 볼링장으로 향했다. 땅딸막한 황백색 건물 지하로 들어가 어둠을 깊숙이 파고들면 화려한 전광판이 나타났다. 새라는 앞장서다 말고 갑자기 내 얼굴을 살펴보더니 어깨동무를 걸어왔다.

"딱 봐도 한나에게 시달렸네. 네 얼굴이 이렇게 수척한 건 처음 봐."

새라의 말을 정정하지 않고 고개를 끄덕이며 속도를 맞춰 걸었다. 새라가 한나를 언급하는 것은 불편했지만, 나는 더 이상 경계 위에 있고 싶지 않았다. 모든 곳에 속하느라 어디에도 속하지 않는 신세를 벗어던지고 싶었다. 하루빨리 여자애들과 더 친해져서 그 애들 사이에 당당하게 자리 잡고 싶었다. 초대받는 사람 말고, 무리 가운데에서 누군가를 초대하고 싶었다.

"한나가 이번엔 어떤 고생을 시켰어?"

노라는 자기 머리를 풀었다가 다시 묶으며 물었고, 나는 고개를 저었다. 새라와 노라가 한나를 깔볼 때 답하지 않거나 웃지 않는 것만으로 뿌듯해하면서 볼링장의 구석 쪽 레인에 자리를 잡았다.

얼마 지나지 않아 그곳에는 전혀 예상하지 못한 손님이 등장했다. 나와 한나에게 각기 다른 시점에 인종차별적 언사를 쏟았던 테일러 터너가 휘적휘적 들어오더니 남자애들끼리 모여 있는 레인 앞에 섰다. 테일러는 파란 공을 손가락에 끼우다 말고 내게 인사했다.

간식을 사 온 새라가 그 모습을 보더니 아주 당혹스러운 말을 내 귓가에 속삭였다. 사실 테일러가 내게 지대한 관심이 있어서 소개해달라고 했었다는 것이다. 테일러는 느끼한 표정을 지으며 나를 지그시 바라봤다.

"내가 전에 연결해줄 수도 있다고 말했잖아. 기억나지?"

테일러는 여러모로 별난 애였는데, 괴롭혀놓고 이제 와서 좋아한다고 하는 건 별로 놀랍지 않았다. 그건 역사적인 클리셰였기 때문이다. 다만 모든 사람이 레즈비언이라고 생각하는 나를 좋아하는 게, 굳이 티를 내는 게 이상하고 우스웠다. 바로 그 점이 그 애의 정복욕을 자극했는지도 모르지만.

테일러는 수줍게 웃더니 굴리려던 공을 친구에게 넘기고 나와 여자애들 쪽으로 다가왔다. 테일러가 민망해하는 모습 때문에 나는 더 민망했다.

"네가 예전에 나한테 한 짓 기억나?"

나는 소파에 앉으며 물었다. 이상하게 노라와 새라에게는 그 무엇도 따지기가 어려웠는데, 테일러에게는 불편한 이야기를 꺼낼 수 있었다. 여자애들은 내가 진지한 이야기로 따지려들면 영원히 나를 몰아세울 것 같았지만, 남자애들은 지적인 싸움을 두려워하고 피곤해해서 항상 뒷걸음쳤다. 그 애들은 죄다 멍청한 표정을 지으며 '그랬나? 내가 나빴네. 화 풀어' 하며 달래려 했다. 테일러도 마찬가지였다. 테일러는 자신이 나를 두고 북한이니 전쟁이니 조롱한 것을 기억하지 못하는 척하면서 금방 미안하다고 덧붙였다. 마치 나를 배려해주기라도 하는 것 같은 관대한 말투로.

"미안. 진심이 아니었어. 그때부터 너한테 관심이 있었어. 시선을 끌고 싶어서 그랬던 거야."

테일러가 내 옆에 앉자 다른 아이들은 나와 테일러를 번갈아 보며 킥킥거렸다. 내가 테일러를 거절하고 싶어서 트집을 잡는다고 생각하는 것 같았다.

"그럼 한나한테 한 짓은?"

"그건 그냥 장난이었지. 다들 내가 하는 짓이 웃기다고 생각했을 거야. 한나를 보고 웃은 게 아니라 나를 보고 웃었을 거라고."

테일러는 한나를 해나라고 발음하지 않고 온전히 한나라고 발음하며 말했다. 내가 그 애의 말도 안 되는 헛소리에 넘어갈 정도로, 테일러는 평소보다 낮고 안정된 목소리로 말했다.

나는 즉시 이상한 착각에 빠져들었다. 까다로운 여자애들과의 동성 사회에서 버티는 것보다 남자애들을 대하는 게 좀 더 편한 것 같다고, 더 쉬운 것 같다고. 테일러는 생각보다 생각이 깊고, 한나를 아주 싫어하지는 않을 것 같다고. 내가 잘 설득하면 테일러는 악명을 떨치고 착한 사람이 될 것 같다고. 웃긴 오해를 해버리고 말았다.

"나중에 한나를 만나면 걔한테도 사과해."

테일러는 어깨를 한번 으쓱이더니 고개를 끄덕였다. 마치 내가 원하면 다 해줄 수 있다는 듯이. 자기가 잘못해놓고 기꺼이 사과해주겠다는 듯한 뻔뻔한 태도가 우스웠지만 나는 사과하겠다는 의사를 받아낸 것만으로도 작은 승리감을 느꼈다.

그즈음 아이들이 나와 테일러가 앉은 소파로 다가왔다. 노라는 '얘기는 그만하고 공이나 던져, 제발!' 하며 야유했다. 테일러는 벌떡 일어나 다시 남자애들 사이로 들어가더니 곧장 돌아와 내게 공을 건네주었다. 볼링공에 어떤 손가락을 끼우는지, 어떻게 잡는지 같은 것을 알려주고, 잘 던지는 요령을 빠르게 속삭였다. 분위기는 금방 느슨해졌다.

테일러를 좋아하기는커녕 잘 알지도 못했지만 그 애가 던지는 추파에 적대적인 대응을 할 수 없었다. 모두가, 특히 남자애들이 나를 테일러의 잠정적인 여자 친구로 대하기 시작하면서 나는 그 역할 놀이에 몸을 욱여넣어야만 했다. 테일러가 내 어깨에 턱을 올리거나 얼굴을 가까이 들이밀 때 뿌리치지 못했다.

결국 새라에게 응원받으며 테일러가 내민 공을 잡았다. 무거운 공의 내부, 그 동그란 어둠 속으로 쑥 빠져버리는 손가락을 보자 기분이 이상해졌다. 그곳에서 공은 더는 지구가 아니었다. 구르는 세계가 아니었다. 무언가를 강타하고 쓰러뜨리는 것이었다.

"던져!"

새라와 테일러가 동시에 소리쳤다. 시끄러운 음악으로 쿵쾅거리는 볼링장 구석에서 공은 핀들을 향해 날아갔다. 하나 빼고 모든 핀이 전부 무너졌다. 처음 치는 것치고 아주 잘 쳤다고 생각했는데 새라는 과장된 표정으로 아쉬워하며 호응했고, 테일러는 서투른 몸짓으로 내 어깨에 팔을 두르면서 다음 공을 던져보라고 권했다. 나는 고개를 저었다.

내가 피할수록 테일러는 몸을 숙여 내 쪽으로 파고들었다. 한국 얘기를 꺼냈던 건 아시안 여자들 중에 한국인 여자가 제일 예쁘다고 생각해서 무의식적으로 그랬다면서 하지 않아도 될 변명까지 덧붙였다. 불쾌하고 화가 났지만 나는 가만히 있기를 택했다. 그때도 아주 격렬하게 가만히 있었다. 왜냐하면, 내가 그토록 원했던 단단한 무리, 아무도 날 건드릴 수 없고 괴롭힐 수 없는 소속이 생기는 것 같아서, 그 애들의 사회에서 내 입지가 다져지고 있는 것 같아서, 6학년 때 로렌을 보며 꿨던 꿈이 이뤄지는 것 같아서. 도저히 저항할 수 없었다.

만약 내가 노라와 새라 무리로부터 떨어져나가게 된다고 해도 테일러는 괜찮은 사다리처럼 보였다. 무슨 끔찍한 일이 생겨서 모두가 나를 싫어하게 되어도 테일러는 내 피신처가 되어줄 수 있을 것 같았다. 이 단호한 믿음은 아메리칸드림만큼이나 근거가 없었다.

하지만 나는 한나처럼 백날 이름을 발음하는 법을 고쳐준다고 자기를 지킬 수 있는 게 아니라 현실적으로 인맥을 잘 형성하는 게 중요하다고 믿었다. 들끓는 고민 사이로 한나의 얼굴이 슬그머니 비집고 나오자 나는 괜히 웃어댔다. 모든 의심을 거둔 사람처럼 웃기 시작했다. 계속 웃기만 했다.

    한나에게 웃지 말라고, 그러면 다 널 무시한다고 경고하려 했던 때를 깨끗이 잊은 채로 입이 귀에 걸릴 것처럼 웃었다.

22

 9월이 되어도 뜨거운 습기는 발이 묶인 듯 하트빌을 떠나지 않았다. 끓어오르는 도시 사이로 시간은 빠르게 지나갔다. 나는 개학 전까지 한나를 거의 보지 못하다가 정식으로 8학년이 된 날 오랜만에 한나의 얼굴을 봤다. 속으로는 어색했지만 우리는 아무렇지 않은 척하며 인사했다.
 얼마 지나지 않아 나는 한나의 변화를 알아차렸다. 한나는 숙제가 뭐냐고 묻거나 도와달라고 찾아오지 않았다.
 내가 개학 첫 주부터 2년째 나라를 들들 볶는 서브프라임 모기지 사태에 대한 에세이 숙제로 머리를 싸매고 있을 때, 한나는 당연히 나보다 쩔쩔맸다. 다행히 한나가 듣는 영어 작문 수업은 내가 듣는 수업보다 레벨이 낮아서 주제가 달랐다. 한나는 오바마 대통령의 취임 연설문을 읽고 느낀 점을 간단히 써 가면 되었다. '다행히' 말이다.
 미국인들이 집과 직장을 빼앗기기 전부터 우리 가족은 이미 그런 위기 속에서 살아왔기에 관점을 정하는 것은 간단했지만 사태에 대해 개인적인 이야기를 쓰고 싶지 않았다. 우리 집이 어떻게 파괴되었고 내가 얼마나 힘든지 드러낼 수 없었다. 마땅한 근거처럼 보이지도 않았다. 따라서 주택담보대출 정책과 경제 대침체를 비판하는 두 페이지 분량의 글을 쓰기 위해서는 남의 사연과 통계를 잔뜩 조사해야 했다. 한편 한나의 과제는 'Yes, We can!' 같은 말에 희망을 느끼고 감동받았다고, 오바마의 요지에 찬성한다고 대충 쓰면 되니 한 시간도 걸리지 않을 것 같았다. 한나의 숙제를 대신, 또 먼저 할 준비가 되어 있었다.

그런데 한나는 내 앞에 오바마 연설문을 내밀며 같이 읽어달라고 하지 않았다. 모르는 단어에 스스로 형광펜을 칠했다. 거의 모든 줄이 핑크색으로 물들었지만 한나의 표정은 결연했다. 그 애가 내 도움 없이 쓴 글은 이런 문장으로 시작했다. "No, I can't."

게다가 한나는 말을 걸고 싶은 상대가 생겼을 때 더는 나를 쳐다보지 않았다. 그 사람을 대뜸 데리고 와서 뭔가를 대신 말해달라고 요청하지도 않았다. 더듬더듬 짧게라도 문장을 구사해서 직접 말을 걸었다. 손바닥에 글씨를 미리 써두고 읽으면서 말하는 모습도 보았다. 그 때문에 이전보다 훨씬 더 자주 놀림 받아야 했다. 그런데 울지도 않았다.

한나는 무엇보다, 울음을 잘 참게 되었다.

이미 한나의 영어 수업 에세이 주제를 듣자마자 어떻게 써야 하는지 알려주려고 메모까지 해놨는데 쓸모가 없었다. 나는 그 메모가 된 것처럼 외로워졌다. 혼자 하라고 걸핏하면 잔소리를 쏟고 멸시했으면서 막상 한나가 스스로 뭔가를 해결하려 하자 손가락이 저릴 정도로 외로웠다.

나는 한나를 더욱 주시했다. 한나가 도움을 필요로 할 때를 포착하기 위해서였다. 누가 그 애의 어깨를 치면서 조롱하면 달려가서 아무렇지 않게 한나에게 말을 걸어 다른 장소로 데려갈 생각이었고, 한나가 말을 못 알아들어서 계속 대화가 어긋나면 순식간에 통역해줄 작정이었다.

하지만 내가 한나를 보려고 고개를 내밀거나 목을 빼면, 매번 노라와 새라가 나타나 시야를 가렸다. 의도적이라고 느낄 정도로 그 타이밍은 항상 절묘했다.

에세이를 제출한 다음 날 나는 점심시간이 되자마자 한나가 수업을 듣는 과학실 앞으로 가 그 애가 나오기를 기다렸다. 한나에게 '오바마 얘기 잘 써서 냈어?' 하고 물어보고 싶었다. 그런데 문틈으로 엿보니 과학 선생님이 출근하지 못했는지 문학 선생님이 보강을 하고 있었다. 테이블마다 투명한 실린더와 비커, 플라스크가 가득한데 그 너머에 보이는 칠판엔 '앵무새 죽이기', '에드거 앨런 포', '대립 인물' 같은 단어들이 가득했다.

수업 종이 치자 아이들은 우르르 과학실을 빠져나갔지만 한나는 선생님에게 붙잡혔다. 선생님은 무슨 프로젝트의 미니 과제 여러 개를 한나가 연속으로 제출하지 않았다며 한나를 대차게 혼내기 시작했다. 자신의 수업을 진지하게 대하지 않는다고, 한나가 자길 존중하지 않는다고.

문학 선생님은 사캐즘을 남발하고 남자애들을 편애하기로 유명했는데, 그의 입에서 줄줄 새는 우회적이고 공격적인 말들을 한나는 아예 못 알아듣는 것처럼 보였다. 나는 한나가 방학 동안 많이 아팠고 지금도 잘 회복되지 않은 것 같다고 둘러대주고 싶었다. 아니면 조금이라도 통역을 해주고 싶었다. 내가 문학 선생님에게 예쁨 받는 몇 안 되는 여자애 중 하나였기에(당시 나는 영문학과 미국 역사에 관심이 많았다. 그 둘을 조금이라도 모르면 백인 애들이 '네가 그러면 그렇지' 하는 표정으로 눈알을 굴리거나 '아시안인 너는 잘 모를 테니 가르쳐줄게' 하고 집단 잘난 체를 하며 득달같이 다가오는 바람에 어쩔 수 없이 셰익스피어나 미국 현대문학, 남북전쟁의 배경 등을 달달 외워야 했다. 네가 뭘 아냐고 하도 무시를 해서 어쩔 수 없었다) 상황을 중재할 수 있으리라 자신했다.

내가 두 사람이 있는 쪽으로 걸어가기 위해 발을 내디뎠을 때, 노라와 새라가 어디선가 등장했다. 그 애들은 동시에 내 양옆에 붙었다. 위층에서 내려오다가 과학실 근처에 있는 나를 보고 다가온 것 같았다.

"제니. 오늘도 우리랑 갈 거지?"

어디라고 말하지 않았지만 그 애들이 말하는 장소가 볼링장임을 알 수 있었다. 새라는 마임을 하며 낮게 공을 굴려 스트라이크를 치고 기뻐하는 흉내를 냈다.

과학실 안에 있던 한나는 우리가 웅성거리는 소리를 듣고 고개를 돌렸다. 나는 노라와 새라의 얼굴 사이로 그 애와 눈이 마주쳤다.

입 모양으로 '잘하고 있어'라 말하며 고개를 끄덕여주었지만 한나는 영문을 모르겠다는 듯 눈을 깜빡이다가 이내 다시 선생님을 바라봤다. 선생님이 언성을 조금 높이자 죄인처럼 고개를 숙였다.

"몇 시에 모일 건데?"

노라와 새라는 우리보다 몇 살 많은 고등학생 남자애들과 시합을 하기로 했다며 일찍 모여 있자고 제안했다.

"그게 누군데?"

"왜, 너도 저번에 봤잖아. 그때 안 왔나?"

두 사람은 자기들만 아는 남자애들 얘기를 늘어놓았다. 한 명은 잘생겼고, 다른 한 명은 좀 무뚝뚝하지만 세련됐다고. 둘 다 아주 어른스럽다고. 볼링장에서 만났는데 잘 논다고. 나중에 운전하는 법도 배우기로 했다고. 같이 호수에 놀러 가기로 했다고. 딱 봐도 노라와 새라는 그 남자애들에게 반한 것 같았다. 두 사람의 벅찬, 뿌듯한 표정이 시야를 꽉 채웠다.

"고등학생들이라니."

그때, 나는 한나를 바라보면서 한나처럼 낙심했다. 노라와 새라가 앞서나간다고 생각했다. 따라잡을 수 없는 선구자들 같았다. 또래인 테일러는 내게 분리배출하듯 버리고 자기들은 더 어른에 가까운 문화를 가진 남자애들, 더 선진한 남자애들을 누리려고 달려나가는 것처럼 보였다. 그래서 마지못해 그 남자애들이 누군지 별로 궁금하지도 않으면서 소개해주겠다는 말에 알겠다고 답했다.

한나는 두 사람이 내 곁을 떠난 후에야 가까이 다가왔다.

"선생님이랑 얘기 잘했어?"

내가 다정한 체하며 묻자 한나는 고개를 끄덕였다.

"사실 잘 못 알아들었는데 그냥 숙제해 오란 뜻이겠지, 뭐."

한나는 어깨를 으쓱이며 착잡한 건지 무념무상인 건지 포기한 건지 알 수 없는 말투로 말했다. 그러더니 어딘가로 신나게 달려가는 노라와 새라의 뒷모습을 보며 물었다.

"근데 쟤들이랑 친해졌어?"

"어? 어. 새라가 축구부에 들어왔거든. 말했잖아."

"아아."

내가 자길 괴롭힌 애들과 놀아서 실망했을까. 한나가 괴로워했던 순간들을 내가 똑똑히 봐놓고 마치 아무 일도 없었던 것처럼 여자애들과 시시껄렁한 대화를 나누며 웃는 게 미웠을까. 한나는 뜬금없이 자기도 축구를 할 수 있으면 좋겠다고 말했다. 축구가 재밌어 보인다고. 다 같이 뛰는 게 멋지다고.

"셰리한테 좀 알려달라고 해볼까?"

"내가 있는데 왜 셰리한테?"

한나가 양손으로 바이올린 켜는 시늉을 했다.

"같이 바이올린 수업 듣거든. 알잖아."

"그건 아는데 나도 축구부잖아."

한나는 내 말을 못 들은 척하며 품에 있는 수업 자료를 정리했다. 한참 꾸물거리는 한나에게 '나도 축구부잖아?' 하고 똑같은 말을 한 번 더 하자 그 애는 작은 목소리로 대답했다. 종소리에 완전히 묻혔지만 입 모양만 봐도 무슨 말을 했는지 알 수 있었다. 한나는 이렇게 말했다. 네가 귀찮을까 봐.

그러더니 교과서를 챙겨 들고 다음 수업 교실로 뛰어갔다. 나는 덩그러니 서서 한나를 지켜봤다. 한나는 갑자기 내가 이전까지 내민 모든 요구를 들어주려 했다. 나는 한나의 엄마도 아니면서 그 애가 내 손을 떠난다는 감각에 비참해졌다. 내게 대뜸 축구를 알려달라고 했으면 분명 또 오만상을 지으며 '잘 뛰지도 못하는 게 축구는 왜 하냐'고 난리 쳤을 거면서, 모순적이게도 아쉬웠다.

그날 저녁 나는 볼링장에 가서도 한나가 셰리와 바이올린 과외를 듣고, 셰리에게 운동까지 배우는 모습을 상상했다. 노라와 새라가 오매불망 고등학생들을 기다리며 레인 앞을 서성이는 동안 나는 볼링공에 손가락을 끼워 넣고 소파에 앉아 멍하니 생각에 잠겼다. 요란한 음악에도, 마구마구 올라가는 옆 팀의 게임 스코어에도, 시끄러운 환호성에도 굴하지 않고 '셰리가 거절하면 좋겠다'고 생각했다. 셰리가 한나의 요청을 정중히 거절하기를 바랐다.

한참 그런 잡생각을 하다 보니 차례가 왔을 땐 급히 일어나서 던지느라 아무렇게나 공을 굴렸다. 내 공이 어떤 핀도 맞히지 못하자 새라가 역정을 냈다.

"대체 무슨 생각을 하고 있는 거야?"

그때 노라는 '테일러 아닐까?' 하며 온몸을 배배 꼬고 아양을 떨었다.

"테일러 괜찮지 않아? 진전 없어?"

노라는 한 손에 밀크셰이크가 든 유리컵을 들고 내 앞으로 불쑥 다가왔다. 테일러와 사귀는지 안 사귀는지 언제 사귈 건지 꼬치꼬치 캐물었다.

"너도 짝이 있어야 하잖아, 알지?"

노라는 애인에 대한 당위를 논했다. 누구에게나 교제하는 이성이 있어야 하는 것처럼 말했다. 나는 까끌거리는 음식을 씹은 사람처럼 표정을 구겼다. 내 반응이 하도 시큰둥해서 결국 노라는 '아, 지루해!' 하고 큰 소리로 외쳤고, 정색하며 몸을 돌렸다. 입매가 비틀린 채로 금발 생머리를 이리저리 휘날리면서 무슨 광고에 나오는 모델처럼 걸어 다녔다.

노라는 공을 굴릴 때도 지루하다고 말한 것과 똑같은 톤으로 계속해서 무언가를 소리쳤다. 구호를 외치듯 생소한 단어들을 신나게 입 밖으로 뱉었다. 공을 굴리는데 도대체 '무통각', '융합하다' 같은 말이 왜, 어떻게 떠오르는 건지 알 수 없었다. 최근에 새롭게 알게 된 단어인가 보다, 놀면서도 단어를 외우나 보다 하고 넘어갔다.

어쩌면 그 잘난 고등학생 남자애들이 쓰는 단어일지도 모르겠다고 생각했다. 그들은 내가 잠시 화장실에 간 사이 볼링장에 도착했는데, 한 명은 자꾸만 문학을 인용했고, 다른 한 명은 새라가 무슨 말을 하든 그게 아니라고 반박했다. 그는 '사실은', '실제로는' 같은 말을 거의 모든 문장에 붙이면서 모든 일의 내막을 가르치려 들었다. 새라가 엊그제 서브프라임 모기지 사태에 대한 글을 써서 내야 했다는 말을 하자마자 경제 강의를 시작하기도 했다.

이미 에세이는 제출했고, 새라는 자기가 이런 것도 안다고 티를 내려고 한 것 같았는데 새라의 남자 친구는 자기 할 말만 늘어놨다. 나는 그의 말을 그만 듣고 싶어서 자판기 쪽으로 피신했다가 그의 목소리가 거의 들리지 않을 때쯤 돌아갔다.

여자애들의 소개에 따르면 문학 소년의 이름은 호르헤였다. 어릴 때 스페인에서 미국으로 온 이민자였다. 호르헤는 학구열이 넘치는 인상이었고, 시종일관 균형 있고 탄탄한 발성으로 말해서 무슨 말을 해도 연극을 하고 있는 것처럼 들렸다. 맨스플레인 전문가의 이름은 티모시였다. 미국에서 태어났지만 부모가 캐나다 퀘백 출신이라 프랑스어를 할 줄 안다고 했다. 그는 내게 '너도 축구 한다며? 이 동네 여자애들은 축구를 왜 이렇게 좋아하는 거야?' 하고 물었다. 그러더니 혼자 낄낄거렸다.

그 남자애들과 통성명을 하고 짧게 잡담을 나누었는데 '잘 논다'는 게 뭔지 알아내려고 노력했지만 아무것도 알 수 없었다. 그들은 테일러보다 좀 더 키가 크고 덜 앙상하고 좀 더 어려운 말을 쓰는 정도지('보다' 대신 '목격하다', '뚜렷' 대신 '명백' 같은 말을 쓰는 수준에 불과했다) 테일러보다 결코 더 낫지는 않았다.

나는 고등학생 남자애들이 중학생 남자애들과 뭐가 다른지, 얼마나 더 어른스러운지 알아볼 수 없었다. 노라와 새라에게는 그들이 신상품처럼 느껴질지 몰라도 내게는 거기서 거기였다.

남자애들의 미묘한 차이를 구분하지 못하는 건 내가 노라와 새라보다 미성숙해서였을까. 덜 여성스러워서였을까. 우리보다 좀 더 일찍 어른이 될 남자애들을 궁금해하고, 우러러보고, 숭배해야 한다는 약속이 내게 은밀하게 전송될 때, 나는 그 어떤 암호도 제대로 읽어낼 수가 없었다. 모든 게 어그러진 채로 보였다. 내게 '부자연스러움'이라는 결함이 발생했다고 생각했다.

23

 개학한 지 2주 정도 지났을 때, 노라는 새 학기의 시작을 축하하자며 자유의 여신상 모양 초콜릿을 친한 친구들에게 선물했다. 방학에 가족여행으로 뉴욕을 다녀오면서 산 기념품이었다. 여자애들이 너무 고맙다고, 너무 귀엽다고 칭찬하는 동안 테일러는 '약간 유치하지 않아? 게다가 이런 건 개학 날 줘야 하는 거 아니야?' 하며 불평했다. 친척들에게 돌리고 남은 걸 가져온 것 아니냐고 비꼬기도 했다. 노라는 절대 아니라고 답했다.

 "사 온 게 너무 많아서 이걸 꺼내는 데 시간이 걸렸어. 봐, 카드도 썼어."

 노라가 건넨 여신의 목에는 금색 고무줄이 묶여 있었고 그 끝에는 노라가 직접 쓴 작은 카드가 달려 있었다. 내게 준 카드에는 '언제나 훌륭한 제니, 너에게 뉴욕의 자유와 다양성이 닿기를'이라는 위선적인 문장이 쓰여 있었다. 그 애가 정말 다양성의 가호가 나와 함께하길 바랐다면 테일러와 나를 짝짓지 못해 지루하다고 사방에 소리치지 않았을 것이다.

나는 대도시에 전혀 관심이 없었다. 자유의 여신은 너무 무뚝뚝하게 생겨서 자유롭지 않은 사람을 혼낼 것처럼 보였고, 무엇보다 초콜릿을 별로 좋아하지 않았다. 그래서 노라가 준 초콜릿을 한나에게 주려고 점심시간이 되자마자 한나의 수업이 끝나는 교실 앞 복도로 뛰어갔다.

그런데 한나의 손에는 이미 내 손에 들려 있는 자유의 여신상과 똑같은 것이 있었다. 노라가 한나에게도 초콜릿을 줬을 줄은 전혀 예상하지 못했기에 나는 급하게 주머니에 초콜릿을 집어넣고 한나에게 다가가 '이거 노라가 줬어?' 하고 물었다.

"응. 아까 와서 주고 갔어."

한나는 기뻐 보였다. 교회 캠프에서 보았던 것처럼 행복해 보였다. 얼굴에서 환한 빛이 뚝뚝 떨어져 내 발등에 닿는 것 같았다.

"뭐라고 하면서 줬어?"

"그냥 뉴욕에서 샀다고, 뭐 그런 말 했던 거 같은데. 사실 말을 많이 했는데 다 못 알아들었어."

한나는 교과서 사이에 끼워두었던 노라의 카드를 꺼내 보여주었다. 그 카드에는 '우리 모두 힘을 융합해서 고통을 무통각 속에 숨게 하자! 힘내!'라고 쓰여 있었다. 어떻게 보면 품격 있고 시적일 수도 있겠지만 뜻을 전달하기에는 부자연스럽고, 문법적으로도 어색한 문장이었다. 무통각은 심지어 의학 용어여서 내게도 라틴어나 불어처럼 읽혔다. 노라는 일부러 어렵고 비일상적인 단어를 써서 괴상한 표현을 만들어낸 것이었다.

유치했다. 노라가 전날 검은 진주 같은 볼링공을 굴리며 외친 단어들은 그 애가 한나를 슬프게 하기 위해 고르고 고른 단어들이었다. 한나가 타격을 받았는지, 아니면 미국인들이 이런 말을 자주 쓴다고 착각했는지 알 수 없지만 나는 노라의 카드를 보자마자 속이 부글부글 끓었다. 뺨과 입술이 딱딱하게 굳는 것 같았다.

"아까 사전 찾아봤는데 무슨 말인지 잘 모르겠더라고. 무슨 뜻인지 알려줄 수 있어?"

한나는 조심스럽게 물었다. 내가 정색한 이유를 자기가 또 영어를 몰라서라고 오해하는 것 같았다.

"그냥…… 힘들어도 힘내래."

"그렇게 간단한 거였어?"

"어. 그러니까 답장 같은 거 쓸 생각 하지 마."

"그래도 선물받았으니까 나도 뭔가 해야 하지 않을까?"

"안 해도 돼. 하지 마. 그리고 이 카드 다른 사람한테 보여주지도 마. 알았지?"

내가 몰아붙이듯 말하자 한나는 성을 냈다.

"왜 그래? 왜 네 마음대로 그렇게 말해? 내가 고마우니까 고맙다고 할 거야."

한나는 혼자 어디론가 빠르게 걸어갔다. 나는 한나를 붙잡지 않고 가만히 지켜보았다. 한나가 향한 곳에 새라와 노라가 지나가고 있었다. 복도 창으로 쏟아지는 빛이 그 애들의 머리카락을 어른어른 반짝이게 했다. 명화에 나오는 천사 같았다. 한나는 그늘 속에서 불쑥 빠져나가 그 애들에게 말을 걸었다. 초콜릿 고맙다고,

너무 기쁘다고. 초콜릿을 받은 시점에 이미 고맙다고 말했을 거면서 들뜬 얼굴로 떠들었다. 그런데 그 짧은 대사에서까지 문법을 틀려 노라는 웃음을 참듯 말했다.

"그래. 네가 기뻐해서 기뻐."

새라는 떨떠름하게 웃으며 한나를 내려다봤다. 나는 그 모습을 멀리서 보는데도, 그 애들의 말소리를 멀리서 듣는데도, 한나 본인이 아닌데도 고통스러웠다. '무통각'의 칼날이 등을 후벼파는 것 같았다.

점심시간이 끝난 후 나는 참지 못하고 노라를 찾아가서 물었다. 한나에게 왜 그런 카드를 썼냐고 따졌다.

"한나가 영어 잘 못하는 거 알면서 왜 그렇게 어려운 단어로 혼란스러운 문장을 썼어? 왜 영어를 잘하는 사람들도 잘 모를 단어로 한나를 놀렸어? 왜 그랬어?"

뜻과 목적이 같은 문장들이 계속해서 머릿속을 떠돌았다. 그런데 내가 나대면, 내가 입을 열면, 내가 슬프면, 매번 결과가 나빴다. 나는 엄마를 창피하게 했고, 친구를 곤란하게 만들었다.

"무슨 말이야. 왜 이렇게 예민해? 네가 오해한 거야. 나는 응원하는 말을 적어서 줬다고."

"한나가 그런 말을 잘 모르는 거 알잖아."

"걔가 멍청하면 내가 똑같이 멍청한 말을 써야 한다는 거야? 이건 오히려 교육이지. 선물을 주고, 단어를 외우게 했잖아."

말문이 막힌 내가 가만히 노라를 바라보자 그 애는 웃으며 말했다.

"한나는 참 착한 것 같아. 내가 준 그 작은 초콜릿도 다른 애들이랑 나눠 먹더라? 노라가 준 거라고 다섯 번씩 말하면서. 무슨 뜻인지 알겠어?"

"무슨 뜻인데?"

"네 단짝 친구는 나랑 친해지고 싶어 해. 친구를 사귈 수 있게 도와주는 나랑. 네가 이렇게 말도 안 되는 이유로 따진다고 해서 걔가 좋아하지는 않을 거야."

노라는 차분했다. 그 애의 파란 눈은 너무나 차갑고 강렬했다. 혈관이 전부 얼어서 깨질 것 같은 기분이 들었다.

"다음에는 걔도 같이 볼링 치러 가자."

노라는 내가 더는 반기를 들 수 없게 만들었다. 나만 갈등을 일으키지 않으면 언제라도 한나를 무리에 끼워주겠다고, 같이 놀게 해주겠다고 말하는데 노라의 심기를 더 거스르겠다고 고집을 부리는 건 불가능했다.

물론 노라의 말은 거짓말이었다. 한나를 데리고 볼링장에 가자는 말이 절대 진심일 리 없었다. 그저 '넌 한나 편을 들면 안 돼, 넌 우리 편이니까, 우리 같이 볼링 치는 사이니까' 하고 우아하게 속삭이는 것이었다.

분통이 터졌다. 빈틈없이 박음질해둔 이성의 실밥이 전부 풀려 나가는 것 같았다. 그런데도 내가 할 수 있는 것은 고작 나 자신을 탓하는 것뿐이었다. 차라리 노라를 종일 욕할 수 있었다면 마음이 편했을지도 모르지만, 나는 노라를 비롯한 소위 '잘나가는' 애들을 제대로 싫어하는 법을 터득하지 못했다. 하교 후 집에 도착하자마자 화풀이할 곳을 찾던 나는 노라가 준 자유의 여신상에 주먹을 대여섯 번 꽂은 뒤 우리 집 쓰레기통에 처박는 것밖엔 하지 못했다.

두어 시간쯤 지났을 때였나. 내가 초콜릿을 부수는지 몰랐던 엄마가 쓰레기통에 있는 초콜릿 조각들을 발견하고 어디 감히 음식을 버리냐며 내 머리채를 쥐어 잡았다.

"너 돈 많아? 먹기 싫으면 놔두면 되지, 왜 그걸 버려. 네가 안 먹으면 남 주면 되잖아. 이게 어디서 음식을 낭비해?"

"공짜로 받은 거야. 오늘 기분이 쓰레기 같아서 그랬어. 제발 내버려둬."

엄마는 내가 맞서자 까만 슬리퍼로 뺨을 때렸다. 기어오르지 말라고 두 번, 세 번 경고하면서 구석에 나뒹구는 막대를 휘둘렀다.

그날은 내리 운수가 나빴다. 밤이 되자 아빠가 나타났다. 그는 장난이나 농담, 재미가 모조리 사라진 집에 예고 없이 돌아와서는 갑자기 3주 정도 되는 휴가를 받았다고 말했다. 나는 아빠의 말을 믿었지만 엄마는 그가 실은 해고당했다고 생각하는 것 같았다. 엄마는 얼굴이 새빨개진 채로, 눈물이 그렁그렁한 채로 식료품 가게에 다녀오겠다며 나갔다.

아빠는 한 달에 한두 번 보는 사이면서 훈수를 두었다. 내게 대뜸 '언제까지 남자같이 하고 다닐 거냐'고 했다. 내가 성인이 되어서도 이렇게 다니겠다고 말하자 아빠는 갑자기 내 운동 가방을 빼앗더니 거꾸로 쏟으며 공과 축구 용품을 전부 버리겠다고 소리를 질렀다.

"다 너 생각해서 하는 말이야. 이런 꼴로 다니면 너 사랑스럽게 보는 사람 아무도 없어. 평범하게 좀 다녀. 눈에 띄는 거 아무런 도움도 안 돼."

그 주는 내리 불행했다. 아빠가 돌아왔고, 그는 집안의 변화나 내 생활에 대해 아무것도 모르면서 나를 교정하려고 했다. 통이 큰 청바지를 입으면 단정하지 않다고 했고, 새라처럼 입으면 죽일 듯이 달려들었다. 식료품을 사러 간다고 했던 엄마는 연락 없이 이틀 동안 집에 들어오지 않았다. 나는 아파트 복도에서 엄마를 기다리다가 새벽 4시에 돌아온 엄마에게 무릎을 꿇었다. 엄마는 아침이 오기 전, 아니면 내가 학교에 있는 동안 아파트로 돌아와 청소를 하고, 저녁에는 여전히 세탁소에서 일한다고 했다. 밤에는 세탁소 사장의 집 다락에서 잠을 잔다고 했다.

"더는 견딜 수가 없어."

"그래도 집에는 와야지."

"네 아빠가 다시 나가기 전까지는 못 들어가. 그렇게 전해. 내가 책임감도 없고 아무 생각도 없는 너랑 사는 건 참지만, 그 이상은 엄마도 힘들어."

나는 마음 한구석에 억울함과 분노가 쌓이는 것을 느꼈다. 두 감정은 서로를 주무르며 더 단단하게 결합했다. 그 덩어리는 끊임없이 부피를 키우더니 어느 날 느닷없이 마음을 뚫고 나갔다. 심장이 하나 더 생긴 것 같았다. 끊어지고 터진 이성의 연약한 실들은 갈기갈기 찢어진 나를 다시 봉합하지 못했다.

나는 지역 예선 축구 경기에서 후반전이 끝나갈 무렵 상대 팀 애 하나를 사정없이 패서 레드카드를 받고 퇴장했다.

코치는 경기장으로 이동하기 전부터 내 안색이 안 좋다며 나를 주전으로 쓰지 않으려 했다. 그건 분명 배려였지만 내게는 배신처럼 느껴졌다. 도저히 참을 수 없었다. 당시 나는 축구에 대한 자부심이 넘쳤고, 내가 공격과 수비를 둘 다 잘 소화하는데도 항상 수비를 자처하며 팀에 봉사하고 있다고까지 생각했다. 그런 나를 포메이션에서 배제한다는 건 강등이었다.

나는 괜찮다고, 아무렇지 않다고 성토했다. 코치는 내가 경기에 내보내달라고 거의 시위를 하는 바람에 흐름에 휩쓸려 평소처럼 전략을 짰지만, 나는 그가 예상한 것처럼 평소보다 공을 많이 뺏겼다. 그 탓에 내가 막아야 했던 오른쪽 사이드가 두 번이나 허술하게 뚫리게 되었고, 우리 팀의 성적은 이 대 영으로 기울었다.

나오미, 셰리와 새라 모두 나를 탐탁지 않게 보았다. 나와 친한, 내가 좋아하는 애들이 나를 방해물로 보는 게 무섭고 싫었다. 축구는 내가 굴릴 수 있는 하나의 세계였기 때문에, 나는 그 안에서만큼은 소중하고 의미 있는 존재여야 했다. 뭐라도 하나 해내야 했다. 상대 팀 공격수의 공을 뺏어서 우리 팀 공격수에게 공이 돌아가도록 활약해야 했다. 다시는 뚫리지 말아야 했다. 나는 스스로 주문을 외우며 뛰어다녔다.

하지만 공은 언제나처럼, 내가 조급해하자 절대로 내 뜻을 승인해주지 않았다. 나는 상대 팀 공격수 하나를 막으려고 처절하게 뛰었다. 질주하는 그 애를 따라잡아 어깨를 팔뚝으로 열심히 밀고, 우리 팀 아이들에게 '내가 금방 공을 넘겨줄 테니 내 주변으로 오라'고 소리쳤다. 그러다 힘을 너무 많이 주고 말았다. 그 애가 뒤로 넘어지면서 발끝으로 내 정강이를 세게 찼다. 나는 비명을 지르며 고꾸라졌다.

심판이 파울을 외치며 달려왔을 때, 그 애는 이렇게 말했다.

"애가 먼저 심하게 밀었어요. 자기 팀이 지고 있으니까 흐름 끊으려고 일부러 파울 만든 거예요."

그러더니 나지막하게 덧붙였다.

"중국에선 이런 약아빠진 기술만 가르치나."

그 애는 내 태클 기술이 '메이드 인 차이나'여서 너무 싸구려라고 말했다. 심판은 엄격하게 상황을 파악해야 했음에도 불구하고 그 말이 웃기다고 생각했는지 작게 웃었다. 아파서 잔디 위를 구르는 나는 봐주지 않고 모두에게 뒤로 물러나라고만 했다.

내가 참아야 했을까? 화를 내겠다고 허락이라도 받아야 했을까? 나는 벌떡 일어나 그 애를 밀치고 똑같이 정강이를 발로 찼다. 당연히 퇴장당했고 이후 5분 만에 경기가 끝났다.

사람들의 언짢은 시선을 한 몸에 받으며 단체 버스로 돌아가는 도중 2차 싸움이 벌어졌다. 상대 팀 선수들이 내게 몰려와 따졌기 때문이다. 왜 자기 팀 공격수를 때렸냐고, 너 같은 쓰레기가 왜 축구를 하냐고, 스포츠 정신 더럽히지 말고 꺼지라고.

머리끝까지 화가 난 나는 그 애들 중 하나와 치고받고 싸웠다. 이름이 소피인 백인 여자애였는데, 소피가 내 목과 어깨를 전부 할퀴어놓는 동안 나는 주먹으로 그 애의 뺨과 턱을 쳐서 쓰러뜨렸다. 그렇게 사정없이 팔을 휘두르는데 사방에 칭챙총 소리가 끊이지 않았다. 아이들은 나를 욕할 때도, 나를 응원할 때도 칭챙총이 무슨 영웅의 이름이라도 되는 것처럼 외쳐댔다. 어떤 애들은 손가락으로 자신의 두 눈꼬리를 밀어 올리면서 나와 소피 사이를 가로막기도 했다. 그 애들은 어수선하고 공격적이었는데 이상하게 악의는 없어 보였다. 나를 말리기 위해 무슨 짓을 해도 괜찮다고, 용서받을 수 있다고 믿는 것 같았다.

모두가 나를 중심으로 편을 가르고 욕을 하거나 소리를 질러댔다. 싸울 생각이 없었던 아이들까지도 격앙되었는지 몸을 날리기 시작했다. 모두가 주먹을 내밀며 팔을 격하게 움직였다. 이유 없는 발길질이 끝없이 펼쳐졌다. 누구의 것인지 모를 사지들이 등 뒤에서 뻗어 나와 나를 가로막거나 초월했다. 내가 기억하는 그날의 이미지는 지옥에 가까웠다. 천국의 반대편 말이다.

다음 날 나는 정학을 당했다. 나만, 오직 나만.

엄마는 여전히 집에 돌아오지 않았지만 학교에는 나타났다. 내가 정학으로 끝난 것에 감사하다고 했다. 교장에게 여러 번 고개를 숙이며 감사 인사를 했다. 어쩌면 그건 정말 감사한 일이었다. 경찰이나 폭력 위원회에 넘어갈 수도 있었는데 사흘 동안 정학만 당한 것이니까. 일이 보다 커졌다면 나는 퇴학을 당하고도 남았을 것이다. 하트빌에서 쫓겨났을 것이다.

추방은 간신히 면했지만 그 사건으로 인해 교내 연습 경기를 제외한 모든 경기에 출전할 수 없게 되었고, 아빠는 내가 사람을 팼다는 소식을 듣고 거품 물고 기절하려 했다. 그는 아주 얇고 긴 쇠 파이프를 어디선가 구해 와 내 종아리를 때렸다. 소리를 내면 아동 학대로 신고를 당할 수도 있으니 입에 손수건을 물고 맞았다.

"다시는 축구 같은 거 못 하게 다리를 분질러놓을 거다."

아빠는 다리를 분지르겠다는 말을 계속해서 반복했다. 이미 상당히 과격하게 때리고 있으면서, 마치 나중을 기약하는 듯한 말투로 말했다. 나는 그때쯤 내가 부모님의 한국어에 자꾸만 시제를 끼워 넣는다는 것을 알았다. 머릿속에서 문장을 만드는 언어 구조가 많이 바뀌었다는 걸 깨달았다. 그렇게 밑도 끝도 없는 딴생각을 하지 않으면 버틸 수 없는 체벌이었다.

잘 걸어 다니지도, 학교에 가지도 못하는 정학 기간 동안 나는 반짝 유명해졌다. 하트빌같이 작은 도시에는 별일이 잘 일어나지 않다 보니 학교를 다니지 않는 건 아무도 신경 쓰지 않아도, 다니다가 그만두거나 벌을 받느라 나가지 못하는 건 뉴스거리였다.

새라와 노라는 정학 첫날부터 전화를 걸어댔다. 그 애들은 내가 대단하다고, 소신 있다고, 용감하다고 나를 위로하고 칭찬했다. 그 애들의 고등학생 남자 친구와 그 남자 친구의 친구들이 나를 궁금해한다는 소식도 들었다.

"저번에 봤을 때 너 얌전해 보였는데 의외래. 멋있대."

노라는 다음에 같이 볼링 칠 때 더 친해질 수 있도록 좀 더 대화할 시간을 마련하겠다고, 나를 그 고등학생들에게 제대로 소개해주겠다고 말했다.

"걔들이 아마 먼저 말을 걸 거야. 다들 네 얘기밖에 안 해."

이전까지 노라가 나를 치켜세워줄 때는 별로 믿지 않았지만, 그때는 비로소 내가 노라에게 가치 있는 무언가가 되었다는 것이 부정할 수 없을 만큼 분명했다. 나는 쿨한 척하며 '뭐, 해야 할 일을 했을 뿐이야'라고 답했다. 뿌듯함을 숨기지 않았다. 너무 뿌듯해서 슬플 지경이었다.

내 뿌듯함은 너무나 진실하고 너무나 하찮았다. 어디 가서 선행을 한 것도 아니고, 스포츠 경기를 하다가 칭찬총 소리를 들으며 싸운 게 전부니까. 내 자존감은 너무 작아서, 고등학생들이 먼저 말을 걸어줄 거라는 진짜인지 아닌지도 모를 말에도 가득 채워졌다.

예정되었던 경기에서 빠지게 되면서 시간이 많아진 나는 노라와 새라의 고등학생 친구들이 주는 관심에 적극적으로 응했고, 그들의 기대에 부응하기 위해 노력했다. 무슨 아시안 예수라도 되는 것처럼 중국인 소리를 듣자마자 달려들어놓고, 그렇게 얻은 유명세를 백인들한테 잘 보이는 데 썼다. 백인 애들이 관심 가져주고 멋지다, 진정한 전사다 같은 말을 늘어놓으며 비행기를 태우니 맛이 가버렸다.

인생이 아무렇지 않게 새로운 국면을 맞이했다.

새라는 나를 트로피처럼 대하며 직접 소개하기를 좋아하게 되었다.

"제니가 소피를 작살낸 날, 내가 그 자리에 있었잖아. 먼저 맞은 건 제니였어. 누군지 기억도 안 나는 애가 경기 중에 제니 다리를 찼다고. 자기가 혼자 넘어져놓고 '중국인아' 이러더라."

새라는 당사자인 나보다 그 사건을 더 자주 얘기하는 목격자였다. 나를 관심 받을 만한 존재로 만들어놓고, 그 관심을 다시 자기에게 집중시키는 간교한 스토리텔링에 가끔 치를 떨었다. 그래도 나는 염치없이 그 애를 거들었다.

"새라. 너나 우리 팀 애들이 같이 화를 내줘서 싸울 수 있었던 거야. 나 혼자였다면 못 덤볐을 거야."

그때, 새라의 남자 친구 티모시는 '소피? 어느 학교 말하는 거야?' 하며 끼어들었다. 내가 그 애들의 학교 이름을 말하자 티모시는 박장대소를 하며 '너야? 네가 걔네를 부순 애구나'라고 말했다. 티모시는 나를 처음 보는 사람처럼 굴었다. 내 얘기를 분명 새라로부터 전해 들었을 텐데도 소문 속의 나와 일전에 봤던 나와 눈앞에 있는 나를 연결하지 못하는 것 같았다.

한편, 노라는 다른 프레임을 시도했다. 그 애는 내가 얼마나 상처 받았을지 가늠할 수 없다며 항상 나를 측은하게 바라보고 다른 애들에게 내가 아시안이라서 얼마나 고생하는지를 설명하려 했다. 아이들은 그때마다 나를 보지 않고 노라를 보며 노라가 얼마나 친구를 잘 보살피고 사려가 깊은지에 대해 얘기했다. 나는 노라가 얄미웠지만 매번 갸륵하게 고개를 끄덕였다.

노라와 새라가 무슨 짓을 하든 나는 나를 에워싼 유명세가 좋았다. 내가 진실하게 원했던 것은 친구들을 많이 사귀는 것이 아니라 모두가 나와 친구가 되고 싶어 하는 상황이었다는 걸 깨달았다. 친구는 편을 들어주지 않는다. 추종자가 편을 들어주는 것이다. '분위기'는 주도자가 만들지만 주도자는 추종자들이 고르는 것이었다.

나는 새라와 노라가 초대한 고등학생들과의 사교장에 더 적극적으로 나가게 되었다. 나를 알아봐주고 추어올리는 사람들을 더 만나고 싶었다. 더 많은 사람들에게 나를 보여주고 눈길을 끌면서 주목을 즐기고 싶었다.

그러나 자주 만날 수는 없었다. 아빠는 휴가를 받았다고 했지만 나와 함께 정학을 당한 것처럼 아무 데도 가지 않았다. 그는 놀지도 않고, 친구를 만나러 나가지도 않고 내내 나를 감시했다. 정학이 끝난 후에는 매일 아침 일찍 어딘가로 향했으나 내가 하교할 때쯤 스쿨버스 정류장 앞에 있다가 나를 직접 집으로 데려갔다.

내가 맥없이 집에 갇혀 있을 때, 늦게까지 도시에 남아 있던 폭염의 계절은 흔적도 없이 떠났다. 볼링장에 나가지 못하는 날마다 나는 고등학생들의 관심이 식을까 봐 너무 불안해서 제대로 자지도 못했다.

24

 핼러윈이 지나고 모두의 옷이 전보다 부쩍 무거워질 때쯤 아빠는 어느 순간부터 아침 일찍 나가서 밤늦게까지 돌아오지 않았다. 그러다가 또 어느 순간부터 집에 오지 않았다. 나는 아빠가 다른 도시에 새롭게 취업했다는 사실을 전해 들었다. 바통 터치하듯 집에 돌아온 엄마로부터.

 "만약 아빠가 보고 싶으면 네가 직접 찾아가야 해, 이제는."

 엄마는 식탁 앞에 앉아 새 옷들을 정리하고 있었다. 그중에는 꽤 비싸 보이는 코트도 있고 새것 같은 스웨터도 있었다. 내가 옷의 출처를 묻자 엄마는 전부 선물받았다며 숨소리 같은 콧노래를 불렀다.

 "누가 그런 선물을 줘?"

 "세탁소 사장님이. 그 집에서 지내면서 받았어."

 "왜 사장이 그런 걸 줘?"

 "내가 세탁소에서 훔치기라도 했을 것 같아? 넌 네 엄마가 그런 수준으로밖에 안 보여?"

나는 즉각 고개를 흔들었다. 한참 뒤에야 다시 조심스럽게 입을 열었다.

"아빠는…… 계속 그렇게 돌아다녀야 해?"

"그렇대. 하긴, 여기 오자고 할 때부터 알아봤어야 했는데."

엄마는 나를 똑바로 보며 말했다.

"정말 몰랐어? 네 아빠가 우리를 속인 거야. 계약 연장도 안 되고, 이제 비자도 없고. 그런 주제에 어디서 사업을 하겠다고."

나는 왜 아빠가 도망을 쳐야 하는지, 어떻게 하면 도망치지 않을 수 있는지 물었지만 엄마는 대답해주지 않았다. 그런 건 내가 알아봐야 할 일이라고 했다. 내 앞가림이나 하라고 했다. 엄마는 그 어느 때보다 매정하고 예민했지만 그만큼 차분했다. 더는 서러움에 얼굴을 붉히지 않았고, 새빨간 얼굴로 떨지 않았다. 집을 나갔다가 돌아온 엄마는 바싹 마른 하얀 소금 결정같이 창백했다.

우리 집의 틀, 우리 가족이 그리고 있던 궤도, 부모님이 서로에게 품은 최후의 호감이 전부 붕괴하는 순간이었다. 그러나 나는 무언가를 더 물어보거나 반기를 들지 않았다. 엄마가 집에 돌아온 게 좋았고, 감사했으니까. 엄마가 다시 나가지 않게 할 수만 있다면 무엇이든 할 수 있을 것 같았다. 엄마가 어떤 엄마인지, 어떤 사람인지, 폭언을 하는지 마는지 따위를 가릴 처지가 아니었다.

엄마는 이틀 정도 냉랭한 목소리를 유지하다가 다시 평소처럼 행동했다. 어떤 날엔 잔소리를 하고, 어떤 날엔 화를 내고, 어떤 날엔 내 팔이나 등에 머리를 기대고 쉬었다. 그래도 내가 정학을 당한 것은 잊지 않았으며 꼬박꼬박 나의 귀가를 확인했다.

내가 속박으로부터 자유로워질 수 있게 도와준 구세주는 굳이 따지자면 한나였다. 한나는 가끔 집에 갇힌 내게 전화를 걸었다. 한나와 전화하면 한국어로 말해야 해서, 엄마가 있을 때는 별로 받고 싶지 않았지만 가끔은 영원히 이어지는 전화벨 소리가 불길해서 몇 번 수화기를 들었다.
"오늘은 걔들이랑 안 놀아?"
"누구. 축구부 애들?"
"아니. 그 왜, 새라랑 노라 있잖아."
"응. 못 나가니까."
"나가고 싶어?"
"당연하지."
"나갈 수 있게 해줄까?"
나는 코웃음을 쳤다. 네가 어떻게 정학을 당해서 종일 처맞고 집에 갇혔다가 양친에게 보호감호를 받고 있는 나를 빼내준다는 거냐고 묻고 싶었지만 엄마가 들을까 봐 짤막하게 물었다.
"어떻게?"
"내가 도와주면 나갈 수는 있을걸. 근데 다른 데는 못 가고…… 아마."
한나는 속삭이며 말했다.

"설마 너희 교회로 가는 거야?"

"아니야! 나도 다 방법이 있어."

한나는 뜸을 들이더니 있어보라고 하고 전화를 끊었다. 그 애의 말투는 묘했다. 형편이 안 되는데도 어떻게든 돕고 싶어 열을 내는 듯하다가, 한편으로 '난 얼마든지 널 도와줄 수 있어' 하고 은혜를 베푸는 느낌이었다.

마침내 한나가 생각해낸 방법은 셰리와의 바이올린 그룹 과외에 나를 껴주는 것이었다. 한나 엄마는 한나를 과보호하고, 한나가 해달라는 건 거의 다 해주다 보니 아무렇지 않게 한나와 셰리가 함께 듣는 바이올린 그룹 과외에 나를 끼워 넣었다.

우리 엄마는 바이올린이라는 말을 듣고는 그 단어를 처음 접하는 사람처럼 경악했다. 수화기를 붙들고 이런저런 거절 이유를 대던 엄마는 한나 엄마가 물러서지 않자 '과외 비용을 감당할 수 없다'고 단도직입적으로 말했다. 나는 엄마가 그런 체면 깎이는 말을 뱉을 때까지 고집을 부리는 한나 엄마가 미웠지만, 동시에 과외 수업이 궁금하기도 해서 마음이 또 여지없이 양갈래로 찢어지고 있었다.

한나 엄마는 '그런 건 신경 쓰지 마세요. 이 나이 때 배워둬야 해요. 예술이요, 어머니, 나중에 갑자기 보이는 게 아니잖아요. 어릴 때부터 자연스럽게 보고 듣고, 배우고 그래야 교양이 쌓이는데 저는 제니가 정말 생각이 깊은 아이라고 생각해서 시간적 여유만 되면 배우게 해주고 싶어요. 자주 저희 한나 맡아주시고 돌봐주시는 게 감사해서, 저도 이렇게라도 보답하고 싶어요'라고 하며 공짜로 수업을 듣게 해주었다. 엄마는 한나 엄마의 말투를 따라 하며 '어머, 어머머' 하고 감탄사를 뱉었다. 달콤한 말에 넘어간 것이다.

과외 수업은 한나 엄마 덕분에 무료인 데다가 심지어 바이올린도 필요 없었다. 셰리가 악기를 몇 번 바꾸었는데 전에 쓰던 연습용 바이올린을 빌려주겠다고 했다. 준비할 게 하나도 없다는 점이 엄마 마음에 쏙 들었을 것이고, 또한 내가 일주일에 두 번이나 수업을 듣는다면 엄마의 수고가 확실히 줄어드는 셈이었다. 딸이 집에 있는지 밖에 나갔는지 또 사고를 치지는 않는지 확인해야 하는 날이 줄어드는 것이니까.

나는 한나가 나와 함께 바이올린을 배우고 싶다고 했다는 이유만으로 상당한 액수의 장학금을 받은 것이나 다름없었지만 이 일로 한나와 한 시간 동안 언쟁을 벌였다.

"왜 나한테 묻지도 않고 이런 짓을 해?"

"밖에 나오고 싶어 했잖아. 바이올린 재밌어. 처음엔 어렵지만 내가 잘 가르쳐줄게. 무엇보다 셰리도 제니가 오면 더 재밌어질 거라고 했어."

"그러니까 왜 너희 둘이 멋대로 예상하고 일을 벌이냐고. 내가 바이올린 배우고 싶다고 말한 적 있어?"

"그건 아니지만, 그래도 집에 갇혀 있는 것보단 셰리 아파트에 와서 셋이 악기 연주하고, 수다도 떨고, 놀면 좋잖아."

"내가 그러기를 원하는지 너희들이 물어봤냐고."

"당연히 좋을 거라고 생각했는데?"

"네가 어떻게 생각했든 상관없다니까? 멋대로 이런 걸 정한 게 싫다고. 사과라도 해. 미리 말을 안 해서 미안하다고."

"근데 이건 좋은 일인데, 우리 엄마가 돈도 내주는데 내가 왜 사과를 해······."

나는 그때쯤 한나의 의사소통이 정말로 평범하지 않다고 생각하게 되었다. 이전까지는 고집이 세다, 단순하다, 자기중심적이다, 순진하다 같은 말로 적당히 얼버무릴 수 있었지만, 그 단어들이 엮여 있는 차원으로는 충분히 설명되지 않는 사고방식이었다.

태도도 달라져 있었다. 내가 지적을 하면 원래는 미안하다고 하거나 자기가 몰랐다고 인정하며 풀이 죽었는데, 과외 얘기가 오간 후부터 한나는 어딘가 까칠했다. 울지 않게 된 후로, 한나는 건조해졌다.

"네가 왜 화를 내는지 모르겠어. 왜 그러는 거야?"

"지금까지 말했잖아. 뭘 들은 거야?"

내가 언성을 높이자 한나는 눈살을 찌푸렸다.

"왜 자꾸 소리를 질러. 무섭게 말하지 마."

"소리를 왜 지르겠어. 네가 내 말을 못 알아듣고 화를 낸다고만 하니까 그런 거잖아."

나는 다시 한번 상의 없이 멋대로 행동한 것을 사과하라고 강조했다. 그러나 한나는 뜻을 굽히지 않았다.

"정말 내가 멋대로 정해서 화가 난 거야? 너 새라랑 노라, 걔네랑 놀 시간이 줄어드니까 싫은 거 아니야?"

한나의 말에 충격 받은 나는 입을 벌린 채로 아무 말도 하지 못하고 가만히 한나를 바라봤다. 새라와 노라에 대해 생각하고 있지 않았음에도 불구하고 한나가 한 말은 너무나 진실처럼 느껴졌다. 부정하지 않고는 견딜 수가 없을 정도로 날카로운 진실 말이다. 내가 답을 하지 못하자 한나는 잠깐 씩씩거리는 날숨을 내쉬더니 이렇게 말했다.

"그러면 너 과외 안 할 거야? 그냥 엄마랑 바이올린 선생님한테 제니가 끼는 거 취소한다고 말하면 돼?"

마음 같아선 제발 그렇게 하라고 하고 싶었지만, 취소한다고 말하면 정말로 노라와 새라를 위해서 시간을 다른 곳에 낭비하지 않겠다고 선언하는 것 같았다. 게다가 이미 엄마가 허락하고 정한 일을 내가 무르겠다고 하면 얼굴에 피멍이 들 때까지 맞을 게 뻔했다. 엄마는 자기가 배우는 것도 아니면서 잔뜩 기대하는 눈치였다. 한나 엄마와의 전화를 마치고서부터 곧장 방을 뒤지더니 '한국인이 사랑하는 음악 교양 클래식'이라고 적힌 카세트테이프를 찾아낸 것만 봐도 엄마가 신이 난 것을 알 수 있었다. 엄마는 새벽까지 수선을 하면서 비발디의 음악을 들었고, 나는 우리의 조그만 집 안을 무한히 순환하는 〈사계〉를 떠올리자 도저히 취소해달라고 말할 수가 없었다.

내가 한나에게조차 기세를 수그려야 하는 순간이 왔을 때의 무기력함은 이루 말할 수 없이 거북했다. 나는 그때쯤 머리를 벅벅 긁으며 '됐어, 네 멋대로 해'라고 말했다. 차라리 스스로 생각을 고쳐먹는 게 편했다. 그렇게 한나 말대로 한나는 내 외출을 도와준 구세주가 되었다.

그날 밤 엄마는 교회에 함께 다녔던 아줌마에게 전화를 걸어

'제니가 친구를 잘 둬서 바이올린을 배운다'는 소식을 세세하게 전했다. 나는 대화가 끊어지길 기다리다가 엄마에게도 따졌다. 한나에게처럼 강한 어조로 말하진 않았지만, 왜 나한테 물어보지도 않고 과외를 허락했냐고 질문했다. 다행히 엄마는 신경질을 부리는 대신 그저 매번 나를 혼내는 지겨운 레퍼토리로 잔소리를 했다.

"네가 바이올린 같은 클래식 악기를 언제 배워보겠어? 엄마한텐 그런 기회가 한 번이라도 있었는 줄 알아? 감사히 여기면서 배워."

엄마는 항상 나를 혼낼 때면 자신과 나를 비교했다. 네가 뭐가 그렇게 힘들어? 누구는 그렇게 할 수 있는 줄 알아? 나는 그때마다 할 말을 잃고 고개를 떨구며 순종해야 했다. 사실 엄마를 대할 때 나는 아빠처럼, 수많은 남편들이 아내를 대할 때처럼 엄마와의 언쟁을 피곤해했다. 엄마의 말을 잘 들어보면 어떤 지지와 응원이 필요하다는 것 정도는 금방 알 수 있었지만 나는 엄마를 혼자 내버려뒀다. 그저 시키는 대로 열심히 과외에 나갔다.

강제든 아니든 난생처음 받아보는 과외였으니 전혀 설레지 않은 것은 아니지만, 무섭기도 했다. 클래식 곡들은 다 어디서부터가 시작이고 어디까지가 끝인지 구분할 수 없을 만큼 길었다. 어떻게 들어야 하는지도 모르는 곡을 연주하게 된다고 생각하니 불안했다.

그게 망상이라는 건 첫 수업을 받자마자 알았다. '연주'라니, 터무니없을 정도로 과한 걱정이었다. 현이 뭔지, 활이 뭔지도 모르는 사람이 바이올린으로 당장 연주 흉내를 낼 수 있는 곳은 〈반짝반짝 작은 별〉이지 비발디가 아니었기 때문이다. 악보의 몇몇 기호를 읽는 법과 어깨와 고개 사이에 바이올린을 고정하면서도 편하게 서 있는 법을 익히는 데만 한 시간이 넘게 걸렸다. 꽤 괜찮은 자세를 찾은 후에도 바이올린은 결코 쉽지 않았다. 활을 아무리 움직여도 쇳소리만 났다. 그날 수업은 다음 시간에 다시 도전해보자는 소리를 들으며 마무리되었다.

엄마는 내가 문을 열고 나가기 전까지만 해도 혹시라도 내게 재능이 있으면 어쩌냐면서 자녀에게 예술을 전공하게 하려면 돈이 얼마나 들지를 걱정했는데, 전혀 할 필요가 없는 걱정이었다. 도저히 바이올린이 손이나 턱, 아니면 마음에 익을 것 같지가 않았다.

그래도 첫 과외 수업은 나쁘지 않았다. 나는 과외를 통해 바이올린 연주 방법뿐만 아니라 인간관계의 화학적 변화가 어떻게 작용하는지도 이해할 수 있었다. 나와 셰리, 셰리와 한나, 한나와 나 이 세 쌍이 각각 존재할 때와 나, 셰리, 한나가 셋이 함께 있을 때 우리가 나누는 대화는 아주 달랐다. 말투도, 표정도 평소보다 조심스러웠다. 우리는 모두 덜 솔직해졌지만 누군가가 배제되지 않도록 공감대를 형성하며 서로를 배려했다. 셰리가 모르는 케이팝 얘기, 한나가 모르는 축구 얘기를 하지 않고 우리가 다 아는 얘기, 가령 학교 선생님의 비리와 관련된 루머나 마이클 잭슨 추모 콘서트 반응 같은 것을 나누었다.

내가 과외에 합류하기 전까지 셰리는 한나 얘기를 자세히 한 적이 없었다. 한나가 사립 고등학교를 준비한다더라, 한나네 엄마가 요즘 직장 일로 아주 바쁘다더라 같은 정보를 전해주긴 했지만 셰리가 한나를 어떤 아이로 보고 있는지는 알 수 없었다. 일부러 말을 아끼는 것처럼 보이기도 했고, 한나에 대해 할 말이 딱히 없는 것처럼 보이기도 했다. 나는 과외를 들으러 셰리 집에 가고서야 처음으로 셰리가 한나를 어떻게 생각하는지 알 수 있었다.

셰리는 로비에서 나를 기다리고 있었는데, 로비의 광경은 조금 특이했다. 경비원이 선글라스를 낀 채 데스크에 앉아 조용히 책을 읽고 있었고, 셰리는 그 앞에서 공도 없는데 가볍게 뜀박질을 하며 인스텝 킥을 연습했다. 멀리서 보면 춤을 추는 것처럼 보였다.

"안녕. 너희 아파트 멋지네."

"잘 왔어. 올라가자."

내가 건물 안에 들어서자 셰리는 곧장 움직임을 멈추고 엘리베이터 버튼을 누르며 주머니에서 카드 키를 꺼냈다. 다른 층에 가기 위해선 입주민만 사용하는 카드가 필요한 모양이었다.

"한나는?"

"먼저 도착해서 올라가 있어."

"내가 늦었나?"

"한나는 원래도 자주 일찍 와. 잘은 못 알아듣겠지만 아까는 이런 얘길 했어. 나랑 네가 부럽대."

"부럽대?"

한나로부터 이미 '너처럼 되고 싶어' 같은 말을 들은 적이 있어서 놀랍지는 않았다. 다만 한나가 셰리에게도 그렇게 솔직하게 말하는 줄은 몰랐기에 나는 셰리의 말꼬리를 따라 하며 되물었다.

"머리카락이 얼굴을 가려도, 표정이 어떻게 되어도 다른 사람들 시선을 신경 쓰지 않고 달리는 게 멋있대. 한국에서는 여자애들이 아주 잘 달리는 게 아니면 그럴 수 없대."

"걔가 그런 말을 했어? 네가 지어내는 거 아니야?"

셰리는 고개를 흔들었다. 한나는 영어를 못하는 거지 표현력이 아주 나쁘진 않다고 했다. 학교 아이들이 생각하는 것처럼 바보도 아니라고 했다. 듣는 사람이 열심히 들으면 그 애의 말이 들린다고 했다. 나는 셰리가 자신의 관점을 더 제대로 말해주길 바랐는데, 엘리베이터가 셰리의 집이 있는 층에 멈추자마자 그 애는 말을 돌렸다.

"너 바이올린 켜본 적 있어?"

"아니, 처음이야."

"처음에는 소리가 안 나서 좀 짜증 날 수도 있어. 하지만 그 단계만 지나면 꽤 재밌어져."

언젠가 셰리는 오케스트라를 택하지 않고 축구부에 들어간 것 때문에 엄마에게 크게 혼난 적이 있다고 했었다. 축구부가 오케스트라에 비해 쓸데없어 보여서 그랬으리라 생각했는데 그제야 이유를 알 것 같았다. 셰리는 축구를 할 때 고민과 불안이 많아서 예상치 못한 공의 이동 경로에 잘 대응하지 못했고, 모르는 것이 있을 때마다 어떻게 해야 하는지 모두에게 물어보고 다녔다. 반면 바이올린에 대해서는 모든 답을 아는 것처럼 확신에 가득 차 있었다. 입술 모양에서부터 자신감이 흘렀다.

"어떻게 하면 소리를 잘 내?"

"음, 활을 잘 잡고 줄을 너무 누르지 않으면서 적당히 밀어야 해. 느낌이 중요한 것 같아. 무엇보다 열심히 들어야지."

"바이올린 소리를?"

"응. 어떻게 해야 소리가 나는지보다, 그때그때 너의 자세와 움직임이 어떤 소리를 내려고 하는지를 잘 살펴봐. 그러면 금방 감을 잡을 거야. 이만큼 누르면 소리가 아예 안 나는구나, 이 정도로 빠르게 움직이면 소음이 나는구나, 이런 거."

장황하게 설명하던 셰리는 현관문을 열면서 미소 지었다. 너무 어렵게 생각할 필요 없다면서. 나는 그 말이 나를 안심시키려고 한 말이 아니라 뭔가 다른 의미를 더 내포하고 있다는 느낌이 들어서 입을 다물었다.

집 안에서는 한나가 튀어나와 우리를 반겼다. 한나는 셰리 엄마와 함께 간식을 먹고 있었다. 두 사람은 상당히 친해 보였다. 한나가 셰리 엄마의 옷을 보며 '빨간 원피스가 정말 예뻐요' 같은 칭찬을 하면 셰리 엄마는 중국어와 영어를 섞어 그 옷의 디자인이 어떤 보석에서 영감 받았는지 구구절절 말해주었다. 한나는 그 말들을 잘 알아들은 것처럼 보였다. '맞아요, 윗부분의 패턴이 루비라고 생각했어요!'라고 답하기도 했다. 셰리 엄마는 한나가 단어나 문법을 틀려도 고쳐주지 않고 자연스럽게 대화했다.

뒤이어 바이올린 선생님이 도착했고, 지지부진한 수업이 진행되었다. 바이올린을 잘 켜는 셰리와 바이올린에 대해 전혀 모르는 내가 같이 수업을 들어도 괜찮을지 걱정했었는데, 선생님은 우리를 거의 일대일로 봐주었다. 셰리는 한나와 내가 거실에서 기초를 배우는 동안 방에 들어가서 혼자 연습 시간을 가졌고, 한나는 자기가 아는 얘기가 나오면 득달같이 말을 걸며 내게 하나라도 더 가르쳐주려고 했다. 레가토가 무슨 뜻인지, 스피카토가 무슨 뜻인지 조잘거렸다.

수업은 항상 정해진 시각에 맞춰 끝났다. 수업이 끝나면 셰리는 집에 남아 계속해서 바이올린을 연습했고, 나와 한나와 셰리 엄마가 바이올린 선생님을 모시고 함께 로비로 내려갔다. 셰리 엄마는 우리를 배웅하면서 모르는 게 있으면 셰리한테 많이 물어보라고 말했다. 바이올린 선생님은 다음 주에 보자며 자신의 새빨간 소형차를 몰고 사라졌다. 나와 한나는 셰리 엄마와 경비원을 뒤로하고 아파트 입구에 서서 한나 엄마의 은색 차를 기다렸다. 금방 그런 일과와 풍경에 익숙해졌다.
"바이올린 수업 어땠어? 재밌었지?"
한나는 종종 집으로 돌아가는 차 안에서 내 팔을 껴안으며 몸을 흔들었다. 내가 그럭저럭 괜찮았다는 의미로 고개를 끄덕이면 '거봐!' 하고 꺄르르 웃었다.
그때마다 나는 한나의 이마에 내 이마를 맞대고 싶은 충동을 느꼈다. 그리고 곧, 그 감정이 마치 알레르기를 유발하는 과일처럼 여겨져서 나도 모르게 혀를 씹었다.

25

 과외가 끝나고 집에 돌아갈 때는 한나 엄마 또는 셰리 엄마에게 도움 받곤 했다. 한나 엄마는 주로 나를 차에 태워 데려다주었고, 한나 엄마가 다른 일정이 있는 날엔 셰리 엄마가 걸어서 우리 집까지 함께 가주었다.
 셰리 엄마는 축구부 연습이나 경기에서 몇 번 만난 적이 있어서 무섭거나 어색하진 않았다. 다만 내가 셰리 엄마의 말에 잘 반응할 수 없을지도 모른다고 생각했다. 내가 본 셰리 엄마는 매번 다른 축구부 엄마들과 큰 목소리로 농담을 주고받으며 호탕하게 웃고 있었다. 그는 다른 엄마들에게 먼저 연락해 조깅 모임을 주도하고, 종종 큰 바를 빌려 음대생들을 후원하는 연주회를 연다고 했다. 그곳에서 이웃들과 왁자지껄한 사교 시간을 가진다고 들었다. 셰리 엄마처럼 외향적인 사람과 어떤 대화를 나누어야 하는지 알 수 없어서 나는 셰리의 집에서 벗어나자마자 괜히 시선을 멀리 두고 머뭇거렸다.

그러나 내가 느꼈던 부담은 길을 걸으면서 천천히 어딘가로 날아갔다. 셰리 엄마는 나와 산책하며 이런저런 이야기를 들려주었다.

"10년 전인가, 한국에 가본 적이 있어. 셰리는 그때 셰리 아빠와 미국에 남았고 나는 항저우에 있는 가족들을 만나러 갔지. 한 달쯤 머물다가 여동생들과 여행을 가게 된 거야. 서울은 복잡한 곳이었어."

"아무래도 한국에서 가장 큰 도시니까요."

"큰 도시들이야 많이 가봤지. 하지만 서울은 특이하고 신기했어. 사람들이 다들 너무 바쁘고, 왠지 모르게 기운이 없었달까. 그런데 어린 사람들은 너무나 자유로워 보였어. 하긴 젊은이들은 어딜 가나 그렇겠지. 물론 내 개인적인 인상일 뿐이야. 제니는 한국에 살던 시절이 기억나니?"

"기억은 나죠. 그런데 너무 멀게 느껴져요."

"그게 무슨 뜻이야?"

"할머니, 할아버지, 초등학교, 친구들. 단편적인 기억은 나열할 수 있어요. 그런데 아무런 감상이 들지 않아요. 이야기가 하나로 이어지지 않는 것 같아요. 혹시 무슨 뜻인지 이해하셨어요?"

셰리 엄마는 '흐음' 하고 콧숨을 내쉬었다. 수긍하는 건지 의심하는 건지 알 수 없는 나직한 소리였다.

"어린 시절이 저 같지가 않아요."

쌀쌀한 바람이 한바탕 세차게 불었다. 낙엽 몇 장이 발치에 잠시 머물렀다가 떠나는 것이 보였다. 나는 셰리 엄마의 얼굴을 보지 않고 내 발만 보며 걸었다. 기억 속의 내가 도저히 나처럼 느껴지지 않는다고, 남의 하루를 들여다보는 기분이 든다고 덧붙이면서.

"이제 온 지 5년쯤 되었나?"

"네. 그보다 조금 더 될 거예요. 아줌마는요?"

"25년 정도 되었을 거야."

셰리 엄마는 코트 깃을 여미며 말했다. 너무 먼 것 같아도, 떠나고 싶어도 잃어버릴 수 없는 게 있다고 했다. 언젠가는 모든 게 하나로 꿰일 거라고 했다.

"만약 그렇게 되지 않아도 큰 문제는 아닐 거야."

고개를 든 내가 의심의 눈초리로 올려다보자 셰리 엄마는 씨익 웃었다. 그의 짧은 머리카락은 왁스로 꼿꼿하게 고정되어 있어서 강한 바람에도 전혀 휘날리지 않았다.

"너를 꼭 하나로 조합할 필요가 없으니까. 넌 다양해. 그게 우리 같은 사람의 장점이야. 이도 저도 아니어서 자꾸만 부딪히고 쪼개지지. 산산조각 나는 게 취미인 셈이야. 하지만 내가 25년간 여기 살면서 배운 건, 그 상태로 있어도 상관없다는 거야. 누가 밟고 가도 그 자식 발이나 다치겠지, 뭐."

셰리 엄마가 빠르고 거칠게 위로하며 웃었다. 나는 그 은유로 가득한 말이 좋았다. 문득 셰리 엄마가 한나 엄마만큼 신기했고, 궁금해졌다.

"아줌마는 어떻게 미국에 오게 됐어요?"

"단순해. 내가 가진 것들을 언젠가 낳을 자식에게 물려주고 싶지 않았어. 사상이나 문화, 상상의 부재 같은 거. 그런데 나 자신을 버릴 수는 없더라고? 결국 셰리는 너무 많은 걸 받아버리게 됐어.

셰리에겐 나도 있고, 미국도 있는 거지. 복이라면 복이지만, 복은 원래 벌이기도 하거든."

셰리 엄마는 신난 말투로 말하다가 한순간 다시 진지해졌다. 셰리 엄마는 내게 조금 더 가까이 붙으며 눈을 맞추어왔다.

"네가 축구 경기에서 한 일, 당한 일 들었어. 제니가 불편해할 거라면서 셰리는 절대 말도 꺼내지 말라고 했지만, 학교의 결정은 잘못된 거야."

"네? 전 주먹을 날렸는데요."

"물론 사람을 때린 건 잘못이지. 그런데 결코 너만 벌을 받아선 안 되었어."

그 말은 신선하게 들렸다. 아무도 내게 학교가 잘못했다는 말을 해주지 않았기 때문이다. 아이들 사이에서 나는 '인종차별에 맞서 싸운 아시안', '그러다 과격해진 중학생', '그러다 패싸움을 벌인 여자애', '그러다 정학을 당한 독선가' 정도였다. 아무도 내가 '혼자' 정학당한 것에는 관심이 없었다. 그 사실을 인정하고 싶지 않아서, 믿고 싶지 않아서 학교가 잘못했다는 말에 동의하기가 두려웠다.

"저, 아줌마도 가끔 고향이 그리우세요?"

"가끔? 난 항상 그래."

"그럼 왜 안 돌아가세요?"

셰리 엄마는 당황한 듯 눈썹을 높이 들어 올렸다. 나는 손사래를 쳤다.

"돌아가라는 뜻이 아니에요. 비난하려는 게 아니라 정말로 궁금해서 묻는 거예요. 저는 셰리랑 다르게 여기서 태어난 게 아니잖아요. 셰리는 여기가 고향이니까 어딘가로 돌아가는 선택지가 없을 것 같은데, 저는 자꾸만 돌아가야 할지도 모른다는 생각을 해요. 하지만 저희 가족은 한국에 집이 없어요. 여기에도 없죠. 여기서 집을 구하겠다고 했지만 그럴 수 없었죠. 한국 가족들과도 묘연해졌어요. 그런데 아줌마는 중국에 가족들이 있는 거 아니에요?"

"넌 만약 한국에 돌아가면 어떨 것 같은데?"

"거기선 적어도 칭챙총 소리를 듣다가 어떤 애를 때려눕히고 '혼자' 정학당하진 않았을 것 같아요. 거기선…… 좀 더 행복하지 않을까요?"

셰리 엄마는 고개를 흔들더니 아주 상냥한 말투로 말했다. 우리는 오솔길을 걷다가 골목 앞에서 방향을 틀었다.

"그건 행복하지 않은 네가 만들어내는 환영이야."

나는 발끈하듯 되물었다.

"그럼 저는 어딜 가도 행복하지 않은 건가요?"

"그런 뜻이 아니야. 행복하고 말고는 결국 너에게 달려 있어. 고향에 돌아간다고 차별을 겪지 않을까? 그곳만의 방식이 있겠지. 잘 봐, 한국에서는 제니가 있는 그대로 받아들여질까? 네가 기억하는 곳이 그대로 있을까? 기억은 제대로 나고? 너무 멀게 느껴진다면서."

우리는 내가 사는 아파트 건물 앞에 가까워지고 있었는데, 거의 동시에 속도를 조금 낮추었다.

"아니겠죠."

"가끔 친척들을 만나러 중국에 가면 사람들은 이렇게 말해. '쟤는 미국에서 온 사람이야, 아주 글렀어. 미국에서 좀 살았다고 중국어를 못하는 척해. 어떻게 중국인이 중국어를 잊어?' 그런데 내가 중국의 문화나 정치, 어떤 사안에 관해 말하려고 하면 '미국인이 감히 중국에 대해 떠들어?'라고 하고."

이도 저도 아니어서 부딪히고 깨진, 산산조각이 난 셰리 엄마는 말했다.

"어차피 어딜 가도 모든 사람을 만족시킬 수 없어."

그는 인사를 건네더니 나를 우리 아파트로 밀어 넣고 돌아섰다. 진눈깨비 비슷한 성긴 눈이 내리기 시작하고 있었다.

멀어져가는 셰리 엄마에게 소리쳤다.

"그럼 아줌마는 행복하세요?"

셰리 엄마는 코트 주머니에 두 손을 끼워 넣은 채로 몸을 굽히며 깔깔 웃었다. 그렇게 속 시원한 웃음은 난생처음 보는 것 같았다.

미련이 없다는 건 어떤 감각일까. 어딘가에 들러붙지 않아도 괜찮은 건 대체 어떤 상태지? 나는 셰리 엄마의 현명한 조언을 듣고도 단숨에 행복해지지 못했다. 아무도 만족시킬 수 없다는 건, 나조차 영원히 만족시킬 수 없다는 뜻으로 들렸다.

나는 집에 곧장 들어가지 않고 계단에 주저앉았다. 의심이 의심을 파생시켰다. 행복이 이미 내게 달려 있다고? 내 마음은 너무 많이 흔들려서 행복은커녕 어린 시절의 작은 추억을 매달기도 힘든데? 실은 셰리 엄마도 이민 24년째에, 아니 24년 11개월째에, 폐

허 같은 불안에서 잠시 벗어나 일시적인 빛을 본 건 아니었을까? 교회에 다니기 시작한 지 얼마 되지 않았을 때 구원받은 것 같다고 떠들던 우리 엄마가 잠시 겹쳐 보이기도 했다.

그러나 곧 깨달았다. 남의 경험을 거짓으로 치부하고 남의 호의를 깎아내리는 내 콤플렉스가, 바로 그 진부한 의심이 행복을 가리고 있다는 걸. 행복을 찾기 위해선 내 마음에서 뻗어 나온 지저분한 감정들을 잘라내야 했다. 가지치기해서 깨끗하게 만들어야 했다. 하지만 가지는 다시 자라고 말잖아. 잘라낼수록 더 굵고 길어질지도 모르지.

나는 셰리 엄마가 우리 동네에서 멀어질 때까지 자리를 지키다가 일어섰다. 몰래 볼링장으로 향하며 생각했다. 행복은 노래처럼 잠깐 재생되었다가 멈추는 것이라고. 어차피 사는 내내 시시때때로 상처 받을 것이고 아픈 감정들은 다시 자라날 테니 행복이란 건 그저 가끔 드러났다가 숨는 것에 불과하다고. 행복해지기 위해 노력할 필요가 없다고.

대신 내가 원하는 것을 이루면 된다고 생각했다. 그때그때 피어나는 희열이면 충분하다고 믿었다. 좋은 평가를 받는 근사한 사람들과 만나고, 그들에게서 관심 받으면서 순간순간을 즐기는 편이 덜 복잡해 보였다.

26

 남자 친구들과 사이가 깊어진 노라와 새라는 볼링장이 아니라 도시 외곽의 호숫가에 모이기 시작했다. 호수 모임의 구성원은 대부분 고등학생들이었다.

 나는 잠깐의 희열을 잔뜩 모으기 위해, 모임에 초대받기 위해 새라와 노라에게 일부러 호수 얘기를 자주 꺼내며 기웃거렸다. 공립학교에 진학하고 나면 나중에는 거의 만날 기회가 없을 사립학교 아이들을 만나보고 싶었다. 누군가 하나라도 나와 잘 통하는 사람이 있다면 친해지고 싶었다. 중학교에는 없는 내 진정한 짝이 있을지도 모른다고 생각했다. 무엇보다 새라와 노라, 그리고 나보다 일찍 어른이 될 고등학생들이 나를 중요한 존재라고 생각해주기를 바랐다. 어느 날 멀리 떠나게 되어도 나를 잊지 않기를 원했다. 그 애들에게 나를 각인시키고 싶었다.

 미래에는 도저히 내 자리가 없어 보였으니까. 나는 어른들의 세계에 구획이 나뉘어 있다고 믿었다. 남자와 여자, 부촌과 게토,

백인과 흑인, 빨강 아니면 파랑, 몇 가지 종교, 몇 가지 계급. 그런 뚜렷한 갈등 구조를 가진 지배적인 이야기에 들어가지 못하면 막간극이나 접속사가 되어버린다고 생각했다. 이도 저도 아닌 채로는 본편이 아니라 부록에서 미끄러지다가 사라질 거라고 생각했다. 세상이 본편과 부록으로 나뉘어 있다고 생각했다. 어른이 되기 전에, 내가 그 어디에도 속하지 않아서 내몰리고 도망 다니게 되기 전에 사람들에게 닿고 싶었다.

모임에 들어가는 조건은 간단하고, 특이했다.
"사귀는 사람이 있으면 돼. 그러니까 넌 사실상 언제든지 와도 돼. 근데 같이 와야 해."
"왜 하필 그런 조건이야?"
프롬 파티도 아니고 사적으로 만나서 노는 것뿐인데 남자 친구를 동반해야 했다. 내가 아니라 다른 사람이 내 존재를 증명해주어야 했다.
"모임 애들이 다 커플이니까."
새라는 어깨를 으쓱이며 말했다. 다들 짝이 있다고, 그런 분위기라고. 단호한 새라 앞에서, 나는 무의식적으로 수긍했다.
"그래? 혼자면 재미없긴 하겠다."
"호수가 은근히 위험해. 매년 익사하는 사람들도 있잖아. 누군가는 너만 보면서 돌봐줘야지."
"그래? 하지만 테일러를 봐. 오히려 내가 걔를 지켜줘야 할 것 같지 않아?"

두 손을 세워 평행하게 만들고 수직으로 흔들며 테일러의 마른 몸을 표현했다. 하지만 새라는 아랑곳하지 않았다.

"테일러랑 와, 그러면 아무도 불편해하지 않을 거야."

새라는 터미널에서 어느 버스를 타야 하는지, 몇 분이나 걸리는지 등 호수 모임에 대해 여러 가지를 일러주었다. 어느 날 새라가 모두 호수에 와 있다는 문자를 보냈고, 나는 곧장 테일러를 불러 함께 터미널로 향했다. 테일러와 나는 명확하게 사귄다고 확인한 적은 없었지만 테일러의 끈덕진 접근으로 연인 비슷한 상태가 되어 있었다. 그래서인지 테일러는 내 부탁을 잘 거절하지 않았다. 호르헤와 티모시를 만나는 걸 탐탁지 않게 여길 줄 알았으나 괜한 걱정이었다. 그 애는 고개를 흔들며 신경 쓰지 않는다고 말했다.

처음으로 호수에 간 날은 이런 식이었다. 바이올린 과외가 끝난 뒤 또다시 셰리 엄마가 나를 아파트까지 데려다주었고, 나는 셰리 엄마가 아주 멀어지는 것을 확인하자마자 터미널로 내달렸다. 내가 테일러와 이야기를 나누며 플랫폼을 찾기 위해 고개를 두리번거리고 있을 때, 한나로부터 전화가 걸려왔다. 한나는 당연히 내가 집에 있는 줄 알았을 것이다. 그 애는 내 목소리를 듣자마자 소리를 지르듯 물었다.

"너 어디야? 바깥 소리가 들리는데?"

"잠깐 나왔어."

"어딘데?"

한나는 핸드폰 너머로 들리는 테일러의 목소리를 단번에 알아채더니 이렇게 물었다.

"아, 테일러랑 있구나. 볼링장에 가는 거야?"

그 애는 내가 새라와 노라를 만나러 가는 건지 궁금해했다. 맞는지 아닌지 답하는 대신 나는 구구절절 딴소리를 늘어놨다.

"너도 알지, 새라가 축구부에 들어온 후로 내가 많이 가르쳐줬잖아. 슈팅, 자세 이런 거. 뭔가를 잘하는 게 누군가와 친해지는 데 은근히 도움이 되는 거 알아? 아무튼 그러다 보니 그 애들이랑 친해지면서 테일러도 좀 알게 된 거야."

어째서인지 나는 한나에게 더 변명해야 할 것 같은 기분이 들었다. 나와 그 애들의 관계가 이상하거나 위험하지 않다고, 한나와는 아무 상관이 없다고 말하고 싶었다. 내가 잘못을 저지르지 않았다고 생각해주길 바랐다. 그래서 모임에 고등학생들도 있다고, 그 애들과 인종차별에 관한 토론도 나눈다고 말했다. 그런데 한나는 가만히 있더니 대뜸 '테일러가 너를 좋아해?' 하고 물었다.

"어? 그렇다고 하더라고. 나도 특이하다고는 생각해."

"그게 왜 특이해? 너 좋아하는 애들 더 많을 거 같은데."

"한나, 넌 나를 과대평가하는 경향이 있어."

"아니야. 절대 아니야."

한나는 단호하게 답했지만 곧 다시 조용해졌다. 한나가 내게 실망했다고 생각했다.

"나도 네가 껄끄럽게 느낄 수 있다는 거 알아. 근데 걔들이…… 장난기가 많아서 그렇지 나쁜 애들은 아니야."

한나 앞에서 그 애들이 나쁘지 않다고 떠드는 게 잘못된 일이라는 건 알고 있었다. 그럼에도 불구하고 지껄였다. 그렇게 하면 내 속이 조금이나마 편해질 것 같아서. 한나의 기분을 해쳐서라도 내 기분을 낫게 하려고.

"그래?"

"나도 처음에 얘네 별로라고 생각했거든? 근데 그냥 가끔 장난이 심한 거야. 친해지면 웃기고, 재밌어."

"그렇구나."

한나는 동의하지 않지만 내게 맞춰준다는 듯한 말투로 말했다.

"노라가 너도 같이 놀자고 했어. 네가 정말 착한 것 같대. 저번에 너한테도 자유의 여신상 줬잖아. 그거 받은 사람 나, 새라, 테일러…… 하고 몇 명 안 돼."

엄밀히 따지면 거짓은 아니었지만 그렇다고 진심도 아닌 말을 술술 늘어놓았다. 매표소에서 버스 티켓을 사 온 테일러는 계속 한국어로 말하던 내가 자기 이름을 언급한 걸 알아채고 우리 대화를 궁금해했다.

"테일러도 너한테 사과한다고 했어. 내가 그렇게 하라고 했어."

"진짜?"

"응. 진짜야. 학교에서 테일러 본 적 있어? 아니면 다음에 너도 같이 오자. 우리 요즘 볼링장은 잘 안 가고, 호수에서 놀거든. 다음에 호수에서 테일러한테 정식으로 사과시킬게."

나는 내가 세상에서 가장 싫어하는 가증스러운 화법을 구사하며 한나를 타일렀다. 한나보다 테일러를 더 의식하는 바람에, 한나의 입장을 전혀 생각하지 않고 수없이 테일러의 이름을 말했다.

"대신 비밀 지켜줘. 절대 너희 엄마한테 내가 멋대로 외출했다고 말하지 마. 우리 엄마가 알면 난 진짜로 쫓겨나."

나는 전화를 마무리할 때쯤 내가 기꺼이 지켰어야 할 모든 예의를 깨고 제멋대로 행동했다.

"언제 들어가는데?"

"늦게는 안 들어가. 당연히 나도 엄마한테 들키면 안 되니까 시간은 잘 본다고. 하나도 안 위험해."

"알았어. 잘 놀다가 와!"

한나는 작게 속삭이며 나를 응원해주었다. 그 애는 전화가 끊기기 전에 더 작은 목소리로 말했다.

"나도 호수 보러 가고 싶어."

내게 들리지 않을 줄 알았겠지만 나는 한나의 독백을 똑똑히 들었다. 가슴이 철렁 내려앉았다. 양심이 아주 긴 혈관이라면 누군가가 주사기를 찔러 넣어서 그 혈관의 피만 전부 뽑아가는 것처럼 느껴졌다.

한동안 핸드폰 화면을 바라보면서 폴더를 닫지 못했다. 다시 전화를 걸어서 '사실 내가 잘못 말했어. 노라가 너를 초대할 일은 없을 거야'라고 말해야 할지 아니면 가만히 있을지를 고민했다. 테일러는 멍해진 내 얼굴을 한참 들여다보더니 한나가 무슨 말을 했는지 물었다.

"내 이름도 들은 것 같은데, 무슨 대화를 했길래 넋이 나간 거야?"

"별거 아니야. 그냥 너랑 같이 있다고 했어."

"별거 아닌데 표정이 왜 그래?"

테일러는 장난스러운 말투로 조언했다. 진지하고 침울한 표정은 재미가 없다고, 무거운 생각을 하는 사람은 재미없는 사람이 되는 거라고. 그러면서 내 어깨에 팔을 두르고 손으로 내 팔뚝을 문질렀다. 내가 재밌어지기를 간절히 바라는 듯한 스킨십이었다.

우리는 무사히 버스를 타고 호수로 향했다. 오후 3시를 조금 넘긴 때라 그리 어둡지 않았지만 먹구름 때문에 하늘이 흐렸다. 도시를 벗어나자마자 펼쳐지는 숲은 회색 하늘과 어우러져 스산해 보였고, 세상이 온통 멸망 후의 시점을 덮어쓴 것 같았다. 그 일정하고 침울한 풍경은 대여섯 개의 정류장을 지나서야 슬슬 끝이 났다.

호수에 가까워질수록 희미한 윤슬이 보였다. 구름이 잔뜩 끼어 있는데도 어딘가에 빛이 새고 있다는 걸 실감하게 하는 아름다운 반사광이었다.

나는 윤슬에 시선을 고정하고 싶었다. 하지만 테일러가 이동하는 내내 내 손과 팔, 뺨과 턱과 입술을 만져서 집중할 수 없었다. 아무런 감흥이 없었지만 나는 그 애의 여자 친구 역할을 수행하느라 반응을 해주어야 했다. 손을 맞잡는다든가, 깍지를 껴준다든가 하면서 말이다. 어떤 표정으로 그 애를 바라봐야 하는지, 어떤 몸짓이 적절한지 알지 못해 혼란스러웠으나 나름대로 애를 썼다. 영어를 열심히 공부했던 때처럼 연애의 통사론을 익히기 위해 노력했다.

그런데 그건 언어와는 아주 다른 영역이었다. 영어는 다른 사람의 말을 베끼고 외우면 그것으로 내가 하고 싶은 말을 할 수 있지만, 연애는 주변을 둘러보며 다른 커플들처럼 행동하려 해도 베낄 수가 없었다. 내 상대인 테일러조차 참고할 수 없었다.

왜냐하면 나는 테일러와 아무것도 하고 싶지 않았기 때문이다.

실토하자면 테일러가 나를 껴안을 때보다 새라가 화장을 해주겠다며 가까이 다가올 때 더 긴장되었고, 내가 한나를 안아주었을 때가 더 편안했다. 육체적으로도 정신적으로도 테일러는 일종의 공백 같았다. 있어도 있는 것 같지 않은, 만져도 만지는 것 같지 않은 텅 빈 존재였다. 그 애와 대화를 하거나 마주 보면서 웃을 수는 있어도 사랑 흉내를 내기는 어려웠다. 심지어 나는 테일러가 나를 어떻게 생각하는지에 대해서도 관심이 없었다.

내가 굳이 테일러와의 관계를 발전시킨 건, 중학교의 폐쇄적인 사회에서 활동하는 데 도움이 되고, 새라와 노라와 티모시와 호르헤의 모임에 다가갈 수 있는 토큰이었기 때문이다.

언젠가 볼링장에서, 새라는 말했다.

"넌 테일러가 필요해. 네가 혼자 어색한 건 우리도 싫어."

내가 무리에 끼기 위해선 테일러가 필요한 것처럼 말했다. 노라는 새라를 거들며 이렇게 말했다.

"테일러 걔 웃기긴 하잖아. 너도 걔를 어느 정도 인정하지?"

테일러를 긍정적으로 생각하게끔 유도하는 말이었다. 솔직히 그 애들의 말투는 너무나 작위적이어서 딱 봐도 자기들에게 집적거리는 테일러를 내게 버리려는 의도를 알아볼 수 있었지만, 나는 여자애들에게 잘 보이기 위해 테일러를 곁에 두었다. 심지어 호수에 가서 우리가 짝이 된 모습도 보여주었다.

호수 공원에 도착하고 곧장 가게들이 있는 쪽으로 걸었다. 새라와 노라가 당연히 사람들이 많은 곳에서 아이스크림 같은 걸 먹고 있을 줄 알았기 때문이다. 그러나 테일러는 나를 붙잡으며 그쪽이 아니라고 말했다.

"너 여기 와본 적 있어?"

"호수에? 당연하지. 난 이 동네에서 태어났는데."

"아니, 그 뜻이 아니라 이 모임에 온 적이 있냐고."

테일러는 고개를 끄덕였다. 나는 그 애가 고등학생들과 친하리라고는 생각하지 못해서 솔직하게 말했다.

"너는 고등학생들의 사회와 너무 어울리지 않는데?"

"사회는 무슨. 이건 그저 그런 파티일 뿐이야."

그 애는 나를 데리고 호수의 가장 큰 잔교와 공원의 관리 사무소, 가게들, 수영장으로부터 먼 곳으로, 아주 외진 곳으로 걸어가며 덧붙였다.

"두어 번 왔었어. 내가 그 형들한테 새라랑 노라를 알려준 거야. 볼링장에 가면 있다고."

"전혀 몰랐어."

"걔들도 몰라. 비밀이야."

"사귀는 사람이 있어야 올 수 있다던데?"

"누가 그래?"

"새라가."

"말도 안 돼. 걔들이 나중에 만든 규칙이겠지."

테일러가 나를 데리고 향한 곳은 '출입 금지'라고 적힌 표지판

너머였다. 표지판의 페인트가 다 벗겨져서 그 아래에 적힌 '카약 대여소'라는 글자가 훤히 노출되어 있었다.

새라와 노라가 불러주기 전까지 나는 호수 공원이 어떻게 사용되고 있는지 잘 몰랐다. 여름마다 사람들이 가족 단위로 놀러 가는 곳 정도로만 알았다. 그런데 사람들이 많이 다니는 휴양지는 호숫가의 극히 일부였고, 고등학생들은 공원 측이 아주 오래전에 운영하다가 이용객 감소로 닫아버린 카약 대여소나 방치된 작은 다리 밑에서 모였다. 그곳이 여자애들이 말한 '잘 노는' 고등학생들의 아지트였다.

관리가 전혀 안 된 너저분한 카약 대여소 앞에 다다르자 사람들이 웃고 떠드는 소리가 들렸다. 곧 새라가 대여소 건물 밖으로 나왔고, 그 애는 나와 테일러를 보자마자 손을 흔들며 웃었다. 기분이 아주 좋아 보였다.

대여소는 먼지가 잔뜩 낀 유리와 막힌 창구 때문에 안이 잘 보이지 않았다. 나는 기대를 품으며 새라를 따라 대여소 안으로 들어갔다. 그런데 안도 마찬가지로 몇 년 동안 빨지 않은 듯한 담요와 쓰레기가 굴러다녀서 누추했다. 하트빌에서 사립 고등학교를 다니며 부유한 축에 속하는 애들이 우리 집보다도 남루한 곳에 와서 논다는 게 믿기지 않았다.

어안이 벙벙한 채로 주위를 둘러보고 있을 때, 호르헤와 티모시가 내 앞에 나타났다. 그들을 비롯한 대부분이 볼링장에서 이미 봤던 고등학생이었지만 처음 보는 사람들도 꽤 있었고, 한두 명은 대학생처럼 보였다.

테일러는 호르헤와 티모시에게 눈인사를 보내고는 건물 밖에 시선을 두었다. 그러더니 곧 아는 얼굴들을 발견했는지 대여소 건물 뒤편으로 향했다. 그곳엔 호수 가장자리에 정박한 카약 위로 올라가 잔잔한 물살을 즐기고 있는 사람들이 있었는데, 뒷문이 열려 있어서 나는 건물 안에서 그들이 뭘 하는지 지켜볼 수 있었다. 테일러는 그들이 건네는 두 병의 음료수를 거절하며 고개를 흔들었다.

모임 인원은 다 합쳐도 열댓 명 정도밖에 되지 않았다. 나는 호르헤로부터 축구부의 자랑이라는 소리를 들으며 새라와 티모시와 노라와 호르헤가 앉은 소파 맞은편에 앉았다.

"너도 내년에 우리 학교 오는 거야?"

나는 고개를 흔들었고, 그들은 아쉬워하는 얼굴로 말했다.

"네가 우리 학교에 와야 여기도 좀 재밌어질 텐데."

"그렇게 말해줘서 고마워."

"우리 학교 여자 축구부가 너를 기대하고 있을 거야. 생각을 바꿔볼 수 없어?"

내가 사립학교에 진학하지 못하는 건 내 생각과 전혀 상관없는 일이었지만 티모시는 그걸 전혀 모르는 것 같았다. 내가 새라와 노라의 친구라서 그들과 비슷한 집에 사는 줄 알았을 것이다. 아니면 다 알면서 일부러 나를 놀리는 것이었거나.

"전혀. 팀들은 문제 일으키는 선수 안 좋아해. 내가 걸핏하면 상대 선수를 팬다고 생각할 거야."

"넌 그런 애가 아니잖아."

새라와 노라가 동시에 말했다. 그건 이렇게 들렸다. 넌 그렇게 난폭하지 않잖아, 넌 내면이 여린 여자애잖아. 보기보다 부드럽잖아. 위로가 아니라 선고처럼 들렸다.

"제니. 왜 그렇게 생각해? 네가 아무나 팬 것도 아니잖아. 난 네 행동이 정의로웠다고 봐."

호르헤는 갑자기 정의를 논하며 자기들이 다니는 학교의 축구부원들이 절대로 나를 나쁘게 생각하지 않을 거라고, 네 행동은 폭력이 아니라 저항이라고, 이 사회가 공정하지 않아서 네가 어쩔 수 없이 인종차별주의자를 응징한 거라고, 같은 이민자로서 너를 응원한다고, 장황한 연설을 늘어놨다. 말을 너무 많이 했는지 그는 목이 마를 때마다 노란 음료수를 들이켰다. 테일러가 거절한 음료수를 호르헤는 물처럼 마셨다. 나는 호르헤의 이야기를 흥미롭다는 듯 듣고 있던 티모시를 자세히 보았다. 그는 이따금 손뼉을 치거나 맞장구를 쳤고, 신난 얼굴로 웃었다. 티모시의 과장된 호응 때문에 호르헤의 연설이 무대 위의 연기처럼 보였다.

그날 고등학생들은 하나같이 초록색 탄산음료가 들어 있어야 할 플라스틱 병에 미적지근해 보이는 노란색 음료를 담아 마시고 있었다. 새라의 집에 놀러갔을 때 간혹 비슷하게 생긴 음료를 마셨는데, 똑같은 상품인지는 알 수 없었다. 그건 정말이지 하나도 위험해 보이지 않았다. 발포 비타민을 넣은 물과 비슷한데, 색이 형광에 가까웠다. 왜 전부 그것만 마시고 있는지 의아했을 뿐이다.

나는 한두 시간쯤 놀다가 테일러와 함께 먼저 돌아가기로 했다. 우리가 인사를 하러 돌아다니는 동안 새라와 노라는 수리가 되지 않아 곧이라도 가라앉을 것처럼 흔들리는 낡은 잔교 위에 앉아 있었다. 그 애들은 느긋해 보이기도 하고, 지쳐 보이기도 하고, 정신없어 보이기도 했다. 호수에 종아리까지 담근 채로 잠들 것처럼 보였다. 나는 두 사람의 어깨를 잡고 살짝 흔들며 핀잔을 주었다.

"이러다가 빠지겠어."

"어, 제니. 가는 거야?"

"왜 먼저 가는 거야. 그렇게 재미없는 애가 될 거야?"

"먼저 가는 게 재미없는 애가 되는 거야?"

"물론이지. 좀 더 놀다가 가."

"내가 엄마한테 밖에 나온 걸 들키면 여기를 아주 뒤엎으러 올 걸. 그건 아무한테도 도움 되는 일이 아니겠지."

새라는 내 말을 듣자마자 손뼉을 짝짝 치며 웃었다.

"너희 엄마가 여기를 뒤엎는다고?"

노라가 새라의 비웃는 말투를 포착한 듯 새라의 팔을 잡고 흔들었다. 눈치를 주는 것 같았다. 나는 그때 어떤 표정을 지어야 할지 몰라서 떨떠름한 표정으로 새라를 바라봤는데, 새라는 목소리를 몇 번 가다듬더니 '그런 일이 일어나면 안 되지. 얼른 가봐' 하고 수습하듯 덧붙였다.

테일러는 새라와 노라에게 인사말을 건네거나 눈을 마주치지도 않고 딴청을 피우다가 빨리 가자며 나를 붙잡아 당겼다. 우리는 왔던 길을 되돌아서 하트빌로 돌아갔는데, 올 때와 달리 거의 대화하지 않고 창밖만 보았다.

"왜 이렇게 조용해? 재미없게."

호수에서 멀리 벗어났을 때, 나는 테일러를 괜히 콕 찌르며 한마디 했다. 테일러는 '어떻게 사람이 항상 재밌어? 난 거의 매일 재밌어서 잠깐은 재미없어도 돼' 하며 너스레를 떨다가 관자놀이를 창가에 기대더니 어느 순간 눈을 감고 있었다. 테일러는 버스에서 내리기 직전에 깨어났고, 내가 사는 아파트 근처까지 나를 데려다주고 돌아갔다.

나보다 훨씬 늦게 집에 온 엄마는 빨래가 개어져 있고 설거지가 되어 있는 것을 보자 다정하게 '밥은 먹었어?' 하고 물었다. 내가 바이올린 과외가 끝나고 곧장 집에 와서 집안일을 했다고 믿는 눈치였다. 며칠이 지나도 아무도 내가 남자 친구와 시외로 나가 호숫가에서 자유롭게 놀았다는 소문이 돌지 않았다. 내가 부탁한 대로 한나가 비밀을 잘 지켜준 것이다.

27

두 번째로 호수에 놀러 간 날도 바이올린 과외가 있는 날이었다. 한나 엄마가 어김없이 나를 데리러 왔고, 한나는 차를 타고 이동하며 끊임없이 나를 칭찬했다.

"엄마, 제니가 얼마나 바이올린을 빨리 배우는지 알아? 선생님도 제니가 신중하게 소리를 내려고 한다고 했어. 잘 켠다는 뜻이지? 〈반짝반짝 작은 별〉도 금방 외웠어."

한나는 내가 민망해하든 말든 개의치 않고 맑은 눈을 반짝이며 말했다. 신중하게 소리를 내려고 한다는 건 서투른 연주를 창피해하느라 괜히 튜닝을 오래하다 보니 준비 시간이 길어진다는 뜻이었지만, 한나는 뭐든지 자기 멋대로 해석하며 조잘거렸다.

"잘됐네, 제니야. 한나가 연습했던 곡도 거의 다 배웠다며."

나는 한나보다 뒤늦게 바이올린을 시작했지만 한나의 진도가 한참 더뎌서 그때쯤 우리는 비슷한 단계에 머물렀다. 내가 하루이틀 더 집중력을 발휘하면 한나를 추월할 수도 있었다.

"아, 네. 바이올린이 생각보다 재밌어서요."

한나 엄마는 백미러로 나를 바라보며 미소 지었다. 나는 한나 엄마의 눈을 보며 그가 듣고 싶어 할 것 같은 말을 했다. 배우길 잘했다는 생각이 든다고. 악보도, 소리도 전과는 다르게 뜻이 있는 것처럼 느껴진다고. 감사하다고.

"제니는 바이올린 소리가 바람 소리 같대. 엄마도 똑같은 말 했었잖아."

나는 한나와 한나 엄마를 번갈아 보다가 말했다. 어떤 현은 길게 문지를 때 바람 소리가 나고, 짧게 두드릴 때 새 지저귀는 소리가 난다고. 주전자 끓는 소리가 날 때도 있고, 빙판에서 넘어지는 듯한 소리도 있다고. 그런 음들이 모여서 노래가 되는 게 마치 단어가 모여서 문장이 되는 것처럼 느껴진다고. 그래서 연주를 하면 작곡가의 생각을 따라가는 기분이 든다고. 모르는 사람과 함께 시간을 보내는 기분이 든다고. 나는 작문 숙제를 한나 것까지 두 배로 하느라 어느 순간부터 일정한 원칙을 따르는 짧은 감상문을 기계처럼 뽑아낼 수 있었다.

"나도 한때 그런 생각을 했었어. 예술이 거의 그래. 어떤 작품을 왜 만들었는지 추측하게 만들잖아. 모르는 사람을 이해해보려고 하게 만들어."

한나 엄마는 운전대를 두 손으로 꽉 쥐며 의욕 넘치는 말투로 말했다. 나는 사실 한나 엄마의 차를 탈 때마다 그가 남편에게 맞는다는 이야기가 떠올라서 찝찝했다. 더는 한나 엄마의 새것 같은 정장과 진주 귀걸이, 찬란한 머릿결과 은색 자동차가 눈에 들어오지 않았다. 운전대를 잡은 손등 위에 난 가로로 긴 상처 같은 것만 보였다. 내 종아리에 난 상처들처럼 길고 가느다란 물건으로 여러 번 내려쳐진 게 분명했다.

나는 한나 엄마를 위로하고 싶었지만 어떻게 해야 할지 알 수 없었다. 그래서 나도 모르게 바지를 걷고 한나에게 내 종아리에 난 피멍을 보여주었다. 한나는 나와 자기 엄마의 대화를 멍하니 듣다가 화들짝 놀라며 내 다리를 매만졌다.

"아빠한테 맞은 게 아직도 남아 있는 거야?"

"생각보다 오래가더라고."

그러자 한나 엄마는 말도 안 되는 이야기를 들은 것처럼 경악하면서 어떻게 귀한 딸을 때릴 수 있냐고, 세상에 맞아도 되는 사람은 없다고 말했다.

"제가 다른 애를 때렸으니까 맞은 거죠."

"그래도 체벌은 심각한 문제야. 아줌마가 너희 집에 대해 함부로 얘기할 수는 없지만 만약 제니에게 도움이 필요하면 꼭 말해줘야 해. 알겠지?"

"네, 감사해요."

특정한 반응을 기대한 것은 아니었으나 그렇게 선을 긋는 듯한 반응을 예상한 것도 아니었다. 나는 할 말을 잃고 조용해졌다. 도와주겠다고, 손을 뻗겠다고 말하는 것이 때로는 우리가 다르다는 걸 명백하게 만든다고 생각했다.

한나 엄마는 그때 아주 작게 읊조렸다.

"한나 아빠는 한나 절대로 안 때려."

한나 엄마의 독백은 어딘가 이질적이었다. 약속을 할 때처럼 단호한 말투였다.

셰리네 아파트에 도착할 때까지 그 말은 내 귓가를 계속 맴돌았다. 한나는 자기 엄마의 혼잣말을 못 들은 건지 태평한 얼굴로 창밖만 보다가 크리스마스 장식으로 꾸며진 아파트 입구를 보자마자 탄성을 질렀다.

"트리 봐!"

작은 전구들을 두른 크리스마스트리가 반짝였다. 새빨간 포인세티아로 장식한 창틀이 눈에 띄었다. 심지어 경비원은 우리가 차에서 내리자마자 주머니에서 루돌프 머리띠를 꺼내 썼다. 언제나 엄중한 얼굴로 사람들을 맞이하던 그가 그날만은 웃어주었다.

"다음 주가 크리스마스인데 그때도 이거 쓸 거예요?"

"다음 주는 휴가야."

그는 선글라스를 살짝 들어 올려 나와 눈을 맞추더니 윙크를 하면서 말했다.

"메리 크리스마스."

"메리 크리스마스."

나와 한나는 동시에 대답했고, 경비원은 셰리가 내려와 우리를 엘리베이터에 태워줄 때까지 루돌프 머리띠를 벗지 않았다.

셰리는 언제나처럼 방에서 혼자 어려운 클래식 곡을 연습했고, 나와 한나는 한 시간 반 동안 〈징글벨〉을 연습했다. 한나는 내가 자기보다 빠르게 바이올린을 익히는 것에 조금 우울해하는 것 같았는데, 크리스마스를 앞두고 있다는 사실을 상기시켜주면 다시 기뻐했다.

바이올린 선생님도 우리를 위한 크리스마스 선물을 준비해 왔다. 선물은 두 가지였다. 하나는 수업을 조금 일찍 끝내주는 것이었고 다른 하나는 비즈 팔찌 만들기 재료였다. 셰리가 킥킥거리며 '이런 팔찌는 여름에 만드는 거 아니에요? 이게 크리스마스랑 무슨 상관이에요?' 하며 선생님을 놀렸지만 선생님은 '크리스마스에 너희가 받는 건 전부 겨울 물건일 텐데 이런 게 오히려 특별하지' 하면서 구슬로 꽉 찬 작은 상자들을 내밀었다. 우리는 이내 끈과 구슬을 나눠 가지며 팔찌를 만들기 시작했다.

"각자 원하는 디자인으로 두 개까지 만들 수 있어."

나와 셰리는 동시에 유치하다고 불평했다. 그러면서도 우리의 손은 상자들을 뒤지고 있었다.

나는 팔찌를 두 개밖에 만들지 못한다는 걸 알자마자 새라와 노라를 떠올렸다. 수업이 끝나고 호수에 가기로 했기 때문이다. 그 애들이 비즈 팔찌 같은 것에 전혀 관심이 없을지도 몰랐지만 혹시라도 좋아할 수 있으니 예쁘게 만들어서 가져갈 생각이었다. 내가 손목에 차고 있다가 걔들이 호기심을 가지면 '줄까?' 하고 호의를 보이면 될 것 같다고, 꿈같은 계획을 세웠다.

"테일러와 나눠 가지려고?"

내가 똑같이 생긴 구슬들을 테이블 위에 나란히 올려두자 셰리가 의아해하며 물었다. 나는 테일러에 대해서는 전혀 생각하지 않고 있었기 때문에 당황하며 눈썹을 찌푸렸다. 좋아하지 않는 것을 넘어 생각조차 나지 않는 남자 친구는 여러모로 우스꽝스럽고 유감이었다. 내 팔꿈치 아래 낀 가짜 증명 서류 같았다. 솔직히 말하면 그 점은 아주 흡족스러웠다.

맞은편에 앉은 한나는 알파벳이 새겨진 구슬을 조심스럽게 감별하고 있었다. 유전자 실험이라도 하는 것처럼 어느 때보다 진지했다. 나는 팔찌 하나를 완성해갈 때쯤 한나가 무슨 단어를 조합하고 있는지, 스펠링이 틀리진 않았는지 확인하려고 고개를 들었다. 그 애는 J, E, N, N, Y를 배열해서 실에 꿰어 넣고 있었다.

"뭐야, 그건?"

내가 말을 걸자 한나는 크게 몸을 휘청이며 놀랐다가 빠르게 손을 움직이더니 팔찌를 완성해 내게 건넸다.

"1년 반 동안 너한테 신세도 많이 지고, 널 힘들게 했잖아. 그래도 난 너랑 계속 친하게 지내고 싶어. 선물이야."

두 손에 들어온 한나의 팔찌를 보자마자 온몸에 소름이 돋았다. 알록달록한 구슬들이 손에 붙어서 떨어지지 않을 것 같은, 저주받는 듯한 느낌이 들었다.

"왜, 마음에 안 들어? 다른 색으로 바꿔 낄까?"

바로 손목에 껴보지 않고 애꿎은 알파벳만 노려보는 나를 본 한나가 다시 구슬 상자를 건드렸다. 내 기분을 염려하는 그 애의 얼굴이 너무나 가련해 보였다. 내 안중에는 한나가 없는데 한나에게 나는 왜 그렇게 소중했을까. 연애의 통사론을 배우는 데는 실패했지만 배운 적도 없는 짝사랑의 언어를 나도 모르는 사이에 전부 읽을 수 있게 된 것 같았고, 너무나 민망해서 공기 중으로 사라지고 싶었다.

머릿속에 생각이 오선을 그리며 흘렀다. 높은음자리에서는 수치와 미안함이, 낮은음자리에서는 우울이 빼곡하게 움직였다. 나는 손에 쥐고 있던 미완성의 팔찌를 전부 해체하고 알파벳 구슬을 천천히 뒤졌다. T 세 개와 L 두 개, O 한 개를 골라 방향을 돌려서 'ㅎㅏㄴㄴㅏ'를 조합해주었다. 색깔은 한나가 좋아하는 파란색으로만 고르려 했지만 구슬이 부족해서 하늘색이나 녹색도 간혹 섞었다. 한나는 아주 대단한 기술이라도 본 것처럼 우와, 대박, 헐 하며 기뻐했다.

"영어로 내 이름을 만들어줬어."

한글을 모르는 셰리가 왜 알파벳 T를 전부 눕히거나 뒤집었는지를 궁금해하자 한나가 들뜬 목소리로 답하더니 종이에 '한나'라는 단어를 썼다. 셰리는 자기 이름을 한글로 적으면 어떤 모양인지 물었고, 한나는 셰리의 이름도 적어주었다. 나는 T와 L과 I를 여러 개 골라서 방향을 돌려가며 셰리의 팔찌도 만들었다. 방향이 딱 맞지는 않았지만 셰리도 선물을 마음에 들어했다.

곧 모든 팔찌가 완성되었고, 한나는 셰리에게 한글을 알려줄 수 있어서 방방 뛰며 좋아했다. 그러나 나는 친구들의 웃음 사이에서 혼자가 되는 기분이었다.

한나는 엘리베이터를 타고 내려가는 동안 셰리 엄마에게도 내가 만들어준 팔찌를 열심히 자랑했다. 셰리 엄마는 팔찌를 톡톡 건드리며 나를 향해 웃어 보였다. 평화롭고 안전하고 따뜻한 순간이었다. 그런데도 나는 한나의 허무맹랑할 정도로 순진한 얼굴 때문에 머리가 아팠다. 마음이 찢어질 것 같았다. 반으로 넓게, 또는 여러 갈래로 거칠게 찢어지는 게 아니라 누군가가 가장자리만 잘근잘근 끝도 없이 썰어버리는 것 같았다.

나와 한나는 셰리 엄마에게 인사하고, 루돌프 머리띠를 썼던 경비원에게도 인사한 뒤 아파트를 떠났다. 문을 나서기 직전, 나는 한나를 먼저 내보내고 뒤를 돌아보았다.

경비원은 언제나처럼 CCTV를 보거나 책을 읽고 있었다. 선글라스를 벗은 그는 평소보다 피곤해 보여서 위압감이 덜했다. 우리를 데리러 온 한나 엄마가 차를 끌고 아파트 입구 앞까지 이동하는 동안 나도 모르게 경비원에게 말을 걸었다.

"그 책은 뭐예요?"

"이거? 시집이야."

나는 그가 들고 있던 책이 소설도 아니고 시집이라는 것을 알자마자 클래식을 듣는 우리 엄마를 떠올렸다. 그 사람에게도 혹시 '교양'에 대한 강박이 있는지, 시를 읽는 모습을 전시하려는 의도가 있는지 궁금했다. 그러나 그는 내게 더 시선을 주지 않았고, 자신이 어떤 글을 읽고 있는지 구체적으로 말해주지 않았다.

"근데, 시가 뭐예요? 뭔지 모르는 건 아니지만 누가 만약 시가 뭐냐고 물어보면 설명하기 어려울 것 같아서요."

"글쎄, 나도 시가 뭔지 말할 수는 없어."

그는 어깨를 으쓱였다.

"하지만 시가 뭔지 정확히 말할 수 있는 사람이 오히려 수상하지. 시는 원래 손에 잘 잡히지 않으니까."

"그럼 시를 왜 좋아하세요? 뭔지 정확하게 말할 수도 없는데."

"꼭 정확하게 말할 수 있어야만 좋아할 수 있나?"

"정확하게 말할 수 없다는 건 모른다는 뜻이니까요."

"모든 사람에게 시는 다 제각각이야. 다들 다른 정의를 내릴 수도 있어. 내가 시를 좋아하는 이유는……."

경비원은 공상하는 눈빛으로 허공을 보다가 장난스럽게 말했다. 그는 어딘가 한나를 닮아 보였다.

"시는 나를 키웠거든."

"시가요? 아, 시인이요? 부모님이 시인이세요?"

"시인이 아니라 시가 나를 키웠다니까."

"시가 아저씨를 키웠다고요? 아, 자라면서 많이 읽었다는 뜻인가요?"

나는 그의 말을 잘 이해하지 못했고, 그는 비웃지 말라며 더 자세히 설명했다.

"시는 나를 때리고 부수면서 키웠어. 내가 거짓말을 하면 당장 내 집에서 나가라고 소리를 질렀지. 정신 안 차려? 몇 번을 말해야 알아들어? 숙제 안 해? 밥 먹어! 싫어? 싫으면 당장 내 집에서 나가! 뭐 이런 식으로 호통치면서."

그는 직전까지 전혀 쓰지 않았던 라티노 악센트를 쓰면서 라티노 부모의 말투를 모사했다. 나는 그의 말을 듣는 순간 손뼉을 치며 웃었다. 그러고는 다시 한번 잘 지내라는 인사를 하고 유리문

너머에서 나를 부르는 한나를 따라 밖으로 향했다.

경비원은 시가 무엇인지 정의하거나 설명하지 않았다. 하지만 그는 시와 자신의 관계를 말해주었고, 나는 그의 가정이 우리 집안과 닮아 있다는 걸 알아챘다. 그와 나 사이에는 순식간에 우리만 알아볼 수 있는 코드가 나타났다. 눈에 보이지 않지만 서로를 연결하는 가느다란 끈 같은 것이 있었다. 혹시 시는 바로 그 코드가 아닐까? 나는 시가 허공에 수놓인, 가끔 여러 사람이 동시에 발견하는 글자들이라고 믿기로 했다.

시에 대해 생각하고, 한나에 대해 생각하고, 관계들에 대해 생각했다. 정서, 분위기, 사람들에 대해 생각했다. 매일 무언가를 새롭게 알게 되는데도, 배우고 깨닫는데도 왜 마음의 틀은 근본적으로 바뀌지 않는지에 대해 생각했다. 왜 원하던 것을 계속 원하고, 두려운 것은 계속 두렵고, 집착을 놓을 수 없는지에 대해 생각했다.

한나 엄마가 나를 집에 내려주자마자 나는 잠시 아파트 복도 구석에 숨어 있다가 터미널로 향했다. 그곳에서 기다리던 테일러와 함께 호수로 가는 버스를 탔다. 테일러는 처음 호수에 갈 때와 다르게 가라앉아 있었다. 나를 만지지도 않고, 쓸데없는 농담을 하지도 않았다. 창밖을 보며 손가락으로는 내 팔목에 달려 있는 비즈 팔찌만 톡톡 건드렸다. 그러다 간혹 구슬에 새겨진 J, E, N, N, Y를 천천히 읽었다. 어떻게 봐도 별로 즐거워 보이지 않았다.

그 애는 버스가 호수 공원에 다다를 즈음 갑자기 내 팔찌를 뺏어 들었다.

"이름을 이렇게 드러내고 다니는 거 위험할 수도 있어. 이상한 남자들이 너를 속이면서 접근하기 쉽다고."

그 애의 논리는 새라가 한나의 앞머리에 달려 있던 머리끈을 뜯어낼 때와 비슷했다. 나는 순식간에 테일러의 손에서 팔찌를 뺏어서 다시 손목에 찼고, 테일러를 노려봤다.

"친구한테 선물받은 거야. 멋대로 만지지 마."

테일러는 처음으로 내게 성질을 부리며 손을 뻗었다. 그 애는 손에 힘을 주어 내 팔찌를 잡아당겼고, 팔찌는 순식간에 펑 소리를 내며 끊어졌다. 사방으로 구슬이 튀었다. 탑승객들이 바닥을 구르는 작은 구슬들을 보며 혀를 찼다. 테일러는 나를 똑바로 바라보며 말했다.

"넌 여기 와서 얻는 게 뭐야?"

"내가 얻긴 뭘 얻어?"

"한 가지 알려줄게. 그 여자애들한테 잘 보이고 싶어? 그럼 이딴 어린애 같은 것부터 치워."

테일러는 나를 꿰뚫어 보고 있었다. 그 애는 내가 자기를 좋아하지 않는다는 것쯤은 처음부터 간파하고 있었고, 별로 신경 쓰지도 않는 것 같았다.

"나는 우리가 좋아. 너랑 나, 이 그림이 좋다고. 우리는 네가 말한 '사회'에 같이 가는 거야. 내가 네 티켓이고, 나는 네가 적당히 잘 어울려주면 충분해. 무슨 말인지 이해했어?"

더 자세히 설명해주지 않아도 나는 테일러의 요지를 풀이할 수 있었다. 그 애는 내게 친구를 좀 내다 버리라고 말하고 있었다. 나를 어린애처럼 만드는 어린애 같은 한나를.

"내가 너나 걔네를 위해 한나랑 절교하는 일은 없어. 너희들이 한나를 받아들이게 만들 거야."

테일러는 내 답을 듣자마자 비웃었지만 더는 맞받아치거나 짜증을 내지 않았다.

우리는 호수 공원에 다다르자 새라와 노라에게 인사하고 각자 사람들을 만나다가 따로 귀가했다.

28

 크리스마스는 생일처럼 따분했다. 모두가 가족, 친척끼리 모여 파티를 하고 북적거리는 식사를 하고 예배를 드리는데 나는 언제나처럼 선물도 없고 케이크도 없고 축하나 덕담도 없는 집에서 혼자 누워 천장을 보았다. 바싹 말라버린 스킨답서스를 바라보았다. 말고는 할 게 없었다.
 엄마는 아침에 짧게 기도문을 외운 뒤 스웨터와 코트를 갖춰 입고 세탁소 사장을 만나러 갔다. 엄마는 아빠에게 기대지 않고 스스로 일어서기 위해 취업 비자를 알아보러 다녔고, 세탁소 사장이 혈연, 지연을 이용해 엄마에게 법률 자문을 붙여주어서 엄마는 그 사람에게 사랑에 빠졌다. 세탁소 사장은 엄마가 밤새 일하도록 착취했지만 갈 곳이 없을 때 집에서 재워주고, 정착을 도와주었다. 나는 그 모습이 나와 테일러의 모습과 비슷하다고 생각했다.

 내가 세 번째로 호수에 간 건 크리스마스가 지나가고 새해가 밝아올 즈음이었다. 노라와 새라도 고등학생들이 마시던 것과 같은 음료를 마시고 있었다. 그 노란 음료에선 처음 맡아보는 냄새가 났다. 짝지어진 아이들이 옹기종기 모여서 정체 모를 차가운 음료를 들이키고 있는 모습은 희한했다.

테일러는 누군가 음료를 건네면 매번 손이나 턱을 흔들며 거절했다. 심지어 내가 노라와 새라에게 한 모금 달라고 했을 때는 바로 옆에서 콜라를 건네며 '이거나 마셔' 하고 말렸다. 여자애들도 내게 선뜻 음료를 줄 생각이 없었는지 '그래, 그거나 마셔' 하고 웃었다.

여자애들이 기분 좋은 표정으로 호숫가 앞을 돌아다니기 시작하고 내 곁에는 아무도 남지 않았을 때, 테일러는 뒤에서 다가와 내 어깨에 자기 얼굴을 얹고 귀에 속삭였다.

"마시지 마. 맛대가리도 없는 거."

"너도 마셔본 적은 있나 보네? 저게 대체 뭔데?"

테일러가 목소리를 낮추고 속삭여서 나는 저절로 어깨를 응크렸다.

"약 탄 거야. 마실 생각도 하지 마."

테일러는 음료에 들어가는 약물은 아주 소량이고 약발이 세지도 않지만, 효과가 아예 없는 것은 아니라고 말했다. 약의 종류를 정확히 아는지 묻자 그 애는 아무 알파벳이나 대며 얼버무렸다.

"네가 잘못 알고 있는 거 아니야? 다들 멀쩡해 보이는데?"

정말로 모임의 아이들이 마약을 하고 있었다면 누군가는 사고를 치거나 이상행동을 할 법도 했다. 하지만 세 번이나 호수에 오는 동안 그런 장면은 보지 못했다. 내가 보기에 그걸 마시고 있는 사람들 중 평소와 아주 다른 사람은 없었다. 다들 실실 웃으며 대화했고, 그 대화의 내용도 부모님 욕, 여자 얘기, 가끔 사회 비판, 음악 얘기 등이 대부분이었다. 누가 들어도 평범했다.

"그래 보여? 쟤네가 괜찮아 보여?"

테일러가 턱짓으로 가리킨 곳은 카약 대여소 뒤, 바닥에 있는 작은 문이었다. 문이 닫혀 있으면 누군가 지하에 들어가 있다는 뜻이었다.

테일러는 몇 분 전에 티모시가 새라의 손을 잡고 그곳에 들어가는 것을 봤다고 했다.

"글쎄, 정상적인 것 같은데. 저런 데가 여기만 있는 건 아니니까."

새라와 티모시뿐만 아니라 다들 돌아가며 어딘가에 숨어서 성행위를 한다는 것은 주위를 훑어보기만 해도 대번에 알 수 있었다. 아이들끼리 뭉쳐서 서로 망을 봐주며 성관계를 즐기는 건 호수가 아니라 학교에서도, 가게 뒷골목에서도 자주 있는 일이었고, 놀랍지 않았다. 이상하지 않았다.

"그런데 대체 그런 걸 어떻게 구하는 거야?"

"주변에 널린 게 공급원이야."

나는 예전에 한나가 어디선가 주워들었다던 소문을 떠올렸다. 어느 날 갑자기 학교에 나오지 않게 된 선생님이 있는데, 한나에 의하면 그는 마약 소지를 들켜서 경찰에 잡혀간 것이었다. 약을 하는 사람이 그렇게 가까이에 있었다면 테일러의 말도 그럴듯했다.

"다 하는데, 넌 왜 안 해?"

"나는 마시고 골로 갈 뻔했거든."

"뭐? 언제, 어떻게?"

테일러는 나를 잡아끌어 아이들이 거의 없는 잔교로 향했다. 자꾸만 목소리를 높이는 나를 새라와 노라로부터 더 멀리 떨어뜨리려는 듯이.

우리는 접근 금지 구역의 작고 낡은 잔교 앞에 웅크려 앉아 대화했다. 아주 얇게 눈이 쌓여 있었고, 호수의 색깔은 검은 건지 파란 건지 구분할 수 없을 정도로 어두웠다.

"나도 잘은 몰라. 근데 아마 이미 복용하는 약물이 있어서 그런 것 같아."

테일러는 고백하듯 말했고, 무슨 약을 복용하는지 묻자 담담하게 말했다.

"정신병 약."

"너 정신병 있어?"

나는 그때 내가 테일러에 대해 아무것도 모르고, 아무런 관심도 없었다는 것을 드러낼 수밖에 없었다. 테일러는 내가 한나한테만 관심을 가지느라 아무것도 모르는 것 같다고 빈정댔다.

"네가 말 안 했잖아."

"안 물어봤잖아."

내가 미안한 표정을 짓자 테일러는 살짝 역정을 부리며 말했다.

"별거 아니야. 그냥 불안 장애야."

"너…… 네가 불안을 느껴?"

"제발 그렇게 상처 주는 말을 아무렇지 않게 하지 말아줬으면 좋겠어, 제니."

"다른 사람도 아니고 너한테 그런 말을 듣고 싶진 않아."

"미안. 이건 내가 잘못했네."

테일러는 언제나처럼 언쟁을 피곤해하는 남자들의 방식으로 사과했고, 다시 본론으로 돌아갔다. 이미 먹는 약이 있었는데 저 음료수를 받아 마셨다가 정신을 잃어서 이틀 동안 못 일어났다는 것이다. 다행히 주말이었고 부모님이 다른 도시에 친척을 만나러 간 때라 들키지 않았지만 정말로 죽을 것 같았다고 했다.

"너무 위험해 보여. 이걸 어른들은 아무도 몰라?"

"왜 다들 여기 처박혀 있겠어. 알면 돼지니까 그런 거지."

나는 호수를 둘러싼 12월의 공기 속에서 코를 훌쩍이며 고개를 끄덕였다. 테일러의 얼굴은 추위를 꾹꾹 펴 바른 것처럼 점점 파랗게 질려가고 있었다. 그 애의 인상은 이전과 달라 보였다. 테일러가 어떤 변화를 왜 겪었는지 추론하기 위해 테일러를 더욱 자세히 바라봤다. 그때, 누군가 빠르게 우리에게로 다가오는 것이 느껴졌다.

호르헤가 우리 쪽으로 걸어오더니 나와 테일러의 등을 탁 쳤다. 호르헤의 팔 힘이 생각보다 강해서 나는 하마터면 물속으로 빠질 뻔했다. 테일러가 양손으로 나를 붙잡아주지 않았다면 잔교 옆으로 굴러떨어져서 허우적거렸을 것이다.

테일러가 신경질을 내며 호르헤를 올려다보자 호르헤는 '미안, 정말 미안. 나도 무게가 그렇게 많이 실릴 줄 몰랐어!' 하며 뒷걸음쳤다. 표정만 봐서는 정말 실수였는지, 연기를 하는 건지 알 수 없었다.

"미안. 장난이었어. 놀래려고 한 게 다야."

나는 호르헤가 사과를 하는데도 계속 싸움을 걸려고 씩씩거리는 테일러를 말리느라 애를 먹었다. 노라가 달려와 호르헤에게 안긴 덕분에 테일러는 결국 호르헤의 얼굴에 주먹을 휘두르지 못하고 돌아섰다. 나는 테일러를 데리고 더 외진 곳으로 걸어갔다. 그때쯤 호르헤의 친구 두 명이 먼 곳에서 야유하며 우리 둘 다에게 소리를 질렀다.

"테일러, 이 쪼다야. 네 여자 남친 데리고 꺼져!"

여자 남친, 그 단어는 도끼 같았다. 누군가 느닷없이 나를 내려찍은 것 같았다.

호르헤와 노라는 그 애들을 말리며 제니는 건드리지 말라고 했다. 그건 오히려 그 애들이 말한 여자 남친이 나라는 걸 공공연하게 만들었다. 상심을 추스르는 데 도움이 되지 않았다. 나는 전기 자극을 받은 쥐처럼 달아났다.

그제야 테일러가 달라 보인 이유를 알았다. 학교에서 무력했던 한나가 교회 캠프에서는 배척당하지 않아서 밝아졌던 것처럼, 학교에서 난폭했던 테일러는 호수 모임에서 무시를 당해 위축되어 있었다. 고등학생들 사이에서 그 애는 아무것도 아니었다.

테일러가 나를 조롱한 것, 한나를 괴롭힌 것, 그리고 수많은 아이들을 멸시하며 난폭하게 군 것을 아는데도 나는 그 애를 위로했다. 내가 오르려고 했던 세상에서 내쳐지는 걸 보자마자, 그 애가 나 때문에 모욕당한다고 생각했다.

우리는 고등학생들과 더 어울리지 않고 접근 금지 구역에서도 아주 깊은 곳으로 이동했다. 조금 시간을 두고 진정을 되찾기 위해서였다. 그런데도 어디선가 호르헤의 친구들이 '테일러, 그냥 남자랑 사귀지 그래?' 하고 소리치는 것이 들렸다. 그 애들은 우리가 겨우 찾은 공간을 집요하게 침입해 분위기를 박살 냈다.

"다음부턴 불러도 오지 말자. 여기까지 온다고 우리가 저 음료수를 얻어 마실 것도 아니고, 둘이서만 놀다가 가게 될 거야. 괜히 시간 아까운 것 같아."

테일러는 나를 보지 않고 나무들 사이의 틈만 보면서 답했다.

"어떻게 하든 상관없어. 난 너 때문에 여기 온 거야."

"내가 오자고 해서? 나를 여자애들 사이에 밀어 넣어주려고 네가 지금껏 원조라도 했다는 말이야? 웃기지 마. 너도 우리 그림이 마음에 든다고 했잖아. 너도 필요한 게 있었겠지."

"내가 뭐라고 답했으면 좋겠어? 내가 너를 너무 좋아해서 매번 여기 왔다고 할까? 아니면 나도 너라는 티켓이 필요했다고 할까?"

"네가 들어갈 수 없는 곳은 여기 말곤 없어, 바보야. 그런데 여기서 난 아무것도 아니지. 네가 무슨 의도였는지 제대로 말해."

그때, 나는 테일러의 얼굴이 일그러지는 것을 보았다. 잠깐이지만 테일러가 정말로 나를 너무 좋아했던 것인지 의심이 들 정도로 그 애는 고통스러워 보였다.

"나한테 뭘 기대했어?"

"너나 나한테 '기대'를 했겠지. 나는 그런 거 없어. 그냥 조금,

탐구를 한 거야."

얼굴을, 표정을, 계속해서 뒤바뀌는 그 가면을 보다 보면, 한 사람에 대해 알 수 있을까?

나는 테일러가 그 자리에서 실시간으로 변하고 있다는 걸 알았다. 한나도 변하고, 셰리도 변하고, 새라와 노라도 변하고, 나도 변하고, 테일러도 변한다는 사실이, 사람들이 말하는 '사춘기'가 아주 깜깜한 공간에서 손끝을 스치는 천 조각처럼 만져졌다.

"무슨 탐구를 하는데?"

"너도 나를 진심으로 좋아하는 건 아니니까 솔직하게 말해줄게."

내가 고개를 끄덕이자 테일러는 공황 발작을 일으킬 것 같은 안색으로 심호흡을 세 번 하고 말했다. 그 애는 조금 울먹거렸다.

"난 가끔 남자가 좋아."

29

 테일러가 내게 탐구라는 아이디어를 건넸을 때, 나는 비로소 스스로를 탐구하기 시작했다.
 셰리 엄마가 행복의 진실을 건네도, 한나 엄마가 예술의 가치를 건네도, 여러 어른들이 이런저런 지혜를 건네도 나는 꼼짝없이 제자리에 있었는데, 잠시 마음의 창을 열었다가 닫고 말았는데, 테일러는 창이 닫히기 전에 손을 끼워 넣고 나오라고 종용했다. 삶의 몇 가지 전환은 정말 예기치 못한 데서 발생했다.

 호수에서, 금지 구역의 아주 깊은 곳에서 나는 호수만 한 상처를 입었다. 테일러에게 나를 향한 순애가 있을 거라고 생각하지 않았지만 그 애는 정말로 나를 가지고 논 배신자였다. 그리고 아주 뻔뻔했다.
 "내가 남자가 좋다는데 네가 왜 기분이 나빠? 넌 좋아해야지. 다행이라고 소리라도 질러."

"여자 남친이라는 말이 맞는 거잖아."

"그러니까 너도, 나도 결국은 연기하고 있는 거야. 너도 우리 안 좋아하면서 좋아하는 척했잖아. 네가 좋아하는 거 축구랑 축구부, 한나밖에 없으면서 우리랑 다니잖아."

"네가 연기한 건 뭔데? 멍청하고 폭력적인 개쓰레기? 그러면 아무도 널 게이라고 생각 안 하니까?"

내가 한나를 눈에 띄게 챙기긴 했지만 그게 테일러로부터 '한나밖에 좋아하지 않는다'고 평가받을 정도였는지는 알 수 없었다. 논쟁의 여지가 있었다. 그러나 테일러는 곧바로 대답하지 않고 자기만의 고민에 빠져 있다가 쥐처럼 찍찍거리며 말했다.

"그런 것 같아. 변명이지만."

"그러면 넌 언제까지 탐구를 할 거야? 네가 게이인지 아닌지 확정할 때까지 난 너랑 사귀어주어야 해?"

"일단 졸업할 때까지?"

테일러는 프롬을 운운하며 우리가 서로에게 필요하다는 사실을 다시 강조했다. 뉴욕이나 샌프란시스코라면 몰라도 하트빌의 작은 중학교에서는 두 사람이 한 쌍을 이룰 때 한 명은 꼭 여자여야 했고, 다른 한 명은 꼭 남자여야 했다. 탐탁지 않았지만 나는 결국 고개를 끄덕였다.

"아무한테도 말하지 마."

"네가 남자 좋아한다고 소문나면 나만 불리한데 내가 누구한테 말하겠어?"

"나도 솔직하게 말했으니까 너도 솔직하게 말해주길 원하는

데……."

"염치가 없구나."

"넌 여자가 좋은 거야? 한나?"

"내가 한나를 좋아한다고?"

"몰랐어? 너도 탐구를 좀 해봐."

"네가 하는 것처럼? 그러려면 내가 한나한테 가서 사귀자고 해야 하는 거 아니야? 너랑 내가 동등하게 거래를 하려면 네가 여자애 같아야 하는 거야. 그렇지가 않은데 내가 탐구를 어떻게 해? 난 남자애 같기라도 하니까 네가 나를 만지면서 '난 남자가 좋은 걸까?' 같은 고민을 하겠지. 근데 나는 어쩌겠냐고."

테일러는 낄낄거리며 웃었다. 손으로 바닥을 치면서까지 웃었다.

집으로 돌아가고, 새해가 되고, 내게는 풀어야 할 큰 과제가 생겼다. 내가 한나를 좋아했을까?

중학생 시절의 나는 그 문제를 풀 수 없었다. 내가 한나를 좋아했다고 한들 스스로 눈치챌 수 없었다. 나 자신을 싫어하느라 마음의 소리를 제대로 들어본 적이 없으니까. 쇳소리만 나는 바이올린 같은 마음에 귀를 대는 건 무의미했다. 무슨 곡을 연주해도 소음만 나는데, 누구를 만나든 투영되는 것은 오직 자기혐오뿐인데 내가 누구를 얼마나 좋아하는지 무슨 수로 알 수 있을까.

30

누군가를 좋아하게 되는 건 도저히 기분 좋은 일이 아니다. 내가 내 모습을 알아볼 수 없게 만드는 흐리멍텅한 혼란일 뿐이다. 사람들은 사랑에 빠지는 것을 특별하고 멋진 일로 포장하곤 하지만, 적어도 내게 사랑은 자신을 조각내어 검열하고 상대에게 내가 어떻게 보일지 신경 쓰는 일이다. 수많은 단점을 골라내 억지로 감추거나 바꾸느라 자신의 초상을 잃어버리는 일이다.

사랑할 때, 나는 가려지고 훼손된다.

하지만 그게 원래 사랑이 하는 일이라면, 사랑의 목적이라면.
나를 가리고 훼손하려고 사랑이 나를 찾아온 것이라면.

그렇다면 사랑은 필연적으로 적응과 비슷해진다. 몸과 마음을 깎고 자신을 변형시키고 새로운 땅에, 모르는 언어에, 미지의 두려움과 아름다움에 공명하는 일, 사랑은 그것의 또 다른 이름이 된다.

31

 사랑에 대한 탐구는 굴욕적이었다. 8학년의 두 번째 학기가 시작하기 전까지, 나는 항상 한나를 가까이에 두고 내가 그 애를 좋아하는지 알아내기 위해 노력했다. 일부러 한나 엄마네 교회에 가고 싶다고 청해서 함께 교회에 가기도 하고, 과외에서도 한나를 성실하게 지켜봤다. 한나와 약속을 잡고 카페에서 만나 수학 문제를 풀기도 했다. 나를 한나에게 맞춰보려고, 한나에 대한 나의 시선과 거리를 이해하려고 그 애만 쫓아다녔다. 그러나 우리는 둘이 같이 있는 것만으로도 여러 가지 위협에 노출되었다.

 한번은 서점에 가다가 한나가 물건을 잃어버린 것 같다며 길에서 자기 가방을 뒤졌다. 우리는 작은 모텔 앞에 멈춰 있었고, 그러자 한 중년 남자가 근처를 서성이다 우리에게로 다가왔다. 그는 '맥신?' 하고 물었고, 우리가 대답하지 않자 다시 한번 '멜로디?' 하고 물었다. 우리는 그가 무슨 말을 하는지 이해하지 못해서 고개를 흔들기만 했다. 그때 모텔 로비에 있던 관리자가 뛰어나와 남자에게 꺼지라고 소리를 질렀다. 나는 그제야 남자가 자신의 성매매 상대를 찾고 있었다는 걸 알고 한나를 붙잡고 뛰었다.

호수에서 한 번 봤던 고등학생을 마주친 날도 있다. 그 애는 스타벅스에서 공부하던 나와 한나를 발견하고는 '우와, 너희 같은 애들이 미국을 먹여 살리겠다! 나중에 꼭 세금 좀 많이 내, 제발' 하며 말을 걸어왔다. 한나는 영어 실력이 조금 늘어서 그 말을 용케 알아들었고, '너희도 좀 먹여 살려!' 하고 대답했다. 그 순간 그 남자애는 정색을 하더니 자기가 마시던 스무디를 우리 책 위에 쏟고는 유유히 떠났다. 사람들은 눈을 깜빡이며 우리와 창밖의 고등학생을 번갈아 보다가 이내 고개를 돌렸다.

테일러와 다닐 때와 한나와 다닐 때를 비교하면 세상은 아예 다른 공간이었다. 테일러는 안전하게 자신의 사랑을 탐구할 수 있었지만 나는 거의 목숨을 걸어야 할 판이었다.

그래도 다행인 건 그런 일이 있을 때 한나가 나보다도 빠르게 기운을 차렸다는 것이다. 한나는 시간이 지나면서 조금 더 장난스러워졌고, 덜 고집스러워졌고, 더는 어린아이처럼 아무 때나 울지 않았다. 내가 보지 않는 곳에서 울었을지도 모르지만 적어도 내 앞에서는 평정심을 잘 찾았다. 한나 엄마도 더는 학교에 상담하러 오지 않았다.

한나는 점점 자신감을 얻었고, 점점 바뀌었다. 학교는 똑같이 각박하고 다른 아이들이 한나를 대하는 태도 역시 크게 달라지지 않았지만, 그럼에도 불구하고 한나는 나비처럼 탈바꿈하고 있었다. 어떻게 그 애는 느리게, 그러나 확실하게 번데기 밖으로 나오게 되었을까? 정말로 끊임없이 노력하고 있었던 걸까? 아니면 나와 셰리가 한나를 키운 걸까?

언젠가 한나는 나처럼 되고 싶다고 했다. 나는 그 순수한 마음의 부스러기가 한나 곁을 맴돌고 있다는 걸 알게 되었다.

한나는 나를 만날 때마다 '오늘은 새라랑 안 놀아?', '오늘은 축구 안 해?', '오늘은 테일러 안 만나?' 하고 물었다. 언제는 의아하다는 듯이, 또 언제는 기대하는 말투로, 가끔은 미안한 기색을 내비치면서. 그러다가 간혹 이런 질문을 했다.

"그럼 호수는? 호수에는 언제 가?"

한나는 부모님이 주변에 있을 땐 비밀 이야기를 하듯 목소리를 잔뜩 낮추었다.

"같이 가자고 했었잖아. 언제 가?"

약간의 질책이 묻어나는 말투였다. 나는 곤란한 티를 내지 않으려고 핑계를 지어냈다.

"날이 추워서 아직은 안 돼. 아무도 요즘은 잘 안 가."

"그러면 볼링은? 그건 실내잖아."

한나는 이제 자기가 영어를 꽤 알아듣게 되었으니, 표현하고자 하는 바를 더 잘 표현할 수 있게 되었으니 새라와 노라를 만나는 데 무리가 없으리라 생각하는 것 같았다.

"그건 애들한테 물어볼게."

진심이었겠냐고, 정신 차리라고, 학교는 물론 학교 밖에서도 잘 알지 못하는 사람한테 괴롭힘을 당하는 네가 정말로 새라와 노라의 모임에 갈 수 있을 것 같냐고 말하고 싶었지만, 그럴 수 없었다. 나는 더 이상 한나를 할퀴고 싶지 않았다.

"좋아. 그런데 우리 엄마가 허락 안 해줄 수도 있어."

복이 벌이기도 한 것처럼, 한나의 순수한 마음은 저주 같았다.

32

 나와 테일러가 각자의 사랑을 탐구하는 동안 우리는 호수에 거의 나가지 않았다. 새라와 노라는 애원하듯 문자를 보내다가 같은 문학 수업을 듣는 날 내 자리로 찾아왔다. 그 애들은 4분 남짓한 쉬는 시간 동안 나를 화장실에 데려가서 직접 회유했다.

 "호르헤 친구들이 심한 말 해서 그래? 그래서 안 오는 거야? 신경 쓰지 마. 호르헤는 달라. 그냥 걔네들이 유치하고 짓궂은 거야."

 "하지만 걔네가 테일러를 공격하잖아. 그리고 다들 나한테 별로 관심 없지 않아? 내가 가든 말든 신경 안 쓸 것 같은데."

 "왜 신경을 안 써? 그랬다면 이렇게 우리가 매달리지 않았겠지!"

 "내가 왜 가야 하는 건데?"

 "다 너를 찾아. 네가 있어야만 재미있다고. 거긴 네가 살리는 모임이야. 너 없으면 다들 얼마나 지루해하는데."

 나는 빈정거리는 건 잘해도 결코 재밌는 사람이 아니었다. 유머스하지도 않고, 오히려 진지한 편에 속했다. 내가 없으면 지루하다는 건 거짓말이었다. 나를 불러놓고 관심을 주면서도 제대로 끼워주지 않는 데서 가장 큰 재미를 느끼는 게 아니라면 말이다.

"요즘 바이올린 과외를 받아서 시간이 없었어. 나중에 한번 놀러 갈게."

나는 과외 때문에 시간이 없다고 대충 둘러댄 뒤 화장실을 나갔다.

문제는 바이올린 과외를 예상보다 일찍 그만두게 되면서 그런 핑계를 대기 힘들어진 것이다.

8학년의 두 번째 학기가 시작되고 얼마 지나지 않아 한나는 손을 크게 다쳤다. 집에서 엄마와 요리를 하다가 열이 식지 않은 오븐을 만져서 손등에 길게 2도 화상을 입는 바람에 활은커녕 펜도 잡을 수 없었다. 그 애가 부득이하게 바이올린 과외를 그만두게 되면서 나도 자연스럽게 바이올린을 놓아야 했다. 축구만큼 좋아하지도 않고, 잘하고 싶어서 욕심이 나는 분야도 아니었기 때문에 슬프지는 않았지만 한나 엄마가 돈을 대주지 않으면 계속 배울 수 없다는 건 씁쓸하고 창피했다.

엄마에게 이 소식을 전하며 혹시라도 한두 달 정도 바이올린 수업을 지원해줄 수 있는지 물었는데, 그때 엄마는 평소와 달리 아주 다소곳한 말투로 미안하다고 말했다. 엄마가 화를 내지 않을 때 수긍했어야 했는데 나는 괜히 한번 애원했다가 결국 피를 봤다.

"한 달도 안 돼? 지금 배우는 곡이 있는데 다음 달에 딱 진도가 끝나거든. 한나가 안 다니는데 내가 한나 엄마한테 수업료 대달라고 할 수도 없고."

"언제는 왜 멋대로 허락했냐고 지랄하더니 이제 와서 진도가 어쩌고 하는 것도 뻔뻔하다, 뻔뻔해."

엄마는 내가 뻔뻔했던 모든 순간을 언급하기 시작했고 그러다가 화를 못 참아서 내 뺨을 할퀴듯 때렸다. 나는 엄마의 손톱에 뺨이 긁힌 채로 테일러를 만났다가 테일러의 으리으리한 집에 끌려가서 테일러 엄마로부터 연고를 받아 발랐다. 테일러 엄마는 유리 식탁에 앉아 있었다. 그는 나를 보자마자 '넌 어디서 왔어?' 하고 물었다. 테일러가 캘리포니아라고 대신 답하자 '어느 나라에서 왔어?' 하고 고쳐 물었다. 나는 한국에서 태어나고 자랐으니 당당하게 한국에서 왔다고 말할 수 있었는데, 그렇게 말하면 되었는데, 왜 그 질문이 다친 뺨보다 아팠는지 모르겠다. 끝내 감정을 주체하지 못하고 테일러에게 배웅받다가 울었다. 수선화가 만개한 그 집 화단에 앉아 찔찔 울었다.

"넌 그냥 어느 날 갑자기 착한 척하면 착한 사람이 되는데, 난 왜 캘리포니아에서 왔다고 해도 믿어주지 않는 거야?"

테일러는 대답하지 않았다. 그 애는 집 안으로 돌아가 겉옷을 챙겨 나왔고, 내가 울음을 그칠 때쯤 함께 거리로 나갔다. 우리는 이런저런 대화를 나누면서 공터에서 공을 좀 차고 아이스크림 트럭에서 아이스크림을 먹을지 말지 고민하다가 아무것도 사지 않고 다시 걸었다. 테일러는 내가 왜 울었는지 듣고는 '과외비, 우리 엄마한테 부탁해볼까?'라고 했다. 공감하는 테일러, 사려 깊은 테일러는 언제나 낯설어서 웃음이 절로 나왔다. 나와 테일러가 서로를 보며 웃고 있을 때, 바이올린 케이스를 멘 셰리가 셰리 엄마와 함께 육교 위를 걸어가고 있었다. 나는 두 사람을 발견했지만 두 사람은 빠르게 앞만 보고 걸었다.

마지막 수업 날은 두고두고 기억에 남는다. 한나는 손을 다쳐서 그 달에 남은 수업을 전부 빠지게 되었고, 마지막 수업도 마찬가지였다. 셰리와 둘이서 수업을 들어야 했다. 우리는 바이올린 선생님으로부터 한나가 정확히 어쩌다 다쳤는지 전해 들었다. 한나는 실수로 오븐에 손을 댄 것뿐이라고, 걱정할 필요 없다고 했지만 상황은 생각보다 심각했다.

한나는 정신과에서 어떤 진단을 받고 약을 복용하게 되었다. 그런데 그 부작용으로 가끔 느닷없이 잠에 들게 되었다. 엄마와 함께 요리를 하던 중에 잠들어버리면서 열려 있는 오븐에 손을 얹었고, 그렇게 화상을 입은 것이다.

"무슨 진단을 받았는데요?"

선생님은 셰리의 궁금증을 풀어주지 않았다. 그런 것까지 상세히 말할 수는 없다고 했다. 다만 그 애가 갑자기 잠들어도 너무 놀라지 말고 잘 대응하라고 했다. 나는 쉬는 시간에 셰리와 수다를 떨며 한나 걱정을 늘어놨다.

"갑자기 울다가 이제는 갑자기 잔다니. 극단적이네."

셰리는 셰리 엄마가 끓여놓은 차를 따라 마시며 맞장구를 쳤다.

"계속 학교를 다닐 수 있는 건 맞을까? 안 그래도 우리 학교 분위기 별로잖아. 원해서 자는 것도 아닌데 엄청나게 혼낼지도 몰라."

"또 얼마나 놀릴지 상상이 안 돼. 한나를 싫어하는 사람들이 너무 많아."

나는 한숨을 쉬었고, 셰리는 애달픈 미소를 지었다.

"그건 나도 알지. 우리 같은 학교 다니잖아."

그쯤에서 우리의 침울한 대화가 끝나간다고 생각했고, 다시 바이올린을 잡으러 가려고 일어섰다. 그런데 셰리가 예상치 못한 말로 나를 붙잡았다.

"네가 한나를 걱정하는 게 흥미로워. 넌 한나를 싫어하는 애들이랑도 친하잖아. 한나를 그렇게 아낀다면, 테일러는 좀 아니지 않아?"

나는 순간적으로 발끈했다.

"그러면 내가 한나랑만 다녀야 해? 난 그저 두루두루 친하게 지내는 것뿐이야."

"그게 네가 정말 원하는 거야?"

셰리는 차분한 얼굴로 지그시 나를 바라봤다. 그 애는 별다른 말을 덧붙이지 않고 자기 방으로 들어갔다. 나는 수업이 끝날 때까지 〈스카버러 페어〉의 앞부분을 연습하며 음정을 맞추기 위해 노력했지만 셰리가 한 말이 잊히지 않아서 계속 틀렸다.

셰리의 방에서는 아주 어렵고 복잡한 곡이 들려왔다. 기교를 잔뜩 부리는, 어쩐지 화가 난 것처럼 들리는 선율이 방문을 넘어 셰리의 집 안을 헤집고 다녔다. 셰리는 내가 집으로 돌아갈 때도 나와보지 않았다. 나는 단 두 마디로 우리 사이가 멀어질 수 있다고는 생각하지 못했기에 빈정이 상했다.

셰리 엄마는 우리가 갈등을 빚었다는 걸 눈치챈 듯 했다. 그는 내가 연습용으로 쓰던 셰리의 바이올린을 건네주었다.

"한 달 정도 혼자 연습해보고 더 배우고 싶으면 말해."

"더 배우고 싶지 않으면요?"

"그러면 그냥 반납하러 와야지. 그때 얼굴도 보고, 또 차도 마시면서 얘기하자. 셰리랑, 제니랑 나, 이렇게 셋이."

셰리 엄마는 내가 언제라도 셰리 집에 놀러 올 수 있도록 빌미를 만들어주었다. 나는 바이올린 케이스를 두 손으로 받으며 감사하다고 말하고 주차장으로 갔다. 한나 엄마는 셰리네 아파트 건너편에 있는 카페에서 커피를 마시며 책을 읽다가 내가 나온 것을 보고 밖으로 나왔다.

"한나는 집에 있어요?"

"지금은 병원에 가 있어."

"손은 괜찮나요?"

"그럼. 화상 부위가 커서 당장은 불편하지만 나이가 어려서 빨리 나을 거래."

나는 다행이라고 중얼거리며 한나 엄마의 은색 자동차 안으로 들어갔다. 한나 엄마는 마지막 수업이 끝났는데도 내가 바이올린을 메고 있는 것을 발견하고 많이 아쉽냐고 물었다.

"한나 없이도 바이올린 계속 배워도 돼. 아줌마가 도와줄게. 편하게 말해줘."

"네? 아니에요. 저 바이올린 너무 어렵다고 생각했어요. 진심이에요. 그동안 정말 감사했어요."

한나 엄마는 그래도 언제든 다시 생각나면 말하라고 했다. 나는 과분한 친절에 조금 당황한 채 한나 엄마가 틀어주는 라디오를 들으며 귀가했다. 창밖으로 나무와 도로와 집 들이 빠르게 지나갔다. 나는 한나와 셰리, 새라와 노라, 테일러, 그리고 어른들에 대해 생각했다. 다 다르게 생기고, 다른 위치에 있고, 다른 맥락을 가진 사람들이 전부 다른 삶을 살면서 그 안에서 다른 생각을 하는데, 그저 한데 모여 있을 뿐인데 어째서 누군가는 불행하고 착잡해야 하고, 다른 누군가는 남이 아프든 말든 신경 쓰지 않아도 되는가. 그 질문이 마음의 환풍구를 나가지 못하고 수없이 메아리치기를 반복했다.

나는 셰리의 질문에 답해보려고 노력했다. 한나를 그렇게나 아끼면서 한나를 괴롭힌 애들과 붙어먹을 수 있는 비위는 어디서 나오는지에 대해 말이다. 셰리가 그런 표현을 사용한 건 아니지만 내게는 그렇게 들렸다.

그 비위는 내가 미국에 처음 왔을 때 공항에서 어렴풋이 예견했던 불안에서 기인한다. 나는 틈에 낀 종이 신세였기 때문에 틈만 나면 변신했다. 증명하려고, 정당하려고, 빨리 적응하려고. 어느 날은 로렌이 되었다가 어느 날은 새라가 되었다가 어느 날은 한나 엄마가 되었다가 어느 날은 책이나 드라마에서 본, 내가 영어를 공부할 때 참고했던 캐릭터들이 되었다. 끝도 없이 펄럭거렸다. 또 어느 날은 내 의지와 상관없이 우리 엄마가 되었고, 우리 아빠가 되기도 했다. 그 종이들은 나와 아주 닮아서 부분부분 구김새가 똑같았다.

　내가 된 적은 별로 없었다. 인격이 매일 이리저리 바뀌었다. 페르소나의 정글에 갇혔다. 인생은 하난데 내가 연기하는 인물은 자꾸 바뀌어서 매일 새롭게 적응해야 했다. 적응이라면 신물이 나는데도 그 운명으로부터 벗어날 수 없었다. 이민자의 신이 이민자들에게 내리는 복이자 벌, 축복이자 저주, 가호이자 징크스는 바로 산산조각 난 정체성이다. 그 조각들은 계속해서 다르게 조합되고 결합하며 모양을 바꾼다. 이것이 인간들에 대한 나의 강한 비위를 만들어낸 것이다.

　셰리도 이민자 가정의 딸이니 모르지는 않았을 것이다. 자리를 얻고 싶은 마음, 다시는 쫓겨나고 싶지 않은 마음, 자기 자신이 아닌 것을 연기하는 마음 말이다. 그 애는 내가 양심의 가책을 느끼는 행동을 하지 말아야 한다고, 부끄러운 짓을 하지 말라고 말해준 것뿐이다.

　그럼에도 불구하고 나는 '적어도 너는 여기서 태어났잖아' 하고 반론을 펼치고 싶었다. 너는 여기서 자랐잖아. 네 이웃들이 네 인생을 다 알잖아. 너도 똑같이 인종차별을 겪었겠지만 적어도 네 모국어는 영어잖아. 나는 네가 아닌데 어떻게 너와 같은 마음이겠어, 나는 네가 아닌데 어떻게 너의 눈으로 나를 보겠어, 하고 말이다.

33

한나는 손을 다쳤다는 이유로 학교를 자주 빠졌다. 그사이 나는 셰리와 멀어졌다. 평소처럼 인사는 했지만 그 애는 내가 새라와 떠들면 가까이 오지 않았다. 카페테리아에서 마주쳐도 어색하게 웃다가 앰버, 루시에게 다가가더니 내가 모르는 과제 얘기를 했다. 그 애의 가방에 내가 만들어주었던 비즈 팔찌가 달려 있었는데 날이 훅 더워질 때쯤 옷을 벗어 던지듯 그것도 사라져 있었다.

8학년 여름 학기는 최악이었다. 나는 외부 경기에 나가지 못해서 축구부 훈련에서 겉돌았고, 바이올린 과외도 돈이 없어 지속하지 못했고, 한나 엄마도 한나의 치료 때문에 바빠서 내게 연락하지 않았다. 새라와 노라, 테일러가 아니면 찾아갈 곳이 없었다.

이 이야기의 빌런들이 내게 처음 관심을 보일 때, 나는 순진했다. 내가 그 여자애들을 피하거나 꺼리게 될 거라는 예상을 하지 못했다. 내가 혼자가 될 거라는 계산도 하지 않았다.

희열의 원천을 전부 잃었다. 볼링장에 갈 이유도 없고, 호수에 갈 이유도 없고, 한나를 만나고 싶지만 그럴 수 없고, 셰리에게 다가가서 뭔가 해명하고 싶지만 뭐라고 말해야 하는지 알 수 없었다.

하루는 내가 운동장 스탠드에서 무표정하게 혼자 공을 차고 있을 때, 테일러가 물 두 병을 들고 다가와 말했다.

"그냥 그 빌어먹을 호수에 좀 가. 그런 표정으로 고민한다고 뭐가 해결되겠어?"

"가고 싶지 않아!"

"왜? 한나가 없어서? 그럼 한나를 데리고 가."

"걔네가 한나를 부르지도 않는데 내가 어떻게 데리고 가? 그리고 한나는 그런 데 못 가. 걔네 엄마 7학년 때 맨날 학교 왔던 거 기억 안 나?"

테일러는 어깨를 으쓱였다. 그 애는 과거의 자신을 받아들이지 못하는 경향이 있어서 과거의 기억도 외면하곤 했다.

"다음 달이 네 생일이잖아. 한나 엄마 너 되게 좋아한다며. 네 생일에 호수 간다고 하면 볼보에 태워서 데려다줄 거 같은데?"

"그러면 굳이 새라와 노라를 안 만나도 되겠지."

"걔네랑 친해지고 싶던 거 아니었어? 갑자기 왜 그래? 제니. 갑자기 막 사리 분별이 돼? 애넨 영 아닌 거 같아?"

테일러는 허리를 살짝 뒤로 젖힌 채 스탠드에 앉아 있다가 내가 공을 놓치자 지나가는 6학년 남자애들을 불러 세웠다. 일부러 거드름을 피우며 공을 던져달라고 요구했다.

"새라가 나한테도 문자 보내. 너 데리고 오라고. 네가 있어야 재미가 있대."

테일러는 언젠가는 우리가 호수에 또 놀러 가게 될 거라고 했다. 그리고 그때 한나를 데려가면 좋겠다고 했다. 한나가 원하는 게 바로 '새라와 노라와 친해진 제니를 따라 호수에 가서 친구들을 만드는 것'이기 때문이라고 했다.

"네가 한나에 대해 뭘 알아."

"난 모르지. 네가 잘 알지. 네가 한 얘기를 나의 자연 지능으로 요약한 거야."

테일러는 검지로 자기 관자놀이를 톡톡 치며 얄밉게 말하더니 작게 중얼거렸다.

"한나는 왜 제니처럼 됐을까. 왜 그 여자애들 사이에 끼고 싶어 할까."

순간 죄를 지은 기분이 들었고, 테일러를 패고 싶어졌다. 힘껏 테일러의 얼굴을 향해 공을 찼다. 테일러는 내가 날린 공을 너무나 쉽게 손바닥으로 내려쳤다.

"새라랑 노라는 너한테 왜 나를 데려오라고 하는 거야? 언제부터 나를 그렇게 사랑했다고."

"호르헤와 티모시가 네 칭찬을 많이 하니까."

"걔들은 왜 그러는데?"

"별로 깨끗한 이유는 아니겠지. 그러니까 내가 매번 버스비 낭비하면서 너 따라간 거잖아."

"내가 강간이라도 당할까 봐?"

"말했잖아. 난 걔네가 주는 거 마시고 죽을 뻔했는데, 네가 쓰러지기라도 하면 무슨 일이 생길 줄 알고 너만 보내."

테일러의 말투에는 발랄함이 묻어났지만 그 내용은 심각했다. 나는 테일러가 그런 정상적인 사고를 할 수 있다는 것에 놀라며 그 애를 신기한 눈으로 쳐다봤다.

"내가 걔네한테 말해줄게. 네 생일인데 너랑 가장 친한 사람도 부르는 건 당연하지 않냐, 이러면 될 거 같은데?"

테일러는 물을 한 모금 마시더니 계획을 세웠다.

"어차피 학기도 얼마 안 남았어. 네가 사랑하는 한나한테 좋은 구경 시켜주고 이제 다 같이 뿔뿔이 흩어지는 거야."

"흩어지는 게 좋아?"

"난 새 인생을 시작하고 싶어. 여길 떠난 적이 없으니까."

"이 동네에 있는 학교 안 가?"

"사촌이 뉴욕에 살아. 걔 집을 점거할 계획이야."

그 순간 노라가 줬던 초콜릿과 무통각, 융합 같은 이상한 단어들이 한꺼번에 떠올랐고, 기분이 처참했다. 나는 테일러에게 처음으로 한국어를 가르쳤다.

"'존나 패고 싶다'가 무슨 뜻인지 알아?"

"몰라."

다음 날, 한나는 팔과 손에 붕대를 감은 채 학교에 나타났다. 그 애는 테일러와 시시한 대화를 나누고 있던 나를 발견하자마자 '제니!' 하고 부르며 달려왔다. 한나는 테일러를 무서워하며 조금 멈칫거렸다. 하지만 이내 내 팔에 꼭 붙어 잔뜩 신난 목소리로 말했다.

"오전 수업만 듣고 가야 해. 미국은 치료 예약을 안 하면 그날 하루 종일 기다려도 못 들어간대. 근데 또 예약을 해도 내가 원하는 날 치료받을 수 있는 것도 아니더라."

"화상은 좀 어때?"

"흉이 질 거래. 아주 못생기게."

"의사가 그래?"

"아빠가 그러던데."

우리는 5월의 햇빛이 쏟아지는 복도에서 대화했다. 난열이 나와 한나 사이를 가득 메웠다. 새삼 한나를 만난 지 2년이 되었다는 것이 놀라웠다. 뭐라도 기념을 해야겠다고 다짐했다. 비즈 팔찌를 다시 만든다든가, 사진을 찍는다든가.

비록 셰리와 멀어졌고, 새라와 노라를 계속해서 거부하면 앞으로 어떻게 될지 모르는데도 나는 모든 게 잘 풀리고 있다고 생각했다. 내 눈을 가로막고 있던 모진 베일을 한 겹 벗겨냈다고 생각했다. 다 괜찮아지고 있다고 믿었다.

"손이 이래서 볼링장도 못 가고, 호수도 못 가겠다."

혹시나 한나가 호수에 대한 갈망을 지웠을까 봐 일부러 한나를 떠보았다. 한나는 산책 가자는 말을 들은 강아지처럼 갑자기 온몸을 들썩이면서 기대하는 티를 냈다. 테일러는 우리가 무슨 대화를 하는지도 모르면서 그런 한나를 보더니 같이 신난 척 웃었다.

"볼링장에는 못 갈 거 같아. 그래도 호수는 갈 수 있지 않을까? 다음 주에 붕대를 풀거든."

"호수가 더 문제 아니야? 네가 갑자기 잠들 수도 있다던데."

"아, 그 얘기 들었어?"

한나는 조금 부끄러워하며 말했다.

"아니, 들어봐. 무슨 집중력 좋아지는 약을 먹었거든? 그게 부작용이 있는 거였어. 하지만 정말 가끔씩이야."

"그 약 위험한 거 아니야? 미국 약은 잘 보고 먹어야 된댔는데."

"아빠가 한번 무슨 약인지 읽어봤는데, 전혀 위험하지 않대."

"그럼 다행이네. 그래도 조심해. 또 이렇게 크게 다치면 안 되잖아. 아프면 안 되잖아."

"안 아팠어. 깨어나서야 내가 화상을 입었다는 걸 알았어."

한나는 내 팔에 더욱 자기 몸을 밀착시키며 말했다.

한나의 다친 팔을 어루만져주고 싶었다. 아프지 않았다는데도 안아주고 싶었다. 어느 날 갑자기 나타나 멋대로 다가오더니 강제로 내 삶의 여러 부분을 바꿔놓은 사람인데도, 내가 원하지 않는 걱정을, 성찰을 억지로 하게 만든 사람인데도 더는 싫지 않았고, 어딘가 애틋했다. 나는 한나에게 적응하고 말았다.

"그래도 호수에 가서 쓰러지면 안 되니까 다시 생각해봐."

"너랑 같이 가는 거 아니야?"

한나는 우리가 처음 만났을 때처럼 말했다. 내가 한국어로 대화해주고 통역해줄 거라고 철석같이 믿었던 때와 똑같은 말투로 말했다. 그러나 나는 그때처럼 한나에게 까칠하게 답하지 않았다.

"맞아. 같이 가는 거지."

테일러는 한나의 붕대를 살짝 건드리며 자기에게도 조금 통역을 해달라는 식으로 개구진 표정을 지었는데, 나는 테일러를 완전히 무시한 채 한나의 팔을 내려다봤다. 한나는 붕대가 살짝 들리는 부분을 내밀며 상처를 보여주었다. 연고 냄새가 코에 끼쳤다.

"붕대를 감고 가긴 해야겠어. 그 고등학생들이 내 팔 보고 달아나면 어떡해."

"그래, 좀 징그럽긴 하다."

한나의 상처는 만지면 뜨끈뜨끈할 것처럼 새빨갰다. 이런데도 붕대를 곧 풀 수 있다니 말도 안 된다고 생각했지만 한나는 얼른 나아서 호수에 가고 싶다고 말했다.

"너무 궁금해. 난 아마 너희가 무슨 얘기 하는지 다 알아듣진 못하겠지?"

"익숙해지면 괜찮아. 모르겠으면 내가 알려주면 되고."

나는 나답지 않게, 끔찍하게 다정한 목소리를 냈다.

"그냥 네가 거기서 노는 모습이 궁금한 거야."

우리는 복도 끝에 다다라 계단을 내려갔다. 한나는 '네가 친구들이랑 있을 때를 보고 싶은 거야' 하고 다시 덧붙였다.

"그런 게 왜 보고 싶은데?"

한나는 팔짱을 스륵 풀며 짧게 심호흡을 했다. 테일러는 우리가 자기를 껴주지 않는다는 것을 받아들이고 어느 순간 멈춰서 다른 아이들이 있는 쪽으로 향했다.

"비가 많이 온 날 있었잖아. 네가 우리 집에 왔다가 우산 들고 간 날."

한나는 부스러기 얘기를 한 날에 대해 말했다.

"그때 네가 내 말을 어떻게 받아들였는지 모르겠어. 하지만 나는 정말 너처럼 되고 싶어. 나는 너처럼 친구를 많이 사귀고 싶고,

모두와 잘 지내고 싶어. 고등학생들도 널 좋아한다는 게 꼭 연예인 같잖아. 어떤 건지 보고 싶어."

나는 웃지도 않고, 정색하지도 않고, 그저 민망한 척을 하며 고개를 숙였다. 한나는 고개를 꺾어 내 얼굴을 바라보다가 웃었다.

"난 아무것도 아니야."

"그럴 리가 없어. 난 너처럼 될 거야. 이제부터 진짜로 힘낼 거야. 약도 먹으니까 확실히 나아지지 않을까?"

그날 병원에 가는 한나에게 손을 흔들어준 뒤 카페테리아로 곧장 달려갔다. 가장 구석에 놓인 테이블에 새라와 노라가 있는 것이 보였다. 초콜릿 푸딩과 체리를 먹고 있던 그 애들이 나를 발견하자마자 손을 흔들었다.

"나 이제 바이올린 수업 안 들어."

"정말?"

새라가 아주 만족스러운 듯 웃었다. 그 애는 드디어 카약 대여소에 다시 놀러 올 수 있는 거냐고 속삭였다.

"다음 달이 네 생일이라며. 우리 파티 하자. 생일 파티. 같이 놀 수 있는 거 맞지?"

노라는 테일러에게 들었다며 신이 난 듯 자리에서 일어났다. 그 애는 가지런한 이를 드러내며 웃었다.

"한나도 데려가도 되지?"

"한나?"

새라와 노라는 동시에 한나의 이름을 아주 완벽하게 발음하며 되물었다. 나는 노라를 바라보며 말했다.

"네가 한나도 나중에 같이 놀자고 했었잖아. 이번에 제대로 한나를 소개해줄게. 걔가 좀 산만해 보이긴 해도 나쁜 애는 아니야. 너도 알잖아. 그냥 순수한 애야."

"한나도 우리랑 만나고 싶대?"

나는 당연하지 않겠냐며 고개를 끄덕였다. 우리 동네에서 너희랑 안 놀고 싶어 하는 애가 어디 있겠냐고 되묻기까지 했다. 두 사람은 킥킥거리더니 답했다.

"그 애가 비밀을 잘 지키기만 하면 우리는 찬성이야."

"잘 지켜."

"걔네 엄마가 알면 안 돼."

"한나도 한국에선 이미 고등학교에 가는 나이야. 그 정돈 가능하겠지."

"하지만, 우리랑 좀 다르잖아."

새라가 염려하는 말투로 말했다.

노라는 새라를 거들 듯 두 주먹을 눈가에 대고 우는 시늉을 했다.

"이제 안 그래. 정말이야."

"그래? 그럼 재밌겠다, 정말로!"

노라는 활짝 웃었다. 그 애는 내게 하이파이브를 해달라며 두 손바닥을 폈다. 그러더니 이렇게 덧붙였다.

"제니. 네 얼굴이 정말 밝아 보여. 네가 기뻐해서 나도 기뻐."

새라는 내 뒤로 시선을 돌리며 누군가에게 인사했다. 앰버와 루시, 셰리가 카페테리아에 들어오고 있었다. 셰리는 나를 처음 보는 사람인 것처럼 건조한 얼굴로 우리가 있는 쪽을 보다가 빵을 받아 자리에 앉았다. 내게서 완전히 등진 채였다.

34

생일을 앞두고 나는 엄마에게 통보했다.

"그날 생일이라 친구들이랑 놀기로 했어. 늦게 들어오는 건 절대 아니야. 걱정 안 해도 돼."

엄마는 '벌써 네 생일이 돌아왔어?' 같은 일상적인 말을 하는 대신 이렇게 말했다.

"축구부 애들이랑 노는 거야? 또 문제 일으키면 엄마 진짜 너 버리고 떠날 거야."

"문제 안 일으켜."

"돈 달라고도 하지 마. 돈 없어. 아빠한테도 선물 사달라고 연락하지 말고. 어차피 안 받을 것 같지만."

"돈 달라고 안 했는데."

"그래. 솔직히 받아도 내가 받아야지. 내가 너를 낳아준 날인데 축하는 당연히 내가 받아야 하는 거 아니야?"

엄마는 자기가 한 말이 웃기다고 생각했는지 깔깔 웃었다.

"엄마는 내가 태어난 게 싫어?"

싱크대 앞에서 행주를 빨던 엄마는 갑자기 기분이 상했는지 물을 짜내지 않은 헝겊 뭉치를 내 얼굴에 던지며 소리를 질렀다.

"네가 태어난 게 싫냐고? 엄마가 싫어하는 게 그거밖에 없을 것 같아? 그런 걸 이제 와서 묻니?"

그때 나는 서운하다, 섭섭하다, 괴롭다 같은 말보다 dishearten(낙담시키다)이라는 영어 단어를 먼저 떠올렸다. 한때 서럽다는 말을 영어로 표현하기 위해 수많은 묘사를 시도했지만 시간이 지나면서 나는 단어들의 특성이나 쓰임새를 조금 더 넓게 이해했고, 자유롭게 활용했다. 서운하다도 아니고, sad(슬프다)도 아니고 hurt(아프다)도 아니고 굳이 dishearten이 좀 더 끌릴 때도 생긴 것이다.

그 단어에는 heart(심장)이 있었고, 그게 dis-(탈락)되고 있었다. 슬프다고 하면 혼자만의 감정 같지만 dishearten을 사용하면 '낙담시킴을 당했다'고 표현해서 단번에 상대에게 책임을 물 수 있었다. 내가 슬픈 게 아니라 그 사람이 나를 낙담시켰다고, 내가 좌절한 게 아니라 그 사람이 나를 실망시켰다고, 내가 마음을 다친 게 아니라 그 사람이 내 마음을 부쉈다고, 슬픔을 한 단어로 표현할 때 누군가의 폭력성을 같이 드러낼 수 있는 단어와 형태가 이따금 필요했다. 엄마와 대화할 때가 바로 그런 순간들이었다.

나는 방 안을 둘러보다가 죽어버린 스킨답서스를 톡톡 건드렸다. 그다음 엄마가 일하러 나간 사이 엄마의 노트북으로 구글에 접속했다. '생일 축하해'를 검색하고 발음 버튼을 계속 누르며 소리를 무한 재생했다. 소리 속으로 사라지고 싶었다. 하루빨리 생일이 되어서 한나와 호수 공원을 산책하고 싶었다.

아빠는 생일 전날 하트빌에 와주었지만 내 생일이든 아니든 전혀 관심이 없는 사람처럼 엄마와 싸웠다. 아빠는 엄마가 세탁소 사장이랑 바람이 나서 자길 내친 것이라고 화를 냈고, 자기 몰래 윤희-제시카에게 돈을 빌려준 적이 있다고 주장하며 돈을 달라고 요구했다.

엄마가 집을 비운 사이 아빠는 몰래 들어와서 라면을 하나 끓여 먹고 새로 장만한 스마트폰으로 남아공 월드컵을 봤다. 아빠는 나를 아주 오랜만에 보는 것이었는데도 내게 별로 시선을 두지 않았다. 야속했고, 피곤했다. 관심을 갈구하는 게 너무나 피곤했다. 나는 그저 아빠가 다 먹은 라면 냄비를 치운 뒤 태연한 척하며 구석에서 책을 읽었다.

"제니야, 내일은 뭐 하냐?"

아빠는 이청용의 이름을 몇 번 부르다가 갑자기 내게 말을 걸었다.

"친구들이랑 놀기로 했어."

"집에 언제 올 건데? 가족들이 다 같이 케이크라도 잘라야 할 거 아니야."

"언제부터 그런 거 챙겼다고."

내가 손을 내저으며 필요 없다고 말하자 아빠는 대뜸 이렇게 물었다.

"넌 만약에 지금 한국으로 돌아갈 수 있으면 갈래?"

아빠는 한국에 미련 가질 필요가 없다고 자기 입으로 무수히 말해놓고 마치 돌아가라고 회유하듯 말했다. 내게 단 한 번도 선택권을 준 적이 없었으면서 내게 결정권이 있는 것처럼 말했다.

"아니."

"만약에 여기 이 집에서도 쫓겨나고, 갈 데가 없어져도?"

나는 셰리 엄마가 해준 말을 떠올리며 말했다.

"어차피 지금 와서 돌아가봐야 거기 사람들한테 나는 외국인 같지 않을까?"

"여기서는 뭐, 네가 자국민 같아? 어차피 아빠랑 엄마는 못 돌아가. 우리는 한번 한국 들어가면 못 나와. 근데 이제 너는 아직 어리니까, 가면 어른 될 때 돌아올 수도 있어. 그러니까 한국에서 몇 년 살아볼 수 있다고 하면 가겠냐, 이 말이야."

내가 고개를 흔들자 아빠는 한숨을 쉬었다.

"나 한국에 보내게?"

"아니, 그냥 너 마음이 어떤지 물어본 거야."

나는 아빠가 낮잠을 자는 동안 한국에 대해 열심히 검색했다. 무슨 일이 일어나고 있는지, 무슨 옷이 유행하는지, 어떤 책이 팔리는지, 어떤 영화가 개봉하고 누가 인기가 많은지. 머지않아 나를 한국으로 보내버릴 것 같아서 대비를 해야겠다고 생각했다. 검색 결과에 나타나는 인터넷 커뮤니티와 페이스북, 트위터 링크를 마구 눌렀다. 그런데 그 글들을 봐도 글자만 읽히고 뜻을 알 수 없었다. 기사는 읽을 수 있었지만 누군가의 사적인 게시글이나 댓글은 맥락조차 파악할 수 없는 것도 많았다. 처음 보는 표현이 모래알처럼 쏟아졌다.

나는 고개를 돌려 엄마의 책장을 바라봤다. 사전에 있는 단어만이 아니라 사람들이 실제로 쓰는 말, 계속해서 만들어내는 말, 그리고 그들이 공유하는 시간이 그 언어를 만든다는 것을 내가 아주 오랫동안 간과하고 있었다는 것을 알았다.

35

 우리는 카약 대여소에서 모이지 않았다. 한나와 나, 테일러는 내 생일을 축하하기 위해 폐전망대로 향했다. 나는 공원에 그런 건물이 있는지도 몰랐지만 새라는 생일에도 매번 만났던 곳에서 모인다면 파티 느낌이 나지 않을 거라면서 대여소 건물 뒤로 난 길 끝에 철거 직전인 전망대가 있다고 말해주었다. 우리가 풀숲을 헤치며 그곳에 도착했을 때, 새라는 소리쳤다.
 "얼른 와, 생일 주인공! 우리 지금 네 생일을 축하하려고 모인 거잖아."
 호르헤는 나를 보자마자 오랜만이라며 와락 껴안았다. 그러더니 한나에게 점잖게 다가가 인사했다. 새라는 호르헤가 한나를 아주 궁금해한다고 말했다.
 "걔는 뭐가 그렇게 궁금한 게 많아?"
 '별로 궁금해서 묻는 것 같지도 않은데.'
 나는 한나가 언젠가 했던 말을 떠올리며 약간 역정을 냈다. 새라는 어깨를 으쓱이기만 했다. 그때 폐전망대 안에 숨어 있던 한 여자애가 케이크를 들고 뛰어왔다. 테일러는 미리 상의를 한 것처럼 자연스럽게 라이터를 꺼내 불을 붙였다.

새라와 노라, 호르헤와 티모시 모두 내게 생일 축하한다며 소리를 질렀다. 비명처럼 들릴 정도로 그 애들의 말투와 몸짓은 과장되어 있었다. 한나는 나보다도 더 민망해하다가 새라와 노라가 깔깔 웃는 것을 보고 따라 웃었다. 새라는 '한나, 넌 정말 초등학생처럼 보여! 그 가방은 대체 뭐야?' 하고 말했다. 한나는 자신이 사선으로 메고 있던 작은 가방을 내려다보더니 새라의 말을 개그로 오해했는지 손뼉을 치며 웃었다. 그때 티모시가 '와, 정말이네. 한국인들은 웃긴 말을 들으면 손뼉을 친다는 게!' 하고 말했다. 나는 한나를 놀리지 말라고 말하려 했지만 테일러가 케이크를 가까이 들이미는 바람에 입을 열지 못했다.

"촛불 불어야지."

생일 축하 노래를 듣고, 박수를 받고, 포옹을 당하다가 소원을 빌고 숨을 불었다. 불이 꺼지는 동안에도 내 주의는 온통 한나에게 쏠렸다.

케이크는 곧 난도질당했다. 노라가 기습으로 내 얼굴에 크림을 바르고 그다음 다들 짐승처럼 달려들어 빵과 크림을 나눠 먹었다. 한나도 입가에 부스러기를 묻힌 채 우물거리고 있었다. 나는 한나에게 다가가서 '네 상상과 비슷해?' 하고 물었다. 한나는 눈을 반짝이며 말했다.

"여긴 천국 같아. 학교랑도 다르고, 교회랑도 달라."

"천국? 그런 거 다 이미지일 뿐이야. 막상 천국에 가면, 낙심한다고."

"네가 여기 주인공이라서 너무 멋지다는 건데?"

"난 외부인이야."

"주인공은 보통 외부인이야, 제니. 영화 보면 다 그래."

나는 틱틱거리면서도 다른 아이들이 보지 않을 때 몰래 손가락을 뻗어 한나의 입가를 닦아주었다. 한나는 민망한 듯 웃다가 붕대가 자꾸만 풀리는 팔을 부여잡고 낡은 벤치에 자리를 잡았다. 티모시와 새라, 노라가 한나의 주변에 둘러앉았다. 그 애들은 계속해서 일부러 발음을 뭉개며 말하거나 한나의 옷차림을 놀렸다. 그런데 내가 제지하기도 전에 호르헤가 사뭇 진지한 표정으로 말했다.

"오늘 제니 생일인데 제니의 가장 친한 친구를 왜 자꾸 놀리는 거야?"

호르헤는 다정하게 웃으면서 한나에게 다시 말을 걸었다. 한나는 호르헤가 잘생겼다고 혼자 꺅꺅거리더니 호르헤와 이름에 관한 대화를 나누었다. 내 도움을 최대한 받지 않으려고 노력했다.

"네 이름이 한나인데 사람들이 다 해나라고 불렀다며."

"맞아. 난 '해나'가 싫어."

"왜?"

"그건 내 이름이 아니니까."

한나는 엉성한 영어로 무언가를 주장했다. 많이 버벅거리긴 했지만 '부르기 편하라고 이름을 짓는 게 아니다, 한나가 내 이름이니까 그렇게 불러주었으면 하는 거다, 솔직히 어려운 발음이 전혀 아닌데 일부러 해나라고 부르는 게 싫다'는 뜻을 잘 전했다. 호르헤는 고개를 끄덕이며 한나에게 공감해주었다.

"사실 내 이름도 그래. '홀헤이'가 아니라 '호르헤'인데, '르'는 목구멍에서부터 긁어 올리듯 발음하는 소리지만 미국인들이 그걸 못하더라고. 그래서 모두가 '홀헤이'라고 읽는 바람에 나는 홀헤이로 살고 있어. 넌 대단하다. 한나라고 매번 고쳐준다니, 강하네."

한나는 호르헤의 말을 거의 다 알아듣는 것처럼 보였다. 그 애는 잔뜩 설렌 얼굴로 호르헤가 멋진 이름이라고 말했다.

"난 제대로 발음하고 있어?"

"좀 더 끌어 올려야 해."

호르헤는 여러 번 시범을 보여주고 한나의 발음을 교정해주다가 한나가 한 번 제대로 성공하자 엄지를 들어 올렸다. 호르헤는 한나를 아주 어린 여자애처럼 대하고 있었다. 나는 호수에 모인 아이들 중에 호르헤가 그나마 한나를 가장 잘 존중해준다고 생각해서 그에게 한나를 잠깐 맡기고 자리를 옮겼다.

테일러는 물가에서 돌멩이를 주워 던지며 그럭저럭 친하게 지내던 고등학생들과 폐전망대에 대해 이야기를 나누고 있었다.

"아무리 봐도 여긴 너무 허접한데 할 만한 게 있어?"

테일러보다 나이가 많은 두 남자애들이 고개를 끄덕이며 신난 얼굴로 답했다.

"전망대에 올라가서 호수로 다이빙을 할 수 있어. 아까도 몇 명이 미리 와서 물에 뛰어들고 수영하고 놀았어."

과연 몇몇은 정말로 옷이 푹 젖어 있었다. 그 애들은 볕에 몸을 말리며 웃었다. 나는 테일러와 친구들의 대화를 계속 훔쳐 들으며 또 한번 자리를 옮겼다. 노라는 다른 애들에게 나눠줄 음료수를 컵에 따르고 있었다. 모임이 평소에 돌려 마시던 노란색 음료수도 있었지만, 물도 있었고, 콜라도 있었다. 티모시는 콜라 두 잔을 들고 한나와 호르헤에게 다가갔다. 티모시는 자신이 건넨 콜라를 벌컥벌컥 들이켜는 한나를 보며 '정말 초등학생 같다. 너무 애 같은데?' 하고 혼잣말을 했다.

생일 주인공은 나였지만 케이크가 증발한 뒤로 아무도 내게는 관심이 없었다. 그냥 마주치면 '생일 축하해!' 하고 지나갈 뿐이었다. 내가 여자 축구부 경기에서 소피와 치고받고 싸운 일이 더는 화두가 되지 않았다. 나는 아무도 자극할 수 없는 존재가 되었다. 대신 고등학생들은 처음 보는 한나에게 관심을 주었다. 그 애들은 전부 자기들보다 한두 살밖에 차이가 나지 않지만 한참 어려 보이는 통통하고 동글동글한 한나를 둘러싸고 말을 걸었다. 미국에는 언제 왔어, 한국에선 뭐가 재밌어, 네 아버지가 의사라며, 나 교회에서 너를 본 것 같아 등등.

한나는 뿌듯한 얼굴로 최대한 잘 대답해보려고 단어와 단어를 이었다. 간혹 눈썹을 구부리며 나를 바라봤지만 내가 도움을 주기 전에 스스로 대충 해결했다.

바로 그 경험을 선사하기 위해 한나를 호수에 데려온 것이었는데, 목표를 이루었음에도 불구하고 어쩐지 마음이 편하지 않았다. 외롭고 무서웠다. 한나를 질투해서가 아니었다. 아빠가 나를 한국에 보내버릴까 봐, 그러면 내가 한나를 이곳에 두고 가야 할까 봐 불안했다. 한나를 둘러싸고 있는 애들이 한나를 잡아먹기라도 할 것처럼 보였다.

"그런데 한나. 너 정말 아무에게도 말 안 하고 온 거 맞아?"

새라는 카약 대여소에 모이지 못한 이유가 실은 공원 관리자에게 들켰기 때문이라는 이야기를 해주면서, 나와 한나를 추궁했다. 주변에 말하지 않았는지, 이곳을 알게 된 어른이 없는지를 물었다.

"엄마한테도, 아빠한테도 호수에 간다고 하지 않았어. 비밀로 했어."

"그래서 한나는 나랑 조금 일찍 돌아갈 거야. 들키면 안 되니까."

나는 한나의 어깨에 팔을 두르며 말했다. 고개를 내리면 헐렁해진 붕대 사이로 빨간 상처가 보였다.

"테일러도 다 같이. 한 3시쯤 하트빌로 돌아갈 거야."

새라는 좋은 생각이라고 말하며 노라를 바라봤다.

그때, 어디선가 비명이 들렸다. 나와 테일러, 한나가 폐전망대에 도착한 지 한 시간쯤 되었을 때였다. 테일러는 나와 한나와 한 약속을 지킬 수 없게 되었다. 그 애가 고등학생들의 말을 듣고 정말로 전망대에서 뛰어내렸기 때문이다. 나는 테일러의 다이빙을 보지 못했지만 고등학생들이 '맙소사, 터너!' 하며 일제히 소리를 지르는 것을 듣고 호수 바로 앞까지 달려갔다. 테일러는 머리에서 피를 철철 흘리며 물 밖으로 나왔다.

다행히 테일러에게는 의식이 있었다. 그 애는 한 손으로 아픈 머리를 붙잡고 다른 한 손으로 계속해서 얼굴을 닦아냈다. 호수에서 걸어 나오는 새빨간 사람을 본 순간, 정말로 기절할 것처럼 메스꺼웠다. 한나가 뒤에서 내 이름을 여러 번 부르는 것 같았는데, 테일러의 몰골에 너무나 압도되어서 대답하지 못했다. 나는 혼자 테일러에게 다가가 괜찮은지 물었다.

"앞이 안 보이는 것 같아."

같이 뛰어내릴 것처럼 굴어놓고 테일러만 뛰어내리게 만든 고등학생들이 그때쯤 전망대에서 내려왔다. 그 애들도 나처럼 테일러의 모습을 보고 기함했다.

"911 좀 불러줘!"

내가 소리쳤지만 노라는 일단 테일러를 공원 사무소에 데려가서 어른들에게 도움 받는 게 나을 거라고 말했다. 테일러를 뛰어내리게 만든 장본인들도 그 말에 동조했다. 그 애들은 테일러가 치료받아야 하는 급박한 상황에도 자기들의 아지트를 들키기 싫어했다. 이미 카약 대여소를 잃었기 때문에 911이 여기로 오는 건 양보할 수 없다고 했다.

테일러는 혼자 걸을 수 있다고 말했지만, 계속 휘청거렸다. 나는 테일러를 함부로 만져서 상태를 악화시킬까 봐 두려웠으나 그 애를 부축하려는 사람이 아무도 없어서 피로 칠갑한 테일러를 붙잡고 공원 사무소로 향했다.

사무소는 멀지 않았다. 다만 테일러가 계속 균형을 잃었기 때문에 우리는 20분 가까이 풀밭을 헤매야 했다. 나는 테일러의 피 냄새에 머리가 지끈거렸다. 온몸에 땀이 뻘뻘 흘렀다. 그래도 테일러가 죽을까 봐 사무소까지 걷는 것을 포기하지 않았다. 테일러의 몸이 조금만 작았다면 들쳐 업고 뛰었을 것이다. 내 몸이 조금만 더 컸다면 그랬을 것이다. 그러나 나는 테일러가 한쪽 발을 질질 끌면서 걷는데도 그 애를 업을 수 없어서 분하고 슬펐다.

"살려주세요!"

사무소 건물 앞에서 내가 소리치는 것을 들은 어른들이 곧장 밖으로 달려 나왔다. 그들은 테일러를 보자마자 응급처치를 해주었다. 테일러는 긴 의자에 누워 큰 담요를 두른 채 이런 질문을 받았다.

"앰뷸런스를 타면 돈이 많이 나올 수도 있는데 괜찮니?"

그 모습이 정말로 괴상했다. 피가 온몸에 흐를 정도로 다쳐도 돈이 없으면 죽어야 할 수도 있다는 뜻이니까. 만약 이곳이 아무도 없는 외딴 호수거나 테일러가 우리 집 아들이었다면 테일러는 과다 출혈로 죽었을 것이다.

나는 테일러에게 '너 의료보험 있어?' 하고 물었는데 테일러는 너무 어지러워서인지 인상을 찡그리기만 하고 답하지 않았다. 내 말을 이해하지 못하는 것 같기도 했다. 식은땀을 흘리며 끙끙거리다가 마침내 911을 불러달라고 속삭였다.

사무소 직원들은 테일러의 대답을 녹음까지 하면서 테일러에게 의식이 있었다는 증거를 마련한 뒤에 911을 불렀다. 그들이 내게 어쩌다 테일러가 다친 것인지 물었을 때 나는 뭐라고 답해야 할지 몰라서 우물쭈물댔다. 손끝으로 느리게 담요를 문지르던 테일러는 '수영하다가 앞을 못 보고 돌에 부딪혔어요' 같은 말을 지어냈다.

억겁 같은 시간이 지나갔다. 앰뷸런스가 도착하자마자 테일러는 구급 침대에 힘없이 몸을 뉘었다. 테일러와 함께 가고 싶었지만 그때쯤 진짜로 정신이 돌아온 테일러가 갑자기 벌떡 일어나더니 내 손을 붙잡고 물었다.

"한나는 누구랑 있어?"

그동안 좀비처럼 위태롭고 퀭한 테일러의 몰골을 보고도 울지 않았던 나는 한 시간이 다 되어가도록 한나 곁을 비웠다는 사실을 깨닫자마자 울음을 터뜨렸다. 믿을 수 있는 건 한나에게 호의를 보였던 호르헤밖에 없었다. 자기들과 꽤 친하게 지냈던 테일러에게도 이런 심한 장난을 쳤는데 순진한 한나에게는 무슨 짓을 할지 몰랐다. 호르헤가 다른 사람들로 하여금 한나에게 장난을 걸지 않도록 막아주길 비는 수밖에 없었다.

36

 계획을 세우면 계획대로 되지 않고, 작정을 하면 실패하고, 믿으면 배신을 당한다. 이건 말장난이다. 믿어서 배신을 당하는 게 아니라 배신당한 자에게는 언제나 믿음이 있었을 뿐이다.

 내가 자리를 비운 사이 무슨 일이 있었는지는 알 수 없다. 테일러가 머리를 다쳐서 폐전망대에서 사무소까지 걸었고, 그곳에 잠깐 머무르다가 다시 돌아갔을 뿐인데 한나는 없었다. 아무도 한나가 어디에 갔는지 모르겠다고 했다. 보지 못했다고 했다. 나는 미친 듯이 뛰어다니며 폐전망대 근처를 샅샅이 뒤지고 카약 대여소에도 가보았다. 나와 길이 엇갈렸을까 봐 사무소까지 다시 달리기도 했다.
 그러나 한나는 없었다. 핸드폰을 봐도 한나에게 온 연락이 없었고, 아무리 전화를 걸어도 한나는 응답하지 않았다. 한나의 목소리가 들리지 않았다. 호수는 평화롭고 아주 잔잔했다. 어느 순간 호수가 모든 걸 집어삼키고 잠이 든 괴물처럼 보였다.

한나를 찾기 위해 사무소를 빙빙 돌고 있을 때, 잔교 옆에 세워진 작은 다리에 사람들이 몰려들었다. 나는 지나다니는 직원과 행인 들에게 한나의 인상착의와 생김새를 설명하기 바빴다. 그들은 대부분 나를 정신이 나간 사람처럼 쳐다보기만 하고, 대답을 해주지 않았다. 딱 한 사람만이 '빨간 안경?' 하고 반응했다. 내가 고개를 끄덕이자 그는 나를 붙잡고 잔교 옆 다리로 빠르게 걸었다.

한나는 물살을 따라 그 교각 사이로 떠내려왔다고 했다.

37

 내 생일은 매년 날씨가 좋았다. 한국에서든 캘리포니아에서든 사우스캐롤라이나에서든 단 한 번도 흐리거나 비가 내린 적이 없다. 그날 호수에는 방문객이 많았다. 사무소와 아이스크림 가게와 도넛 가게와 수영장과 공중화장실이 있는 잔교 앞에, 수많은 사람들이 있었다. 그들은 웅성거리며 모래밭을 바라봤다.
 잔교와 작은 다리 사이에 폭이 아주 좁은 길이 보였다. 나는 그 길 끝에 펼쳐진 모래사장을 향해 달렸다. 나를 그곳으로 인도한 사람은 금방 내게서 멀어졌다. 어디선가 앰뷸런스의 사이렌 소리가 희미하게 들려왔다. 테일러가 한참 전에 병원에 간 것을 알았는데도 그 새빨간 소음이 테일러가 탄 차에서 나는 소리이길 바랐다. 테일러가 실려 간 후로부터 시간이 얼마 흐르지 않았다고 믿고 싶었다.
 몇 번 눈을 깜빡이며 스스로 세뇌했더니 '설마 한나가 저곳에 쓰러져 있겠어?' 같은 낙관이 가슴을 스멀스멀 파고들었다. 누군가 다른 사람이 사고를 당했거나 만약 한나라고 해도 다리에 쥐가 난 정도일 거라고 단정 지었다.

내가 진실을 마주하길 주저하며 돌아설 때, 사람들의 몸 사이로 팔이 하나 보였다.

나는 그 팔을 보자마자 괴성을 지르며 사람들을 밀쳤다.

마음이 너무 급해서였을까. 초인적인 힘이 몸에서 뻗어 나왔다. 인파를 헤쳐가며 팔의 주인 앞에 섰다. 구조 요원 옷을 입은 남자가 무릎을 꿇고 앉아 두 손으로 무언가를 빠르게 여러 차례 짓누르고 있었다. 손 밑에는 한나가 있었다.

한나는 젖은 쥐 꼴로 누워 있었다. 아이들이 놀렸던 가방은 온데간데없었고, 빨간 뿔테 안경도 없었다. 뭍으로 깊숙이 올라와 딱딱한 아스팔트 바닥에서 가슴 압박을 당하는데도 깨어나지 않았다. 나는 차마 한나의 얼굴을 볼 수가 없어서 흙이 잔뜩 발린 그 애의 새빨간 팔뚝을 보았다. 머리가 터질 것처럼 아파서 이마를 뜯어내고 싶었다.

"야. 당장 일어나."

한 번도 내 성대로 내본 적 없는 그르렁거림이 나를 뚫고 나왔다. 나는 구조 요원 옆에 주저앉아 한나의 손과 팔을 잡고 정신을 잃은 한나에게 말을 걸었다. 온갖 욕을 내질렀다. 일어나라고, 제발 일어나서 무슨 일이 있었던 건지 말하라고 요구했다. 목이 쉴 때까지 호통쳤다.

구조 요원이 나를 계속 쳐다봤지만 나는 개의치 않았다. 사람들의 표정이나 쑥덕거림을 전혀 신경 쓰지 않고 계속 소리를 지르자 그는 다시 한나에게로 시선을 고정했다. 오로지 가슴 압박에만 집중했다. 나는 한나의 얼굴에 묻은 흙을 털면서도 눈을 어디 둘지 몰라 방황했다. 한나의 주변에는 널브러진 호루라기와 구명 튜브와 빨간 안경이 있었다. 그 물건들도, 물건이 놓여 있는 땅도 바싹 말라 있었다. 한나가 언제부터 누워 있었는지 가늠할 수 없었다. 나는 전멸당한 무리를 앞에 둔 짐승처럼 울부짖었다. 그것밖에는 할 수 없었다.

머리와 목으로 낼 수 있는 모든 소리를 내지르고 나니 아주 잠깐 정신을 잃을 듯 멍해졌다. 그사이 사람들은 웅성거림을 멈추지 않았다. 계속해서 사이렌 소리가 들려오고 있었지만 정말 가까워지고 있다면 소리도 점점 커져야 했는데, 앰뷸런스는 도저히 가까워지는 것 같지 않았고, 구조 요원의 몸짓은 허술하고 느려졌다. 그는 손등으로 이마에 흐르는 땀을 닦으면서 자연스럽게 한나에게서 손을 뗐다.

"지금 뭐 하는 거예요?"

이렇게 따지며 구조 요원의 손을 끌어다 다시 한나의 명치 위에 올려두었다. 그는 울먹거리며 말했다. 이미 이 여자앤 죽었어. 나는 말도 안 된다고 항변했다. 당신이 심폐소생술을 안 하겠다면 내가 할 테니까 어떻게 하는지라도 알려달라고 말했다. 그는 내 어깨를 두드리며 그만하라고 했지만 나는 제발 심폐소생술을 계속해달라고 손을 모아 빌었다. 나는 그때 엄마가 되어 하나님에게 빌듯이 기도했다. 그리고 또 아빠가 되어 제발 멈추지 말아달라고 굽실거렸다. 셰리가 되어, 셰리 엄마가 되어 차분하게 부탁하기도 했다. 테일러가 되어 빈정거려보기도 했다. 한나를 깨우기 위해 내가 될 수 있는 모든 존재가 되어봤지만, 아무리 뭔가를 요청하고 요구해도 아무도 내 말을 알아듣지 않는 것 같았다.

사람들이 울먹거리며 나를 가여워하는 눈으로 내려다보았다. 그들의 시야 속에서, 그런 흐리멍텅한 복수형의 무대에서 나는 힘없이 축 늘어진 한나를 쳐다봤다.

"너 나 엿 먹이려고 죽으려는 거지? 이러지 말고 일어나. 당장 일어나."

머리부터 발끝까지 화가 났다. 그 감정을 실어 한나의 몸을 두드렸다. 아무리 세게 눌러도 한나는 물을 뱉어내지 않았다. 구조요원은 내 어깨를 힘주어 잡으며 한나의 심장이 뛰지 않는다고 설명했다. 그는 나를 한나에게서 떼어내려고 했다. 근처에 서 있던 다른 어른도 내 곁으로 다가와 말했다.

"네가 오기 전부터 구조 요원과 다른 사람들이 번갈아가며 심폐소생술을 했어. 우리 전부 계속 이 아이를 살리기 위해 노력하고 있었지만, 깨어나지 않아. 정말 유감이야."

나는 그 사람의 말투를 혐오했다.

"뭐가 유감이야? 진짜 유감이면 그딴 소리 못 해."

그 사람과 구조 요원을 모두 뿌리치고 한나의 뺨과 목을 손바닥으로 세게 쳤다. 누워 있는 한나의 눈꺼풀엔 힘이 없어서, 내가 가하는 힘에 그 애의 눈꺼풀이 살짝 들리기도 했다. 내게는 한나가 눈을 살짝 뜬 것처럼 보였다. 손짓을 멈추면 한나는 금방 다시 눈을 감았다. 한나를 깨우려고, 닫힌 눈 아래 갇힌 영혼을 꺼내려고 계속해서 한나의 어깨와 쇄골을 주먹으로 힘껏 내려쳤다. 내가 지나온 길 끝에 앰뷸런스를 세운 구급 대원들이 달려오는 모습이 보였다. 경찰도 함께 온 것 같았다. 그러나 나는 그들이 와서 한나에게 사망 선고를 내릴까 봐 온몸을 벌벌 떨며 계속 소리를 질렀다. 제발 오지 마, 아직은 안 돼, 살려보겠다고 노력을 해야지 왜 죽었다고만 해?

다시 한나의 맨목을 붙잡고 고래고래 소리를 질렀다. 내가 아는 모든 욕을 끄집어내 그 애에게 쏟았다. 한나가 진짜 나를 좆 되게 하려고 죽는 건지도 모르겠다는 생각이 들었다. 그게 아니라면 제발 눈을 떠달라고 울면서 빌었다.

충동과 광기라는 단어로는 충분히 설명할 수 없는 강한 본능이 내 손에 깍지를 끼며 내 몸을 꼭두각시처럼 휘둘렀다. 나는 이미 죽은 한나를 죽도록 패고 있었다. 물에 푹 젖은 한나의 몸에선 삶이 느껴지지 않았다. 나와 다니던 한나는 항상 움직였는데, 어수선하고 산만하지만 활발했는데, 기이할 정도로 적극적인 모습으로 매번 먼저 다가왔는데, 내 앞에 놓인 한나는 한 번도 힘을 가져본 적 없는 사람처럼 무력했다.

"그래. 내가 백번 양보해서 네가 죽었다고 치자. 그런데 왜 오늘이었어야 했어? 왜, 씨발."

한나의, 그러나 더 이상 한나가 아닌 몸을 보며 무의식적으로 중얼거렸다. 그렇게 욕을 하고 또 금방 미안하다고 울먹였다.

"네가 일어나기만 한다면 뭐든지 할 수 있어. 너를 다시는 혼내지 않을게. 네가 이상한 말을 한다고 표정을 굳히지도 않을 거야.

너에게 절대로 복종할 수도 있어, 한나야."

마치 내가 뭔가를 하거나 하지 않으면 한나가 돌아올 수도 있다고 믿는 것처럼, 그 순간마저도 나를 중심으로 죽음을 이해하고 있었다.

나는 사실 내 목소리의 크기를 더는 객관적으로 헤아릴 수 없었다. 어림도 잡을 수 없었다. 모든 감각이 감당 불가의 영역으로 넘어가서 내가 고함을 치고 있는지, 속삭이고 있는지, 혹은 입을 다물었는지조차 알지 못했다. 그래서 차라리 모든 걸 무시하기로 했다.

그런데 사람들이 전부 입을 틀어막고 눈을 크게 뜬 채 나를 바라보고 있었다. 내가 아무리 몸부림을 치고 주변을 무시하고 오로지 한나에게만 집중하려고 해도, 분위기의 압박은 내가 쳐놓은 의식의 결계를 꿰뚫고 들어왔다. 아무도 내 말을 이해하지 못하고, 모두가 나를 오해하고 있는 듯한 분위기, 그건 정말 대단했다.

어느새 구급 대원과 경찰 들이 나와 한나가 있는 곳에 다다랐고, 사람들은 발악하듯 소리쳤다. 그 순간 어른들이 힘껏 나를 일으켜 세우더니 내 앞을 가로막았다. 그들은 한나의 상태를 확인하기 위해 한나의 눈꺼풀을 뒤집어보고, 어색하고 우울한 표정을 지으면서 한숨까지 쉬었다. 한나는 그들이 만지지 않으면 가만히 누워 있었고, 그들이 만지면 만져지는 방향으로만 움직였다. 숨이 막힐 것 같았다.

"데려가면 안 돼요. 그냥 그 자리에서 깨워요. 걔는 일어날 거예요, 제발요."

이런 말을 했었나. 그들은 나를 애잔한 눈으로 보기만 하고, 아무런 대답도 해주지 않았다. 내가 팔을 뻗으며 한나의 몸을 다시 만지려고 하자, 그들은 그제야 입을 열었다.

"영어로 말해줄래?"

아마 어른들도 그런 말은 하고 싶지 않았을 것이다. 너무 숨기고 싶어서 차라리 하지 않기로 했던 말이었을 것이다.

나는 그 순간, 온 세상이 나를 밀어내는 느낌 속에서 정신을 잃었다. 갑자기 모든 소리가 호수의 아주 조용한 밑바닥으로 끌려들어가는 것처럼 흐려졌다. 소리가 사라지자마자 나는 한나가 돌아오지 않는다는 진실을 입속에 거품처럼 물고 쓰러졌다.

38

가장 믿지 못한 것은 시간이었다. 경찰은 내가 자리를 비운 것이 약 50분에서 55분 정도라고 했다. 그는 폐전망대에서 사무소까지 빠르게 걸으면 7분밖에 걸리지 않지만 여자인 내가 다친 남자친구를 부축해서 걸었다면 20분이 걸렸을 것이라고 판단했다.

곁에 있던 사람이 스물네 시간도 아니고 한 시간 만에 나 몰래 죽을 수 있다니. 사람이 그렇게나 빠르게 죽을 수 있다니. 죽음이 이런 얍삽하고 음침한 것이었다니. 그때부터 시간이 느껴지지 않았다. 몇 분이 지나가는지, 얼마나 잤는지, 해가 지고 있는지 뜨고 있는지 알 수가 없었다. 배도 고프지 않았고 말도 나오지 않았다. 너무너무 멍해서 멍하지 않으려고, 무언가를 아주 강렬하게 만져서 다시 시간의 지표를 찾아내려고 다리미로 손등과 팔을 지졌다. 비로소 눈물이 흐르고, 가슴속에 면도날이 돌아다니는 것처럼 아프고, 날짜가 보였다.

내가 그 애를 되살리겠다는 명목으로 죽도록 팼다는 사실이 사람들의 이목을 샀다. 호숫가에 있던 사람들은 내가 그 애를 죽였다고 생각하기도 했고, 이미 죽은 애를 폭행할 만큼 내가 그 애를 싫어했다고 생각하기도 했다. 소문은 그들의 입을 통해 사우스캐롤라이나 안을 빙글빙글 돌다가 밖으로까지 퍼져나갔다. 기자들이 성실하게 타자를 쳤다.

우리 집에 찾아온 기자들은 엄마의 세탁소에도, 아빠가 새로 취업한 시설에도 찾아가 지역신문에 실린 내 이야기를 물었다. 엄마가 일하는 세탁소 앞에서 새벽까지 잠복하는 사람들도 있었다.

사람들은 우리 집과 나에 대해 제각기 가지고 있던 인상, 생각나는 일화를 말했다. 내가 이미 다른 학교 학생을 패서 정학을 당한 적이 있는 아이라고, 몰상식한 아시안이라고 말이다.

나는 몇 번이고 경찰서에 가서 똑같은 질문을 받고 똑같은 대답을 했다. 왜 호수 공원에 갔니? 언제, 누구랑 가기로 결정했어? 그 결정을 내린 인원에 한나가 포함되어 있었어? 한나가 자기도 가겠다고 말했어? 한나가 자기 보호자에게 말했다고 했어? 거기서 만나기로 약속이 되어 있었던 거야, 아니면 같이 모여서 간 거야? 처음부터 설명해. 모든 것을 솔직하게 말했지만 왜 한나를 때렸냐는 질문에는 매번 침묵을 지켰다. 내가 가진 언어로 그 마음을 전부 다 설명할 수 없었다. 아니, 내가 가지고 있던 언어가 전부 언어의 협곡 아래로 기어들어가는 바람에 떠오르는 말이 없었다.

경찰들은 마치 한나가 물에 빠지도록 내가 아이들과 공모한 것처럼, 심지어 내가 주동한 것처럼 말했다. 내 입에서 어떤 자백을 물색하고 있었다. 그래서 내가 침묵을 지킬 때마다 벌을 주듯 한참

이나 빈방에 머물게 했다.

그들은 나와 테일러, 호수 공원에 있던 아이들, 한나의 메시지와 통화 기록을 전부 입수해 대조했다. 우리가 이용한 교통편을 확인하고 목격자들의 진술을 얻어냈다. 우리가 언제 어디서 모였는지, 왜 모였는지, 거기서 뭘 마셨는지 조사했다. 우리를 다시는 모이지 못하게 했고, 한 명 한 명 마약 선별 검사를 받게 했다.

모두에게서 아편류 마약이 검출되었지만 나와 테일러는 통과했다. 그들은 나와 테일러를 의심하며 똑같은 검사를 다섯 번이나 더 시켰다. 나는 그 요구에 계속 응해야 했지만 테일러는 부모님이 경찰서에 다녀간 후로 다시는 경찰서에 나타나지 않았다.

새라와 노라도 마찬가지였다. 그 여자애들의 부모가 자기 딸들에게 아무런 잘못도, 문제도 없다고 말하자 정말로 그런 것이 되었다. 그 여자애들은 둘 다 어릴 때부터 경찰서장과 알고 지낸 사이였다. 그래서 새라와 노라는 고등학생들에게 전부 뒤집어씌울 수 있었다.

고등학생들은 자기들 중 가장 만만한 아이에게 뒤집어씌웠다. 호르헤와 티모시도, 한나의 죽음으로 수면 위에 오른 조사에서 전부 빠져나갔다. 걔들은 새라와 노라보다도 대단한 집 애들이었다.

나는 내가 자리를 비운 사이 폐전망대 앞에서 무슨 일이 있었는지 진상을 알고 싶었지만 아무도 알려주지 않았다. 새라, 노라, 호르헤, 티모시, 그리고 테일러를 호수에 빠뜨렸던 남자애들을 찾아가서 무릎을 꿇고 빌었지만 그 애들의 이야기는 잘 짜인 대본처럼 앞뒤가 맞았다. 서로가 서로의 알리바이를 증명했다.

"너희가 한나한테 한국에 대해서 물어보고 있었잖아. 벤치 위에 한나가 앉아 있었고, 너희가 걔 보고 아빠가 의사라고, 그런 얘기 했잖아. 그러다가 한나가 갑자기 사라진다는 게 말이 안 되지 않아? 너희 중 아무도 한나를 못 봤다는 게."

"그래, 그러니까 나도 미치겠다는 거야."

새라는 팔짱을 끼고 말했다.

"난 너랑 같이 테일러한테 달려갔을 때 너처럼 거의 기절한 상태였어. 그 피떡을 보고 어떻게 제정신이겠어?"

노라는 나를 불쌍해하며 말했다.

"미안해. 나도 그런 대화를 나눈 건 기억나. 그런데 한나가 네가 어딘가로 가는 걸 보고는 널 따라가야겠다고 했거든. 그러고는 어디로 갔는지를 못 봤어."

호르헤는 덤덤하게 말했다. 나는 호르헤에게 방금 한 말이 진심인지, 경찰에게도 그렇게 말했는지 물었다. 호르헤는 내 어깨를 토닥이며 고개를 끄덕였다.

"한나는 널 따라갔어. 넌 어디 있었어? 걔를 제대로 챙겼어야 하는 건 걔 데려온 너지, 내가 아니야."

티모시는 호르헤와 똑같은 말을 하면서도 나를 비웃었다. 나는 티모시의 집 앞까지 찾아갔다가 티모시의 여동생이 소피라는 사실을 알고 경찰서에 달려갔다. 바락바락 소리를 지르며 그 애들이 한 짓이라고, 그 애들이 한나를 죽인 거라고 주장했다. 경찰들은 우리 아빠를 불렀고, 나는 아빠와 함께 쫓겨났다.

나를 정말로 미쳐버리게 만든 건 테일러였다. 나는 테일러를 만나기 위해 일전에 한 번 가봤던 테일러네 집 앞을 서성거렸다. 친구들이나 부모님으로부터 얻은 정보가 있는지 물어보고자 했다.

테일러는 나를 보자마자 한숨을 쉬더니 정문을 열지 않은 채 이렇게 말했다.

"제니. 네가 예민한 건 당연해. 힘들겠지. 그런데 너도, 나도 그날 그 자리에 없었잖아. 우리는 정말로 몰라. 그러니까 함부로 누군가가 한나를 죽였다고 말하고 다니는 건 조심해야지."

"내가 경찰서에서 난리 친 거 어떻게 알았어?"

"새라가 얘기해줬어. 네가 걱정돼서 한 말이야."

"너 정말 아무것도 몰라?"

"나도 슬퍼. 난 한나를 아꼈어. 너도 알잖아."

나는 네가 대체 언제 한나를 아꼈냐고 고함치며 따졌다. 뱃속에서 한 줄기 번개가 뿜어져나가는 것 같았다. 하지만 세상은 내 편을 들어주지 않았다. 정문의 쇠창살 사이로 손을 집어넣어 테일러의 멱살을 잡았다가 테일러의 엄마에게 뺨을 맞았다. 그 여자는 '테일러도 그날 머리를 크게 다쳤어. 왜 너는 너만 생각하니?' 하고 억울하다는 듯 울분을 토했다.

다들 상황에서 발을 빼려고 안달이 나 있었다. 그 애들은 아무도 책임을 지려고 하지 않았고, 아무도 진정으로 슬퍼하지 않았다. 정말 한나가 어쩌다 물에 빠지게 된 건지 모른다면, 적어도 궁금해했어야 하는 것 아닌가. 그러나 그 애들은 한나의 사연을 전혀 궁금해하지 않았고, 제발 진실을 제대로 조사하라고 말하는 나를 '미친 여자애'로 명명하기 시작했다.

나는 목격자들을 찾아다녔다. 인터넷을 뒤져서 한나를 봤다는 사람들에게 쪽지를 보내고 만나러 다녔다. 한나가 물가에서 울고 있었다는 사람도 있었고, 한나가 놀러 온 어린애들과 대화를 나눴다는 사람도 있었다. 그건 내가 봐도 거짓말이었다.

단 하나 어쩌면 진짜일지도 모르겠다고 생각한 글이 있었는데, 그건 작성자가 글을 올린 지 하루 만에 삭제해서 다시 찾을 수가 없었다. 그 글의 내용은 다음과 같았다.

호수에서 죽은 빨간 안경 여자애.
누군가가 뒤에서 밀었다. 깜짝 놀래려고 한 것 같았다. 여자애가 졸고 있어서 굴러떨어졌다. 폐전망대 앞.

우리가 폐전망대에서 놀았다는 건 기사로 알려진 사실이기 때문에 지어냈을 수도 있다고 생각했지만, 나는 호르헤가 나와 테일러의 등을 치며 깜짝 놀랜 일을 떠올려버렸고 더는 살고 싶지 않아졌다. 정말로 죽고 싶었다. 호르헤 때문만은 아니다. 한나가 졸았다는 증언은 모든 의심의 줄기를 꺾었다. 열을 내던 마음이 맥을 잃고 늘어졌다. 나는 한나가 약을 복용하고 깜빡 잠이 들어 팔을 다친 일을 알면서도 테일러가 말했던 부작용만 생각했다. 한나가 마약을 하지만 않는다면 테일러처럼 이틀 내리 정신을 잃고 사경을 헤매지 않을 거라고, 괜찮을 거라고 생각했다. 내가 한나를 잘 돌보면 된다고, 계속 지켜보기만 하면 된다고 믿었다.

모든 게 내 탓이었기 때문에 나는 한나의 부모님께 내가 본 글에 대해서, 내가 들은 것에 대해서 말할 수 없었다. 한나의 부모님도 내게 무슨 일이 있었는지 같은 것을 묻지 않았다. 그들은 경찰과만 소통했다.

한나의 부모님이 호수 공원을 상대로 고소를 진행할 줄 알았다. 아니면 아이가 죽었는데 부패한 경찰이 제대로 진상을 규명하지 않는 것 같다고 외부에 도움을 요청할 줄 알았다. 인맥과 한인 커뮤니티, 언론을 이용할 줄 알았다. 그러나 그들은 아주 조용했다. 소식이 들려오지 않았다. 나는 왜 한나의 부모님이 소송을 제기하지 않는지 알아내려고 계속해서 인터넷을 뒤졌다. 한 익명의 분석가는 중학생인 한나가 보호자의 동행 없이 시외를 돌아다닌 게 문제라서 고소를 한다고 해도 패소할 확률이 높다고 했고, 다른 익명의 분석가는 아시안 부부는 애를 폭력적으로 키운다는 통념이 있어서 혼자 돌아다닌 한나의 일이 유명해질수록 아시안 집단이 전부 욕을 먹을 거라고 말했다. 한나가 자살했다고 말하는 사람들도 더러 있었다. 아무리 애통해도 한나의 부모님은 조용히 상을 치르고 싶었을 것이다.

사람들은 사실 한나의 부모님에게 별로 관심이 없었다. 그들이 소송을 걸든 말든 사람들의 이목을 끈 것은 나였다. 인터넷에는 나에 관한 글이 한나에 관한 글보다 많았다. 그들은 내가 얼마나 폭력적이고 공격적인지 말했다. 내가 주문을 외워 저주를 내렸다고 했고, 애초부터 한나를 오랫동안 괴롭혔다고 했다. 트위터에서 어떤 사람이 이런 말을 하는 것을 보았다.

한나는 착하고 좋은 아이였지만 영어를 못했다. 그런 애가 자기를 괴롭히던 사람들과 자진해서 놀러 갔을 리 없다. 한국어를 할 줄 아는 애가 구슬렸을 것이다. 그 무리에서 한국어를 하는 애는 한 명밖에 없고, 그 애가 바로 모래사장에서 한나를 때린 사람이다.

해명하지 않았다. 그런 글들에 일일이 댓글을 달거나 말을 걸거나 쪽지를 보내지 않았다. 할 수 있는 말이 없었다. 정말로 다 내 잘못이었으니까. 나야말로 가장 조용히 있어야 하는 사람이었다. 나는 한나에게 너무 많은 잘못을 저질렀기 때문에 감히 새라와 노라, 호르헤, 티모시가 한나를 죽였다고, 아니면 적어도 걔들이 한나를 위험한 상황에 처하게 했다고 주장하지 못했다. 다시는 그런 말을 입에 올리지 못했다.

나와 엄마는 지속적으로 찾아오는 기자들 때문에 아파트에서 쫓겨나고 말았다. 로렌 엄마는 우리 엄마가 한 달만 더 살게 해달라고 내미는 돈을 받지도 않고 쳐냈다. '당신 때문에 애가 저렇게 큰 거야. 약이나 하고 말이야. 내가 집에서 애 붙잡고 돌보라고 몇 번이나 충고했어!' 하며 한나의 죽음이 우리 엄마의 탓인 것처럼 말했다.
엄마는 내가 약을 하지 않았다는 걸 알면서도 가만히 있었다. 나는 로렌 엄마에게 '저 약 안 했어요. 저 그건 정말 깨끗해요' 하고 말하고 싶었지만 그럴 힘이 없었다. 나 때문에 쫓겨난 상황에서 내가 할 수 있는 말은 아무것도 없었다.

엄마의 새 애인이었던 세탁소 사장도 엄마에게 '시간을 갖자'며 이별을 통보했다. 엄마는 나를 원망하는 눈치였지만 화를 내거나 때리거나 역정을 내지 않았다. 내가 경찰 조사를 받으러 다닌 후로 나를 건드린 적이 없었다. 내가 사람을 죽였다고 생각하는 것 같았다. 어쩌면 자기도 죽여버릴 거라고 생각하는 것 같았다. 엄마는 나를 무서워하기 시작했다.

우리는 곧장 하트빌을 떠나지는 않았지만 원래 살던 동네를 벗어났다. 중심가를 가로질러 터미널 부근으로 향했다. 아빠가 임시로 알아봐준 방에서 머무르게 되었다. 그 건물은 터미널 옆에 있는 5층짜리 빌라였는데, 아빠가 그렇게나 싫어하는 노숙자들이 매일같이 1층 라운지에 들어와서 잠을 잤다.

나는 거의 밖을 나다니지 않았지만 잠시라도 나가면 정의의 사도 놀이를 좋아하는 남자애들에게 얼굴 반쪽이 다 터질 정도로 맞았다. 그 애들의 눈에는 내가 아주 잘 보이는 모양이었다. 한 번도 동네에서 눈에 띈 적이 없었는데 그 애들은 내가 후드를 쓰고 지나가도 곧바로 알아봤다. 더는 주목받고 싶다고 노력하지 않아도 됐다.

가끔 혹시나 셰리나 앰버, 루시 같은 애들이 나 때문에 테러를 당할까 봐 걱정이 되어서 그 애들에게 문자를 보내봐도 답은 없었다.

수사가 종결되고 경찰은 내게 죄가 없다고 했다. 그러나 길거리의 사람들, 이웃들, 학교 아이들은 그렇게 생각하지 않았다. 나는 맞고, 또 맞았다. 피하지 않았다. 나도 내게 죄가 있다고 생각했다.

아빠는 나와 엄마를 데리고 다시 이사를 다니며 도시들을 전전하기 시작했다. 나 때문에 하루도 조용히 살 수 없었기 때문이다. 한 집에서 서너 달 살면 오래 사는 수준이었다.

우리가 하트빌 자체를 떠나게 되었을 때, 나는 보관해둔 셰리의 바이올린을 돌려주려고 셰리의 아파트에 잠깐 찾아갔다. 셰리는 엘리베이터를 타고 내려오지 않았다. 카드 키를 들고 내려와주지 않았다. 한나를 잃은 건 난데 셰리마저 나를 만나주지 않았다.

그 애는 인터폰으로만 답했다.

"그냥 아무데나 두고 가."

나는 경비원의 책상에 바이올린 케이스를 올리며 셰리가 가지러 올 거라고 말했다.

"여기 올려놔도 될까요?"

"아무데나 놔."

"밑에 내려놓기는 좀 그래서요."

"어차피 케이스 안에 있잖아. 비싼 거야?"

"아뇨. 비싼 건 아니라고 들었어요."

"그래. 그럼 두고 가."

처음 보는 경비원이었지만 그는 크리스마스 전에 만났던 경비원이 읽던 책과 같은 책을 읽고 있었다. 그가 두고 간 것을 물려받아 읽는 것 같았다. 시집의 뒤표지에는 '바람에서 태어난, 바람에서 태어난'이라고 적혀 있었다.

셰리와 셰리 엄마에게는 인사를 하고 떠나고 싶었지만 그러지 못했다. 졸업식에도 가지 못했고, 어딘가에 입학하지도 못한 채 떠나기 직전까지 하트빌을 유령처럼 걸어 다녔다.

아빠는 또 어딘가에서 낡은 트럭을 구해 왔다. 나는 아빠가 트럭에 짐을 싣는 모습을 보며 하트빌에 처음 왔던 날을 떠올리다가 벌떡 일어났다.

"꼭 해야 할 일이 있어. 한 시간만 기다려줘."

아빠는 도시에 미련을 버리라고 했지만 나는 미친 듯이 뛰어 학교로 갔다.

학교 문이 굳게 닫혀 있었다. 보안관과 몇몇 선생님 말고는 사람이 거의 없었다. 보안관은 나를 알아보고 무슨 일로 왔는지 물었다. 그는 내가 더 들을 수업도 없고, 이미 졸업한 상태라는 것도 알았다.

"1층 로비에 있는 공중전화를…… 쓰고 싶어요."

그는 3분만 쓰고 나와야 한다고 말하며 문을 열어주었다.

나는 곧장 공중전화 부스로 달려갔다. 그리고 3분 동안 유리에 볼을 대고 가만히 서 있었다. 언제라도 한나가 나타나서 '한국어 할 줄 알았어?' 하고 물어볼 것 같았다. 나는 그 애가 얼굴을 대고 있던 자리에 이마를 대고 있었다. 계속해서 한나의 얼굴을 떠올리다가 엉엉 울었다. 입을 너무 벌려서 목이 바싹 말랐다.

경찰이 쓰러진 한나를 왜 때렸냐고 물었을 때, 뭐라고 답해야 했을까. 심폐소생술이라고 하기에는 투박했고, 깨우기 위해서라고 하기에는 과격했다. 누가 봐도 그 애를 죽도록 패고 있었다.

아마 나는 한나가 돌아오지 않는다는 걸 누구보다 먼저 예감했고, 누구보다 빠르게 인정했을 것이다. 폐전망대와 카약 대여소와 공원 사무소 사이를 뛰어다닐 때도, 그 애가 교각에서 발견되었다는 말을 들었을 때도 막을 수 없다는 걸 알고 있었다. 불길한 예감은 잘 틀리지 않으니까. 신화에 나오는 테베의 왕처럼 이미 예견된 일을 막으려고 하면 그를 놀리듯 운명은 꼭 일어나고 만다. 더 처참한 방식으로 말이다.

물론 한나가 깨어나기를 바란 것은 맞지만, 죽으면 안 된다고 어떻게든 붙잡고 싶었던 미련은 분명 진실이지만, 더 큰 진실이 있다면…… 나는 꺼져가는 한나의 생명에 내 모든 마음과 기억을 수장하고 싶었다. 초라한 죄책감, 한나를 지키지 못한 나에 대한 실망과 분노, 그 애를 향한 증오와 그 애를 언제나 깔봤던 나에 대한 혐오, 한나가 내 곁에 머물렀던 악몽 같기도 하고 신기루 같기도 했던 시간까지 전부 모아 조립해서 그 애에게 쏟아버린 후 어딘가로 떠내려가게끔 하고 싶었다. 내 인생의 한 단락을 그딴 식으로 완결 짓고 싶었다. 한나가 죽을 때, 나는 그런 하잘것없는 기회를 본 것이다.

그러나 그건 불가능한 일이었다. 모든 일에는 부스러기가 있으니까. 사건이 끝나도, 시간이 지나도 그것의 부스러기는 계속 굴러가니까. 사건은 애초에 끝이 나질 않으니까. 세상은 지긋지긋하게 연속되고 있으니까.

39

 한나 엄마가 나를 찾아온 적이 있다. 우리 가족이 애틀랜타의 한 작은 동네에 머물 때였다. 우리는 윤희-제시카의 친척이 운영하는 민박집에서 지내고 있었다. 엄마가 윤희-제시카에게 빌려준 돈을 받지 않는 대신 그곳에서 다섯 달 동안 지내기로 했고, 나는 덕분에 공립 고등학교에 등록해 세 달째 다니고 있었다.

 그 학교에서도 겉돌았다. 중학교 때는 겉으로는 티가 나지 않게 속으로 겉돌았다면, 고등학교에서는 누가 봐도 혼자였다. 어떤 선생님은 내가 말을 너무 하지 않아서 영어를 못한다고 생각했고, 또 어떤 선생님은 내가 아주 차분하고 신중한 학생이라고 생각했다. 아이들은 전부 나를 정신 나간 애라고 생각했다. 대부분의 아이들이 학교에서 잠만 잤는데 나는 깨어 있었기 때문이다.

 그렇다고 수업을 들은 것도 아니고, 공부를 열심히 한 것도 아니다. 운동장을 바라보거나 한국어를 중얼거리기만 할 뿐 가만히 있었다. 누군가와 친해지고 싶지 않았다. 그리고 다행히 모두가 나와 친해지기 싫어했다.

혼자 다니고, 혼잣말만 하는 조용한 일상에 익숙해져갈 때쯤, 학교가 끝난 뒤 집에 돌아온 나는 민박집 앞에 서 있는 은색 볼보를 보자마자 다리에 힘이 풀려 주저앉을 뻔했다. 그 자동차는 어느 때보다 무시무시하고 암울해 보였다.

내가 가까이 다가가자 한나 엄마가 차에서 내려 내 쪽으로 걸어왔다. 나는 눈을 질끈 감았다. 나를 죽이거나 때리러 왔다고 생각했다. 복수를 하러 왔다고 생각했다. 한나 엄마의 얼굴이나 눈을 보면 안 될 것 같았다. 특히 눈을 보면, 그 순간 돌이 되어 굳어버릴지도 모른다고 생각했다.

그런데 내 예상과 달리 한나 엄마는 화를 내지도 않고 손을 휘두르지도 않고 울지도 않았다. 까칠한 말투로 나를 노려보며 말하지도 않았다. 그 여자는 대신 기묘한 미소를 짓고 있었다. 고개를 숙이면서 볼 땐 인자하고, 고개를 들면서 볼 땐 딱딱한, 양면으로 비틀리는 미소를 짓고 있었다.

"오랜만이야, 제니야. 잘 지냈어?"

한나 엄마는 새까만 원피스 위에 새까만 코트를 입고 있었다. 사랑하는 딸을 허망하게 잃었는데 어떻게 그 애를 그렇게 만든 나를 찾아올 수 있었을까. 어떻게 너무나 다정한 목소리로 안부를 물을 수 있었을까. 나는 대답하지 않았다. 한동안 눈만 깜박였다. 몸이 경직되어서 고개를 끄덕이거나 흔들 수가 없었다. 한나 엄마는 내 키가 더 큰 것 같다고 했는데, 나는 그렇지 않다고 표현하지 못한 채 계속 시선을 둘 곳을 찾았다.

"어떻게 왔는지 안 물어봐?"

"어떻게 오셨어요."

"너희 어머니한테 연락했어. 처음에는 안 받으시다가 내가 너한테 줄 게 있어서 만나고 싶다고 하니까 주소를 주셨어."

"언제요?"

"오늘 아침에."

"바로 오신 거예요?"

"응. 급했어. 왜냐면 너무 늦으면 안 될 것 같아서."

한나 엄마는 내게 대뜸 한나의 부검 결과를 들려주었다. 그 애의 사인은 익사였다. 한나가 죽은 지 6개월이 다 되어가고 있었다. 익사라는 말을 들었을 때 만감이 교차했다. 익사일 것이라고 예상했지만 그 때문에 그날 일이 더 모호해졌다.

"한나 몸에 있던 상처, 나도 그땐 놀랐지만…… 그 정도 타박상은 심폐소생술로 생긴 멍이랑 비슷해."

내가 한나의 몸에 새긴 끔찍한 흔적들에 대해 한나 엄마는 별 것 아닌 것처럼, 다 괜찮은 것처럼, 나를 온전히 이해하는 것처럼 말했다. 수긍할 수 없었다. 한나 엄마가 무슨 말을 하든 내게 죄가 있다고 생각했다. 그러나 그 여자는 나를 달래려는 듯 덧붙였다.

"심폐소생술 때문에 갈비뼈도 부러져 있었대."

"저 때문에 호수에 간 거잖아요."

"너 때문이 아니야. 한나가 가고 싶어 했잖아."

"네?"

나는 한나 엄마가 누구에게 무엇을 들었는지 궁금했고, 그제야 그 여자의 얼굴을 똑바로 보았다. 한겨울에도 강한 조도의 햇살이 내리쬐는 가운데, 한나 엄마는 바람 빠진 웃음소리를 냈다.

"나와 한나 아빠가 한나를 제대로 보호하지 못했어. 그게 다야. 이건 그게 다인 일이야."

"한나가 호수에 가고 싶어 한 걸 어떻게 아세요?"

"한나는 솔직해서 다 말해. 속이지를 못해."

"그럼 호수에 가는 거 아셨어요?"

"생일 선물도 같이 준비했어."

"왜 비밀로 했는지도 아세요?"

"뭐, 그런 건 이제 중요하지 않아."

내가 고개를 흔들자 한나 엄마는 팔에 걸려 있던 가방의 좁은 입구에 손을 쑥 넣어 손바닥만 한 납작한 상자를 꺼냈다. 그건 한나가 메고 있던 가방과 크기가 비슷했다. 한나 엄마는 내게 그 작은 상자를 건네며 말했다.

"한나가 너한테 남긴 거야."

"저한테요?"

"응. 너한테 주고 싶어서 왔어."

나는 선뜻 상자를 받지 못했다. 비누나 손수건 같은 게 들어 있을 법한 작은 파란색 종이 상자에 카드 하나가 달랑달랑 위태롭게 붙어 있었다.

"그날⋯⋯."

한나 엄마는 말을 맺지 못했다. 한나 엄마의 손이 미세하게 흔들려서 나는 상자가 떨어지지 않게 손을 내밀었다. 그때 한나 엄마는 내 손등의 화상을 보았고, '네가 그랬니?' 하고 물었다. 나는 빠르게 손을 뒤로 숨겼지만 한나 엄마는 자기가 하려던 말을 멈추고 내 손을 붙잡았다. 옷으로 가려진 손등과 팔을 굳이 걷어보지 않고, 그대로 어루만지더니 왜 그랬냐고, 왜 그랬냐고 두 번이나 반복해 말했다.

"그냥요."

"그냥이 어딨어?"

"이유가 없어요."

"왜, 차라리 이유를 설명할 의무가 없다고 하지."

한나 엄마는 내가 한나에게 알려주었던 말을 인용했다. 나는 도저히 뭐라고 답해야 할지 몰라서 죄송하다고 사과했다.

"혼낸 거 아니야. 속상해서 그래. 화상이 얼마나 아프고 흉도 오래가는데."

"안 아팠어요. 괜찮아요."

나는 한나 엄마에게 잡힌 손을 빼냈지만, 한나 엄마는 다시 내 손을 붙잡고 손바닥에 상자를 올려주었다.

"그날 너한테 주려고 했던 거야, 제니야. 그런데 받기 전에 한 가지 약속해줄 수 있어?"

한나 엄마는 곧바로 건네지 않고 잠시 더 강한 힘으로 상자를 꽉 쥐었다.

"무슨 약속이요?"

"무너지지 마."

한나 엄마는 두어 번 같은 말을 반복했다. 무너지지 마, 무너지지 마. 이 상자를 열어도, 이 카드를 읽어도 무너지지 마. 대체 얼마나 재난 같은 것이길래. 고작 상자 하나가 사람을 무너지게 할 수도 있을까. 판도라가 된 기분이었다.

"약속할 수 있어?"

아주 간절한 말투였다. 그는 내가 약속해주지 않으면 쓰러져서 어딘가로 실려 갈 것처럼 창백한 얼굴로 말했다. 나는 고개를 천천히 끄덕였다. 그러자 내 양손에 상자와 카드가 들어왔다. 한나 엄마는 내 손등을 다시 한번 어루만지다가 잘 지내라는 인사를 남기고 떠났다.

"네가 기억해야 하는 건 한나가 너를 정말 좋아했다는 거야. 그리고 네 잘못이 아니라는 것도. 그게 다야."

한나 엄마가 돌아가고 난 후 몇 분 동안 바닥에 난 바퀴 자국을 바라보다가 민박집 건물 안으로 들어갔다. 방에서는 엄마가 쉬고 있었기 때문에 반지하에 있는 세탁실로 향했다. 세탁기와 건조기의 소음을 들으며 구석에 놓인 작은 스툴에 걸터앉았다. 반대편에 놓인 작은 어항에서 파란빛이 아른아른 흘러나왔다. 나는 심호흡을 하고 박스를 뜯었다.

박스를 열었을 때 내가 맞닥뜨린 건 파란 수영복이었다. 파도 사진이 프린팅된 수영복은 어항 빛에 광택을 냈다. 손가락 사이로 카드가 새어 나갔다. 카드 봉투에서 빠져나온 그 얇은 종이는 나비처럼 팔랑거리며 바닥으로 떨어지더니 내가 펼쳐보기도 전에 빼곡하게 적힌 글씨를 활짝 드러냈다.

생일 축하해 제니 너랑 친하게 지낼 수 있어서 행복해 내년 생일에도 너한테 무슨 선물 줄지 고민하게 되고 벌써 설레 이번 선물은 수영복이야 네가 호수와 정말 잘 어울려서 골랐어 여름에 태어나서 그런가? 난 너처럼 되고 싶어 내년에는 조금 더 너다워진 내가 곁에 있을게 그럼 즐거운 하루 보내 안녕

'생일 축하해'라는 한글 문장 옆에는 너덜너덜한 파란색 하트 보석 스티커가 붙어 있었다. 그 애가 언젠가 내게 통역을 부탁해서 리즈로부터 얻어냈던 스티커였다. 그 스티커를 보자마자 어이없게도 웃음이 터져 나왔다. 한나는 내가 바란 적도, 시킨 적도 없는 짓을 해서 터무니없는 기쁨과 괴물 같은 고통을 동시에 물어다주었다. 빙글빙글 돌아가는 세탁기 통들과 수족관 바닥을 구르는 원형 소라들 사이에서 내 세계는 완전히 멈추어버렸다.

여름은 고작 계절인데 한나는 그 안에서 많은 감상을 얻는 것 같았다. 나는 한나의 마지막 여름을 손에 쥐고 화장실로 뛰어갔다. 카드는 세면대 위에 던져두고 한나가 준 수영복으로 곧장 갈아입은 뒤 팔다리를 전부 드러낸 채 거리로 나갔다. 겨울 애틀랜타는 한낮에도 15도까지 올라가서 그렇게 춥지는 않았지만 누가 봐도 이성을 잃은 것처럼 보이긴 했다.

나는 내 앞에 펼쳐진 세상이 겨울이 아니라 여름이라고 상상했다. 한나를 마지막으로 만났던 날의 날씨를 떠올렸다. 그러자 모든 게 여름의 조각들로 보였다. 야자수가 늘어선 포장도로 위에서 여자들의 플라스틱 슬리퍼가 흐물흐물 녹는 가운데 나는 양팔을 벌

리고 뛰어다녔다.

한나의 선물은 좋지도 싫지도 않았다. 예쁘고 세련된 디자인이었지만 너무 파란 탓에 위험해 보였다. 그걸 입고 물속에 들어가는 건 비가 내리는 밤길에 까만 옷을 입고 까만 우산을 쓰는 격이었다. 사람들이 가라앉는 한나를 보지 못한 것처럼 나도 어딘가 별로 깊지도 않은 곳에 가라앉을 것 같았다. 그래서 물에 들어가는 대신 거리를 쏘다녔다. 모두가 나를 볼 수 있는 곳에서, 어디로 뛰어도 가라앉지는 않을 곳에서 끝도 없이 달렸다.

40

 엄마는 내게 나쁜 일이 있을 때마다 '한나가 너를 안 떠나는 거야'라고 말했다. 내가 동네 불량배들에게 맞고 얼굴이 갈려서 오거나 누군가와 싸움이 붙어서 탈골을 겪어도 더는 '아프지 마, 애기야' 같은 말을 하지 않았다. 엄마는 말없이 수건으로 얼굴을 닦아주고, 몸을 주무르다가 한나가 귀신이 되어서 나를 골탕 먹이고 있다고, 너를 떠나지 않고 못살게 구는 거라고 말했다. 나는 대체 어떻게 죽은 사람을 두고 그런 소리를 하냐고 언성을 높여 묻고 싶었지만, 엄마와 더는 대화하고 싶지 않아서 돌아눕거나 자리를 피했다.
 내가 부모님 곁을 벗어나 한국으로 돌아간 건 만 나이로 스무 살 때였다. 우리 가족은 애틀랜타와 조지아 사이를 2년 동안 오가며 이사를 다니다가 다시 정착지를 찾았다. 재기에 성공한 윤희-제시카의 도움으로 아빠가 로스앤젤레스에 있는 김치 공장에서 관리직을 맡게 되었고, 우리는 비행기를 타고 로스앤젤레스 근처로 돌아갔다. 윤희-제시카는 자기가 어려울 때 도와준 사람이 우리 엄마밖에 없었다며 우리 엄마를 은인으로 모셨다. 우리 집은 내가 아주 어릴 때 누렸던 수준으로 생활의 안정을 찾았다.

그런데도 한국에 가야겠다고 생각한 건 로스앤젤레스로 돌아가서도 내가 적응하지 못했기 때문이다.

나는 시간이 지나도 나아지지 않았다. 한번 잃어버린 활력이 돌아오지 않았다. 매일 장례식 같았다거나 정신병원 같았다는 건 아니다. 단지 길을 잃었을 뿐이다. 그 어떤 길도 내 길이 아닌 것 같은 느낌이 나를 천천히 해체했다.

학교에 가야 하는 날 학교에 가지 않고, 도시를 여행했다. 학교에 간 날에는 운이 좋으면 조용히 있다가 돌아왔지만 시비가 붙은 날에는 폭발하는 분노를 참지 못했다. 그렇다고 맞서 싸우고 폭력적으로 굴었다는 건 아니다. 나는 사람의 신체를 가격하는 데 트라우마가 있어서 아무도 패지 못했다. 그냥 소리를 버럭버럭 지르며 맞기만 했다. 때때로 평범하게 하루를 보냈으나 자주 그런 식으로 내 몸을 다치게 하는 데 열중했다. 누군가가 나를 때려주지 않아서 스스로 행했다.

사람들이 자해에 대해 하나 모르는 것이 있는데, 자해를 하고 싶어서 한다고 생각하지만 그게 아니다. 다른 방법이 없기 때문이다. 어떤 순간을 견딜 수 있는 다른 언어나 행위가 없어서, 대책이 없어서 하는 수 없이 그 충동을 택하는 것이다. 나는 한나를 잃은 일의 부스러기로 한나를 떠올리지 않는 날에도 라이터로 팔을 지졌다.

아빠에게 이런 설명을 하자 아빠는 글을 쓰라고 했다. 그런데 그 글은 에세이나 회고록, 소설 같은 것을 말하는 게 아니라 '자기소개서'였다. 아빠는 미국에 오면 다 나아질 거라는, 아메리칸드림의 사고방식을 버리지 않았다.

"대학 가면 다 나아. 너 정말 대학 가서 사람들 더 다양하게 만나고, 많이 배우고, 그러면 괜찮아져."

아빠는 자기가 기술직 노동자이기 때문인지 내가 문과 대학에 가기를 원했다. 사무직 노동자가 되길 바랐다. 아니, 전문직이 되길 원했다.

"다 네 경험이야. 사고, 수사 이런 거 말이야. 너 대학 입시 자소서에 쓰면 돼. 그거 나쁜 거 아니야. 글로 쓰면서 너 스스로 해방하는 거야. 글로 써서 해소시키는 거야. 죄책감도 안 가져도 돼. 재판까지 안 갔지만 좀 과장해서 재판 얘기도 쓰고. 그래서 법에 관심 많아졌다고 쓰면 안 뽑을 수 없을 거야. 앞으로 올 좋은 나날만 생각해."

천성이 순진난만한 아빠는 어떻게든 나를 대학에 보내려고 조언을 아끼지 않으며 애썼지만 나는 고등학교도 졸업하지 못했다. 아무리 학교로 되돌아가도 자꾸만 정학을 당하거나 낙제를 받았다.

그런 건 나를 흔들지 않았으나 아빠가 글을 쓰라고 한 것, 대학에 가기 위해 내 삶을 편집하고 내 이야기를 부풀리라고 한 것은 나를 동요시켰다.

사실 아빠의 조언을 들은 날 나는 어딘가에 목을 매달았는데, 정확히 어디였는지 기억나지 않지만 새까만 숲이었던 것 같다. 트럭을 몰고 지나가던 어떤 늙은 여자가 한 시간을 넘게 내 두 발을 붙잡고 들어줘서 끝내 죽지는 않았으나 아빠는 그 일을 겪고, 두어 번 더 나의 가출을 겪고, 나를 한국에 보냈다.

고등학교를 채 마치지 못하고 한국으로 향하던 밤, 미국을 두고 가는 기분이 들었다. 가져본 적이 없는 것을 밤하늘 아래 방치하는 기분이 들었다.

나는 광명에 홀로 사는 할머니의 집으로 갔다. 이미 한국 나이로 스물두 살이 되었으니 고등학교에 다닐 생각이 전혀 없었지만, 아빠의 강력한 종용으로 학교를 다니게 되었다. 검정고시를 치는 것도 안 된다고 했다. 아빠는 할머니에게 이렇게 말했다.
"걔는 자유를 주면 안 돼요. 어딘가에 보내야 해요. 자유를 주면, 자유롭게 저승으로 갈 애야."
할머니가 나를 어떻게 학교에 보내야 할지 고민하며 어딘가에 전화를 걸자 고모가 왔다. 고모는 한 달 동안 할머니의 집에 매일같이 방문했다. 내게 밥을 차려주고 전학 수속을 밟을 학교를 알아봐주었다.
고모가 어른이 된 나를 처음 보고 처음 꺼낸 말은 '예뻐졌네. 이마가 동글동글하고 턱이 뾰족해서 참 귀엽네. 쌍꺼풀은 없지만 눈도 길고 인상이 강하고. 코는 엄마를 닮아서 아주 오뚝하네. 다행이야, 우리 집 남자들은 다 매부리코잖아. 넌 진짜 복 받은 거야. 목도 길고, 팔다리도 정말 길쭉길쭉해. 근데 허벅지가 왜 이래, 너? 너 이거는 운동을 멈추든지 뭔갈 해서 좀 가늘게 만들어야 할 것 같아. 남자들이 안 좋아할 거야'였다. 공항에서 할머니 집까지 혼자 찾아가는 동안 그 어떤 풍경을 봐도 한국에 온 것을 실감할 수 없었지만, 그즈음엔 너무 많이 실감해서 정신을 마비시키고 싶었다.

미국에서 여러 번 졸업이 미뤄졌던 나는 한국 고등학교에서 2학년 2학기에 배정되었다. 법적으로 성인이었기에 너무나 민망했다. 입어본 적 없는 교복도 낯설었다. 나보다 서너 살 어린 아이들 사이에서 또다시 적응해야 하는 것도 부담스러웠다.

고향에는 내가 기억하는 폐공장도, 저수지도 없었다. 한국은 로스앤젤레스에 있는 한인타운과도 전혀 비슷하지 않았고, 난생처음 보는 건물 양식과 간판 디자인으로 가득했다. 사람들의 한국어는 부모님의 한국어와 달랐고, 아이들의 한국어는 어른들의 한국어와 달랐다. 옷과 화장도 달랐다. 나를 보는 시선도 달랐다. 그렇지만 낙담하지 않았다. 성가시다고 생각하지 않았다. 하루하루 내가 모르는 것을 익히려고 노력했다. 나는 한국을 더는 고향으로만 대하지 않았다. 나는 그곳을 하나의 나라라고 생각했기 때문에, 내가 한나와 닿아 있는 거대한 연결고리라고 생각했기 때문에 환경과 변화에 순종했다.

적응은 단순히 환경에 익숙해지는 것이 아니라 가끔은 몸의 모든 틈을 활짝 열어젖혀서 세상의 온갖 돌기를 도킹시키는 것처럼 느껴진다. 폭력적이고 강압적이다. 인간은 적응의 동물이라고 하지만, 실은 반항을 못 하는 것뿐이라는 생각도 든다.

한 가지 마음에 든 게 있다면 아이들이 내게 다가오는 걸 어려워했다는 것이다. 미국에서 왔대, 우리보다 나이 많대. 전설 속의 동물이 현실에 등장했을 때나 쓸 법한 톤으로 그렇게 말했다. 그 거리감이 나를 둘러싸고 보호해주었다.

반 아이들은 내가 영어를 잘한다고 부러워했다. 넌 영어를 잘하니까 대학 잘 가겠다, 넌 영어를 잘하니까 나중에 취업할 때도 문제 없겠다. 토플 몇 점이야? 토익 본 적 있어? 영어를 잘하면 한국 사회에서 이룩할 수 있는 건 무한해 보였다. 나와 똑같이 생긴 아이들 사이에서 그 애들이 나를 우러러보는 경험을 하고 나니 잠깐 신이 나기도 했다. 한 번도 되어본 적 없는 1등 시민이 된 것 같았다. 아직 대학에 가지도 않았는데 이미 대학에 잘 간 기분이 들었고, 시험을 보지도 않았는데 벌써 전부 만점을 받은 기분이 들었다. 그 희열은 성취한 적 없는 것에 대한 것이기 때문에 오래가지는 않았다.

아이들은 내가 10년 동안 미국에 있다가 돌아온 사실밖에 알지 못하면서 많은 이야기를 꾸며냈다. 돈이 많다느니, 로스앤젤레스에서 살았다느니, 집에 수영장이 있었다느니. 부풀 대로 부풀어 오르는 소문을 정정하지 않았다. 물집은 계속 땅을 밟으면 언젠가 터지고 말 테니 굳이 입을 벌릴 필요가 없었다.

나는 내게 지대한 관심을 보이는 여자애들이 '너 혹시 남자 친구 있어?' 같은 걸 물어보면 가끔 인스타그램이나 페이스북에 테일러 터너를 검색했다. 테일러는 뉴욕에서 대학을 다니면서 성소수자 연합 동아리 활동을 하고 있었다. 사진 속의 그 애는 나와는 전혀 다르게 생긴 남자 친구와 볼을 맞대고 윙크를 하고 있었다. 내가 기억하는 사람이 아니었다. 자기 탐구를 완벽히 해내고 고향을 떠나 새 삶을 살아가고 있었다. 그게 너무 분하고 미웠다. 하루 아침에 과거를 어딘가에 가둬두고 신분을 세탁할 수 있는 것이 부러워서 미칠 것 같았다.

그렇게 구질구질하게 테일러의 사진을 보고 있을 때면 내가 8학년에 멈춰 있는 기분이 들었다. 반 아이들이 어리다고 은근히 깔봐 놓고 정작 나는 그 애들만큼도 크지 못했다.

41

 이 회고는 어디에서 끝날까. 이 반성문은 갑자기 왜 쓰게 되었지? 나는 산산조각 난 채로 여행하고 있다. 여전히 장면과 시간 속을 헤매고 있다. 나를 하나로 이어주는 실을 찾고 있다. 내 이야기를 통합하는 힘을 모으려고.

 내가 천국이 그저 그림자라고 했을 때, 그것을 알기 위해서 꼭 그림자에 가까이 다가가보아야 한다고 말하지는 않았다. 하지만 이미 여정을 떠났다면 도착한 곳에서 지나온 길을 돌아보아야 한다. 내가 살던 곳이, 내가 도착한 곳이 무엇인지 알아내려면 뒤를 돌아보는 수밖에 없다. 깜깜한 통로 속을 응시하는 수밖에 없다.

 동굴에 비친 그림자에 관한 우화에서, 동굴 밖으로 나간 최초의 죄수는 횃불을 들고 다시 동굴로 들어간다. 그는 진실을 알리기 위해 진실이 없는 곳으로 들어간다. 꿈의 바깥에서 다시 꿈속으로,

삶의 바깥에서 다시 삶 속으로. 무언가를 비추려고, 다른 게 있다고 말하려고.

42

 고등학교 3학년 때, 다라라는 여자애를 알게 되었다. 그 애는 열 살 때 말레이시아에서 한국으로 왔다고 했다. 생김새도, 말투도, 사고방식 따위도 같은 반 아이들과 전혀 다르지 않았다. 말레이시아인이라고 말하지 않으면 한국인이라고 생각했을 것이다.

 그런데 다라를 열 살 때부터 봐온 학교 아이들은 절대 다라를 한국인으로 대하지 않았다. 그 애들은 한국어를 잘 못했던 과거의 다라를 영원히 기억했다. 한국어가 서툰 다라의 부모님을 웃기다고 생각했고, 함부로 평가했다. 남녀 분반이어서 남자애들은 어떤지 관찰할 수 없었지만 여자애들은 다라에게 잡다한 심부름을 '부탁'이라는 이름으로 시켰다. 다라가 부모님과 나누는 통화나 메시지에서 말레이시아어를 사용하면 조롱하면서 '재미'를 찾았다. 그 애들은 다라의 말을 이상한 발음으로 따라 하고 다라가 째려보면 이렇게 말했다.

 "재미없게 왜 그래?"

반 아이들이 다라를 대할 때, 그 애들은 너무나 내가 만났던 백인 아이들 같았다. 그래서 다라를 보면 잘 모르는 사람인데도 거울을 보는 것만 같았다.

나는 아무 의미 없는 동아리 신청서를 내러 가다가 다라를 만났다. 3학년 1학기 초였고, 신청서 마감일의 2교시 쉬는 시간이었다. 그 애는 교무실 문 앞에 있었다.

신청서를 받는 담당 선생님이 다라에게 신청서를 다시 써 오라고 말했다. 그는 같은 말을 반복했다. 나는 설마 다라의 한국어 글씨체가 엉망이어서 선생님이 그 애를 차별하는 건가 싶어 빠른 걸음으로 두 사람에게 다가갔다. 다라는 나보다도 키가 컸다.

"안 된다니까."

"왜요! 저 농구부 하기 싫다고요."

"지난 2년 동안 농구 잘만 했잖아. 너 없으면 우리 농구부 안 굴러간다고."

"아, 질린다고요."

"너의 마음도 잘 알지만, 팀에 네가 필요한데 어떡하냐?"

다라는 농구부에 속해 있다가 3학년이 되어 동아리를 바꾸려고 했는데, 선생님이 그것을 허락해주지 않는 것이었다. 동아리 담당 선생님이 하필 농구부 담당이어서 다라는 신청서를 던질 수도 없었고, 교무실 문조차 넘어갈 수 없었다.

"그러면 너 말고 다른 애 하나 구해 와. 그러면 내가 너 보내준다."

"진짜요?"

다라는 선생님이 내건 거래가 마음에 들었는지 호들갑을 떨더니 지금 바로 구해 오겠다며 몸을 돌렸다. 그 애는 뒤에 서 있던 나를 보자마자 유령을 본 것처럼 비명을 질렀다.

"얘, 얘 데려오려고 한 건데."

"나?"

다라는 나와 한 번도 대화해본 적 없었으면서 내가 키가 크다는 이유만으로 농구부에 억지로 입부시킬 계획을 혼자 세우고 있었다.

"나 농구 못하는데?"

"나도 원래 못했어."

"아니, 나는······."

"나도 키만 크다고 끌려간 거였거든? 용병이었다고. 이제 네가 제발 용병 해라. 바통 터치, 유 노?"

선생님은 다라와 키가 엇비슷한 나를 보더니 대뜸 환영한다고 말했다. 그는 다라의 손에 들려 있던 신청서를 뺏어서 다라의 이름 위에 엑스 자를 긋고 내게 펜을 건넸다.

"여기 밑에 이름 써. 희망 동아리도 다시 써."

"네?"

두 사람은 막무가내였다. 나는 내가 준비한 신청서를 내밀었다. 음악 감상부에 들어가고 싶다고 말했다. 팀 스포츠를 못한다고 말했다. 이건 증거도 있었다. 그러나 그들은 음악 감상이 얼마나 해로운지, 얼마나 지루한지 떠들면서 내가 신청서를 고치지 않으면 절대로 받아주지 않겠다는 듯이 말했다. 환상의 짝꿍이었다.

"자소서에도 도움이 안 돼. 음악 감상, 뭐. 개성이 없잖아?"
"음악 그거 다 듣는 거잖아."
"저 근데 정말 농구 못해요. 저 원래 축구밖에……."
 축구를 했었다고 말하자 선생님은 내 말을 가로챘다. 역시 예사롭지 않았다며 이제 농구를 하면 된다고 말했다. 벽과 대화하는 것 같았다.
 한편으로 그들의 발랄함이 신선하고 즐겁기도 했다. 3학년 아이들의 동아리 활동 시간은 전부 자율 학습 시간이라 별 의미가 없는데도 신청서 하나를 가지고 옥신각신하는 모습이 새로웠다. 다만 내 성격이 너무 변해서 더는 스포츠가 즐겁지 않았다. 그들을 상대할 기력도 없었다. 그때 다라는 말했다.
"알려줄게. 내가 오늘 하루 딱 알려줄 테니까 그다음에 결정해. 이거 어차피 아직 안 낸 사람 많아서 내일도 받아줄 거니까."
 다라는 신청서를 쥐고 선생님에게 허리 숙여 인사했다. 그 애가 나를 붙잡고 반에 가자고 하는 바람에 음악 감상 동아리 신청서를 들고 돌아가야 했다. 다라는 점심시간에 코트로 오라고 말했다.
 나와 다라는 점심시간이 될 때까지 서로를 의식하면서도 한마디도 하지 않은 채 지내다가 점심을 먹고 체육관으로 향했다. 다라는 내가 마치 엊그제 전학 오기라도 한 것처럼 학교를 소개했다.
"여자 농구부가 있고, 남자 축구부가 있어. 여자 농구부는 내가 나가면 여섯 명 남아. 솔직히 큰 문제는 없어. 선생님이 호들갑 떠는 거야."
"심각한 거 아니야? 이렇게 학생들이 많은데 왜 스포츠 팀에 여섯 명밖에 없어?"

"여자 농구부가 여섯 명이면 많은 거야."

다라는 농구 코트에서 얼쩡거리는 남자애들을 쫓아내고 내게 가까이 오라고 손짓했다. 그 애는 내가 코트 안에 서자마자 물품실로 달려가 공을 가져왔다.

"오 대 오로 경기하는 거 아니야?"

"우리끼리 할 때는 삼 대 삼이지."

"다른 학교랑 할 때는?"

"오 대 오. 아니, 근데 오 대 오인 걸 알아? 대단한데?"

다라는 멋쩍게 웃으며 말했다.

"나는 키가 크다는 이유로 여기 끌려왔지만, 농구라는 스포츠에서 키는 굉장한 이점이야. 너도 농구 좋아하게 될 수도 있어."

나는 다라의 호리호리한 다리를 보며 가벼워서 높이 잘 뛰겠다고 생각했다.

"그럼 왜 그만둬?"

"재미가 없어. 이게 뭔가 득점하는 애한테 계속 공을 주게 되거든. 걔만 재밌는 거지. 시다바리라는 말 알아?"

"알아. 네가 시다바리가 된 거 같아서 재미가 없어?"

다라는 고개를 끄덕이더니 갑자기 내게 공을 던졌다. 공중에 긴 포선을 그리며 내 품에 날아온 농구공은 축구공보다 크고 까끌했다. 훨씬 무겁게 느껴졌다. 손으로 공을 잡는 스포츠는 과거에 여러 번 짧게나마 해본 적이 있었지만 워낙 축구에 익숙하다 보니 확실히 낯설고 이상했다. 손으로 공을 잡는다니, 반칙처럼 느껴졌다.

다라는 양팔을 번쩍 올리며 자기에게 패스를 해보라고 했다. 내가 머뭇거리자 다라는 마임을 하듯 시범을 보였다.

"어떻게 하는지 알아? 팔을 이렇게 세모로 접고, 두 손바닥으로 공을 잡아. 빈틈 있어도 돼."

"이렇게?"

"좋아. 팔을 용수철이라고 생각해. 펌프질을 하는 거야. 앞으로 던져봐."

다라가 시키는 대로 했다. 양손에 꽉 들어차 있던 공이 회전하며 다라에게로 날아갔다.

"생각보다 폼이 좋은 거 같아. 빠르게 잘 던지네."

다시 받아보라며 다라는 내 품으로 또 공을 던졌다. 이번에도 내게 가르친 자세가 아니라 허공으로 높이 공을 띄우듯이 던졌다. 다라가 초보자를 가르치고 배려하는 데 익숙하다는 게 느껴졌다.

"나 말고 다른 신입도 있겠지?"

의심과 기대를 섞어 물었다. 다라는 깜짝 놀란 표정을 지었다.

"와, 공 두 번 잡아보고 농구부 들어와야겠단 결심이 들어?"

"배워보고 싶어."

축구를 흐지부지 그만둔 후로, 한나와 이별한 후로, 중학교를 떠난 후로 뭔가를 시도해보고 싶은 마음이 들지 않았지만 다라의 말투는 어딘가 과거의 나와 비슷해서 내 속에 묻힌 기쁨의 화석을 자꾸만 건드렸다. 그 화석에 잠겨 있던 시간이 꿈틀거리며 복귀를 청하는 것 같았다.

다라는 내 열정이 좋다면서 축구는 어떤지 모르겠지만 농구에는 드리블이 중요하다고 말했다. 그 애는 드리블 시범을 보이며 이리저리 돌아다녔다. 나는 다라가 허리를 얼마나 낮추는지, 고개를 숙이는지 마는지, 어디를 보는지 꼼꼼히 살폈다. 다라는 절대로 바닥을 보지 않았다.

"드리블을 많이 해야 된다는 건 아니야. 중요한 건 공을 뺏기면 안 돼. 손이 계속 공에 붙어야 하고 남이 함부로 손을 못 뻗게 몸을 이렇게 틀어. 그리고 고개는 들고 있어야 해. 주변을 계속 신경 쓰면서, 림을 봐야 해."

"어떻게 하는데?"

다라는 가까이 다가와서 내 손에 공을 직접 갖다 붙였다. 그러고는 다리 사이의 간격과 팔의 너비 같은 것을 일일이 조정해주었다.

"바닥에다가 계속 튀겨봐."

나는 또다시 다라가 시키는 대로 했다. 다라는 더 빠르게 공을 움직일 수 있는 법을 알려주었다. 그 애는 계속해서 공을 주고 뺏었다. 뺏으면 곧장 다시 건네주고 내가 드리블을 하면 또 뺏었다.

"기분 나쁘지 않아?"

"어. 나빠."

"더 열심히 해. 공을 지켜야 해."

나는 점심시간이 끝날 때까지 다라가 열어준 일대일 농구 기초 수업에 성실하게 임했다. 서투르고 엉성했지만 그 애가 보여준 시범의 껍데기 정도는 따라 할 수 있었다. 무엇보다 공을 만지는 게 좋았다. 언제나 발로 겨우 굴릴 수만 있었던 공, 걷어차는 것 말고는 다룰 방법이 없었던 세계가 드디어 손안에 들어오는 것 같았다.

나는 다라를 만나면서 혼자 있기를 그만두었다.

다음 날 농구부 신청서를 제출했다. 다라는 영화 감상부에 들어가려던 마음을 바꾸어 농구부에 남았다.

다라가 왜 그런 결정을 내렸는지 궁금해서 쉬는 시간만 되면 뚫어져라 다라를 쳐다봤다. 그러나 그 애는 내게 한 번도 시선을 주지 않았다. 나는 언젠가 사람들과 친해지기 위해 노력했던 기억들, 기술들을 꺼내 조금씩 행동을 바꾸었다. 다라가 보이면 먼저 말을 걸고, 농담을 하고, 농구를 알려달라고 떠들었다. 다라가 좋아하는 것들을 물어보고 난데없이 토론을 시작해서 다라의 생각을 들었다. 내가 좋아하는 것을 물어봐줄 때까지 계속 말을 걸었다.

다른 애들이 다라에게 뭔가를 시킬 때도 가만히 있지 않았다. 항상 '내가 해줄까?' 하고 물었다. 아이들은 자기보다 서너 살 많은 내가 말을 걸면 피하거나 어색하게 웃었다. 다라는 그런 나를 조금 귀찮아하는 것 같았는데 그래도 아주 싫어하지는 않았다.

한번은 다라가 나를 데리고 자기 집에 간 적이 있다. 그 애는 자기 엄마한테 나를 '귀찮은 언니'라고 소개했는데, 한 번도 내게 직접 언니라고 부른 적은 없었다.

다라 엄마는 과일을 깎아주고 미고렝을 만들어주었다. 키가 다라보다 조금 작을 뿐인데도 내가 아주 귀엽다고 했다. 나는 다라 집에서 밥을 얻어먹으며 셰리 엄마와 셰리를 떠올렸다. 그들이 여전히 하트빌에 사는지, 한나를 잊지 않았는지, 한나의 죽음을 어떻게 회복했는지를 궁금해했다. 나를 덜 미워하게 되었는지도 궁금했다.

"부모님은 그럼 미국에 있어?"

나는 부모가 없다고 답했다. 은혜를 모르는 건 아니고, 그냥 그 순간에는 나를 설명하기 위해 부모님 얘기를 할 필요가 없다고 생각했다. 다라는 내가 뻔뻔하게 답하는 것을 보고 '와, 미국인이다. 유교를 모르는 미국인이다' 하며 비웃었다. 그 애는 내가 한국의 유행어를 잘 모르거나 보통 한국인이라면 하지 않을 법한 행동을 할 때마다 '미국인'이라고 불렀다.

다라는 여러모로 중학생 때의 나와 비슷했다. 나는 그 무뚝뚝하고 자조적인, 때로 능청스럽지만 빈정거리기를 좋아하는 말레이시아에서 온 제니에게 농구를 배우고 싶은 한나가 된 것이다. 나는 한나의 눈으로 다라를 보기 위해 그 애가 나를 조금 무시하거나 질투하는 것 같을 때 일부러 웃었다. 그저 해맑게, 순진하게 웃으면서 도와달라고, 같이 있어달라고 손을 뻗었다.

다라는 자기 자신과 나를 용병이라고 말하곤 했는데, 내가 연습을 너무 많이 해서 그런 줄 알았다. 용병은 고용된 군인이라는 뜻으로, 영어에서는 돈에 혈안이 된 사람, 돈이면 다 하는 사람을 의미하기 때문이다. 나는 인정에 목말라서 실력을 증명하고 싶어 난리 치는 사람으로 보이는 줄 알고 조금 창피했다.

농구부 담당 선생님도 우리가 득점을 하거나 치열한 경기를 만들면 '역시 우리 용병'이라고 불렀다. 가끔은 기분이 나빠서 다라와 선생님에게 왜 용병이라는 말을 쓰는지 따졌더니 선생님은 스포츠에서 원래 외국인 선수를 용병이라고 부른다고 했다.

"몰랐어요. 근데 그런 거면 왠지 더 기분 나쁘지 않아?"

다라는 고개를 기울이며 모르겠다고 했다. 그때 나와 비슷한 생각을 가지고 있었던 부원이 입을 열었다.

"나도 사실 그 말 좀 이상해. 난 외국인은 아니지만. 외국인 선수라고 그렇게 따로 별명이 생기면 탓하기가 쉽잖아. '아, 용병인데! 외국에서 들여왔는데 이렇게 못해?'라고 막 페르시아 상인같이 생각하잖아, 사람들이."

그러자 다른 부원이 반박했다.

"반대로 잘할 때는 '와, 역시 용병!' 하면서 더 좋아하잖아."

"그것도 페르시아 상인 같아."

"너 페르시아 가봤어? 그것도 페르시아 사람이 들으면 싫어해."

부원들은 갑자기 차별과 스테레오타입에 대해 떠들며 티격태격했다. 다라는 말을 덧붙이지 않고 잘 모르겠다고만 했다. 그 애는 집으로 돌아가는 길에 내게 용병이 아빠의 말버릇이라고 말해주었다.

"우리 아빠는 '외국인 노동자는 원래 용병이야' 이런 말을 자주 해. 직장에서 외노자들끼리 하는 말이래."

"너희 아버지 어디서 일하시는데?"

"저 뒤에 무슨 플라스틱 공장 있어."

"우리 아빠도 그럼 용병이야. 우리 엄마도 용병이고."

"언제는 부모 죽었다며."

"죽었다고 안 했어. 없다고 했지. 한국에 없잖아."

다라는 교묘한 말장난이 마음에 안 든다며 고개를 내저었다. 그러다 빨간불에 걸려서 한참을 횡단보도 앞에 서 있게 되었을 때, 그 애는 내가 미국에서 어떤 삶을 살았는지 물었다. 누구는 내가 로스앤젤레스에서 풀장 딸린 집에 살았다고 하고 누구는 내가 듣도 보도 못 한 도시에서 왔다고 해서 뭐가 진실인지 궁금하다고 했다. 다라가 나를 궁금해하는 순간이 좋았다. 마음에 어떤 잔잔한 파도가 밀려오는 것같이.

"듣도 보도 못 한 수준이 아니지. 거의 지어낸 수준이지, 내가 살던 곳은."

"약간 미국의 광명이야?"

"광명 모르는 사람이 어딨어. 다 알잖아."

"왜 계속 미국에 안 있고 한국에 왔어?"

나는 단번에 답하지 못하고 계속 말을 골랐다. 한국에 자발적으로 온 것은 아니었지만 한국에서의 삶을 어느 정도 즐기고 있었으므로 자세한 답이 필요할 것 같았다. 그런데 다라에게 내 이야기를 구구절절 들려주고 싶지는 않았다. 너무 많은 잘못을 저질렀음에도, 갓 사귄 친구에게는 잘 보이고 싶었다.

"몰라. 농구 하러 왔나?"

"지랄."

다라는 그 어느 때보다도 명확한 발음으로 욕을 했다. 나는 다라의 비웃음이 좋았다. 그 애가 그런 식으로 나를 비웃어줄 때 정신이 아주 맑아지는 기분이 들었고, 종종 떠오르던 라이터 생각을 하지 않게 되었다. 내가 누군가와 싸우거나 나 자신과 싸우면 다라가 말려줄 것 같았다. 나를 무시하거나 놀리거나 질투하거나 가끔 불쌍히 여기거나 좋아해주면서 말이다.

나는 한국에 온 이유를 말하는 대신 내가 앞으로 살아가면서 해야 하는 일을 얘기했다. 한국에 있든, 어디에 있든 내가 꼭 해야만 하는 일은 반성이었다. 삶이 길어질수록, 확장할수록 절대로 잊지 말아야 하는 일이다.

"용서받을 일이 있어."

"용서 맡겨놓은 것처럼 말하네."

"용서받고 싶어."

"무슨 용서?"

신호등 불이 바뀌자마자 다라는 내게 빨리 가자고 턱짓했다. 나는 흰색 노면만 밟으며 말했다.

"친구가 죽었거든. 물에 빠져서."

"네가 밀었어?"

내가 너무 진지하자 다라는 나보다 더 진지하게 속삭이며 되물었다.

"아니. 내가 잠깐 자리를 비웠을 때 그렇게 됐어. 근데 이게 좀 복잡해. 아무튼 나 때문에 그렇게 된 거야."

"걔가 죽었는데 누가 너를 용서해줘?"

다라는 전혀 이해할 수 없다는 듯 표정을 구겼고, 나는 '그러게?' 하고 말한 뒤 더 빠르게 앞으로 뛰어갔다. 그 순간 다라가 내 팔뚝을 붙잡고 말했다.

"그냥 갑자기 생각나서 말하는 건데, 내가 이 말을 안 한 거 같아."

"무슨 말?"

"한국에 온 거 환영한다고."

"나 온 지 좀 됐는데."

다라는 그땐 자기가 나와 모르는 사이였기 때문에 어쩔 수 없었던 거라고 하더니 영어로도 환영한다는 말을 한 번 더 해주었다. 나는 고맙다고 중얼거리기는 했지만 난생처음 들어보는 말이어서 어안이 벙벙했다.

"네가 거기서 네 자리를 못 찾았으면, 여기에는 있겠지. 그냥 그렇게 생각해. 용서고 나발이고."

다라는 내 어깨를 탁탁 치더니 내일은 슈팅 연습을 하자고, 제대로 던져서 림에 밀어 넣어보자고 말했다. 그 애는 들고 있던 공을 내게 건네고는 자기 집 방향으로 혼자 뛰어갔다. 민망해하는 얼굴이었다.

나는 고개를 들어 노을이 지는 세상을 한번 훑고 할머니 집으로 걸어갔다. 너무 시끄럽지 않게 공을 바닥에 튀기면서, 가끔 누군가가 째려보면 일부러 더 시끄럽게 튀기면서.

회고는 이쯤에서 끝난다. 몇 가지 생각은 있지만 교훈은 없다. 이건 그저 같은 잘못을 반복하지 않고 더 나은 삶을 살고 싶은 마음으로 시작한 글이다. 나는 농구를 했고, 졸업을 했고, 그 전과 그 후에 몇 가지 시절을 건너왔다. 나를 돌아볼 수 있게 된 순간부터 지금까지 시간을 꿰면서 다짐해왔다. 경계 위에 서야 한다면 서서 버틸 것이고, 나를 위해 누군가를 혼자 두거나 슬퍼하게 내버려두지 않을 거라고. 희생시키지 않을 거라고. 가능성을 열어두되 남이 되지는 않을 거라고. 나다워져서, 더 나다워진 내가 더 뚜렷한 미래를 만지게 하고 싶다.

가끔 아주 어두운 숲이 꿈에 나온다. 내 두 다리를 껴안은 여자의 팔이 새빨갛다. 거짓말처럼. 어쩌면 그는 미래에서 온 내가 아니었을까, 다른 세계에서 온 한나가 아니었을까, 허무한 추리를 하며 깬다.

한나는 언젠가 먼 미래에 부스러기가 될 것이다. 그때는 더 이상 사람이나 사건이 아니라 내가 오래전에 입은 화상, 지지 않는 흉, 나를 개조한 신, 내가 절대로 잊지 않을 소중한 그림자일 것이다. 그 애는 그때쯤 나를 갖추는 여러 부분의 기원으로만 남을 것이다. 내가 세상을 보는 제삼의 눈일 것이다.

글을 마치면서, 이제야 사람들이 어떻게 상실의 슬픔을 회복하고 사는지 알 것 같다. 수없이 쌓인 슬픔의 부스러기 위에서 다시는 똑같은 잘못을 저지르지 않으려고 애를 쓰는 것만이 미래의 문을 연다.

작가의 말

  이야기는 손이 통과하는 곳입니다. 이 소설은 누군가 제 손을 잡아주길 바라는 마음에서 시작되었습니다. 새라가 한나의 머리끈을 잡아당기고 뜯어내듯 풀어버리는 장면은 제가 직접 겪은 사건입니다. 저는 '이런 건 어린애들이나 하는 거야'라는 말을 듣고 아무 말도 하지 못한 채 웃었습니다. 테일러가 한나를 모욕하는 장면도, 여자아이들이 빠르고 어려운 영어로 말하며 한나를 놀리는 장면도 제 경험입니다. 그때도 한나처럼 웃고, 고맙다고 말했습니다. 수모를 당하면 화를 내야 하는데 웃어버린 건…… 울지 않기 위해서입니다.
  하지만 제가 순수하게 피해자이기만 했던 시간은 그리 길지 않습니다. 저는 한나에서 제니로 자랐습니다. 구조에 적응했고, 로렌처럼 부역했고, 어느 순간부터 자기방어, 자기 합리화, 자기혐오, 자기변명, 자기만족의 악순환에 갇혀 스스로에게, 친구들에게 상처를 주었습니다. 그러다 보니 소설은 점점 그 상처에 관한 이야기로 변질했습니다. 더 반짝일 수도 있었는데 느닷없이 망가진, 아니, 의식하지 못하는 사이 어그러진 세계에 관한 이야기가 되었습니다. 내용을 바꾸고 싶어도 걷잡을 수 없었습니다. 어설프게 자신을 껴안느라 남을 껴안지 못하는 사람, 큰일이 날 것을 감지하지 못하는 사람을 그리게 되었습니다. 이야기는 한순간에 녹슨 과거가 되고 말았습니다. 손을 잡으려고 쓴 건데, 손을 잡는 건 현재와 미래의 일인데…… 어째서 그렇게 굴러가버렸을까요?

글을 쓰는 동안 깨달았습니다. 잡아주길 기다리지 말고, 팔을 뻗어야 한다는 것을요. 기다리는 사람에게 먼저 다가가야 한다는 것을요. 눈치 보지 말고 덥썩 잡아야 합니다. 그래야만 굴레가 끊어질 테니까요.

저는 제니에게 한 번 더 기회를 주기로 했습니다. 제니가 타인을 너무 신봉하지도, 숭배하지도, 무시하지도 않고 그저 자기 자신을 바라보듯 대할 수 있게 만들고 싶었습니다. 혐오스러운 자신을 참아내는 만큼 친구를 참아낼 수 있는 사람으로 길러보고 싶었습니다. 제니가 상실이나 부재에 골몰하며 깜깜한 동굴에 남지 않고, 밖으로 나가 무엇이든 손에 쥐기를 바랐습니다. 이 이야기 안에, 다른 사람들의 손이 들어올 수 있도록 공간을 넓히려 했습니다.

이제, 제니가 어디에 있을지 모를 독자의 손을 잡으러 가면 좋겠습니다.

*

하트빌은 가상의 도시입니다. 여러 작은 도시의 특징을 섞어서 지어냈습니다. 누구나 이곳을 알아보고, 눈치채고, 상상할 수 있습니다. 제가 미국이라는 배경을 활용하여 지적하고자 하는 것은 자본주의가 침탈한 사랑과 연대의 감각입니다. 그곳은 우리 사회의 거울이기도 합니다. 하트빌은 사실 우리 손안에 있는 도시입니다.

*

우정에 있어 '한 번 더'라든가 '이번만큼은 잘해볼 수 있지 않을까' 하는 희망을 건네준 친구들이 있습니다. 이 이야기를 쓰면서 큰 영감을 준 친구들에게 감사의 인사를 남기고 싶습니다. 첫 번째 친구는 엄마입니다. 제가 너무 많은 애정을 갈구한 나머지 사이가 자주 틀어지곤 했습니다. 이 우정에서 포기와 포기할 수 없음을 둘 다 배웠습니다. 두 번째 친구는 언니들입니다. 저를 귀찮아하면서도 귀여워해주었습니다. 여전히 제니처럼 대신 영어로 말해주기도 합니다. 한나에게 제니가 그랬던 것처럼, 저의 믿을 구석입니다. 세 번째 친구는 예린입니다. 초등학교에서 만난 예린은 제가 가장 부러워하는 사람이었습니다. 잘 보이고 싶은 마음, 비슷해지고 싶은 마음을 예린에게 처음 배웠습니다. 네 번째 친구는 고등학교에서 만난 다현입니다. 다현은 저 때문에 서운하거나 속상한 일이 있을 때 대체로는 삼켰겠지만 두 번 정도는 지적해주었습니다. 제 행동이 얼마나 배려가 없는지 배우게 해주었고, 그때 이상하게 제 이상형은 '나를 혼내는 사람'으로 바뀌었습니다. 다섯 번째 친구는 수민입니다. 인생에서 가장 철들지 않았을 때 문학을 좋아해서 사귀게 된 친구입니다. 첫 번째 친구와 싸우고 가출을 했을 때 닷새나 재워주었습니다. 그런 수민에게도 저는 때때로 상처를 줬던 것 같습니다. 여러 친구와 사귀고 멀어지면서 배운 게 있습니다. 그 관계의 절정이라 할 만한 어떤 열렬한 시기를 지나고서도, 계속해서 서로에게 든든하고 사랑스러운 친구의 역할을 해낼 수 있으리라는 기대입니다.

    이름을 채 다 쓰지 못한 수많은 친구에게 도움을 받았습니다. 《여름은 고작 계절》에는 제가 사귀고 헤어진 모든 친구의 보살핌이 깃들어 있습니다. 친구들에게, 그리고 앞으로 사귈 친구들에게, 이 우정과 기회의 소설을 바칩니다.

2025년 여름

김서해

여름은 고작 계절

초판 1쇄 발행 2025년 6월 25일
초판 8쇄 발행 2025년 10월 1일

지은이 김서해
펴낸이 최순영

출판2 본부장 박태근
스토리 팀장 김소연
편집 곽선희
디자인 함지현

펴낸곳 ㈜위즈덤하우스　**출판등록** 2000년 5월 23일 제13-1071호
주소 서울특별시 마포구 양화로 19 합정오피스빌딩 17층
전화 02) 2179-5600　**홈페이지** www.wisdomhouse.co.kr

ⓒ 김서해, 2025

ISBN 979-11-7171-392-9　03810

- 이 책의 전부 또는 일부 내용을 재사용하려면 반드시 사전에 저작권자와 ㈜위즈덤하우스의 동의를 받아야 합니다.
- 인쇄·제작 및 유통상의 파본 도서는 구입하신 서점에서 바꿔드립니다.
- 책값은 뒤표지에 있습니다.